제1장 『용서』

KB163088

1

──볼라키아 제국의 제도, 루프가나를 전장으로 삼고 시작된 제국군과 반란군의 공방전은 곳곳에 혼돈의 씨를 뿌리며 최종 국면으로 돌입했다.

제도 최심부에 있는 수정궁의 옥좌의 방에서 『빈센트 볼라키아』가 빛의 흉탄에 쓰러지고, 제도를 지키는 성벽의 수호를 명령받은 『구신장(九神將)』이 직무를 내팽개치고, 실종된 것으로 취급되던 제국의 주전력이 갑작스럽게 전장에 합류했으며, 서쪽에서 온 수수께끼의 집단이 전선에 거대한 구멍을 뚫었다.

그런 혼돈의 씨앗들이 섞여 현재 가장 크게 싹을 틔운 씨앗의 소재지는──.

"나를 따르라! 상황의 범주는 이미 정규군과 반란군의 무력 충돌이 아니다! 제3진영의 개입으로 승리 조건이 변한 것이다!"

산더미로 쌓인 잔해 위라는 즉석 무대 위에 선 남자가 목소리를 높였다.

날카로운 검은 눈에 뜨거운 이성을 드리우고 마른 피를 자신의 흑발에 묻힌 채로, 굉음이 울려 퍼지는 전장에서도 또렷하게 들리는 목소리를 발하는 미장부다.

폭력이 지배하는 전장에서── 아니, 폭력이 지배하는 볼라키아 제국에서, 대관절 그 남자의 나약한 모습 어디에 이끌릴 점이 있으랴.

그렇게 비웃고 싶어도, 아무도 남자를 비웃지 않는다. 그저 의식을 집중하며 경청한다.

그들 안에 제국민으로서 흐르는 피가, 다름 아닌 남자 자신이 스스로를 정의한 자세가, 볼품없는 대좌 위에서 터지는 목소리에 귀를 돌리지 못하게 한다.

──잔해 위에서 황위를 부르짖는 빈센트 볼라키아 본인으로부터.

"──────."

목청 높여 터트린 빈센트의 선언을 지척에서 듣는 이들은 쟁쟁한 자들이다.

자리에 있는 것은 『구신장』의 일원인 고즈 랄폰과 오르바르트 덩클켄, 제국 재상인 벨스테츠 폰달폰, 특별한 역직으로 황궁 출입을 허락받은 『별점쟁이』 우비르크도 모여 있다.

직전의 공방전에서 서로가 어느 진영에 가담했는지를 감안하면, 이들이 무방비하게 이 거리에서 얼굴을 맞닥뜨리는 것은 치명적인 실수라고 말할 수밖에 없는 구성이다.

그러나──.

Re:제로

Re: Life in a different world from zero

부터 시작하는 이세계 생활

오토
Otto

행상인이었지만, 현재는
에밀리아 진영의 내정관.

하리벨
Harribel

카라라기 도시국가 최강의 시노비로,
『예찬자』로 불리는 낭인족(狼人族).

Characters

Re: Life in a different world
from zero
My ability I got in a different world "Returns by Death"
I die again and again to save her.

아나스타시아
Anastasia

카라라기의 대상인이며
호신 상회의 회장.
왕선 후보.

율리우스
Julius

아나스타시아의 기사지만,
스바루를 제외하고 모두의 기억에서
존재가 잊히고 말았다.

"죽어."

늑대인간.
그 선언과 일치하는 모습
두 다리로 서고,
두 팔로 도구를 다루고,
그 흉포한 이빨로 물어
상대의 생명을 으스러뜨린다.
그런 존재로 변화—— 아니,
진실된 모습을 드러냈다.

"좋다. 힘을 보태게 해주마."

딱딱한 논리를 유창하게 늘어놓으려던 아벨에게
에밀리아가 볼을 부풀렸다. 그 귀엽게 심통 난 표정으로,
에밀리아가 아벨에게 보여준 것은 본인의 손이었다.

"우리가, 당신의
제국을 돕게 해줘."

Re: Life in a different world from zero

The only ability I got in a different world "Returns by Death"
I die again and again to save her.

CONTENTS

Re:제로

Re: Life in a different world from zero

부터 시작하는 이세계 생활

34

나가츠키 탓페이 지음
오츠카 신이치로 일러스트

표지 · 본문 일러스트
오츠카 신이치로

"모그로 하가네가 상공에서 붙잡아 두고 있는 자는 죽었을 터인 발로이 테메글리프다. 어떤 방법을 통해선지, 자신의 애룡과 함께 되살아났다."

"그 일에 관해서, 이 사람이 각하께 전해드리고 싶은 사항이. 알현의 방에서, 라미아 고드윈 각하와 조우했습니다. 당시와 같은, 본인 그 자체로 보였습니다."

"귀공! 그 보고는 내가 올려야 할 것이었다! 각하! 나타난 것은 라미아 각하만이 아니라, 『선제의 의식』에서 적몰한 다른 황족들도!"

빈센트의 말에 그리 응수한 것은 벨스테츠와 고즈다.

행방불명이 되었음에도 변함없는 충성으로 달려온 고즈라면 몰라도, 벨스테츠의 신속한 태세 전환에는 혀를 내두른다. 원래부터 벨스테츠의 관심은 볼라키아 제국의 번영에 있기에 제국의 존망이 걸린 상황이 되면 태연히 손바닥을 뒤집는다.

"우비르크, 네놈은 『대재앙』의 발단을 사전에 알고 있었겠지. 그렇다면 발로이 테메글리프를 비롯해 라미아나 다른 황족이 되살아난 것이 『대재앙』인가?"

"그에 관해서는, '네' 이자 '아니요'입니다, 각하. 저는 『대재앙』의 계기가 빈센트 볼라키아의 죽음에 있다고 속삭이기는 했습니다—만……."

"자세한 내용은 모른다?"

물음에 우비르크가 "그—렇죠, 그렇죠." 하고 실실대는 낯으로 끄덕였다.

어떻게 보아 예상되던 답변이기는 했으나, 확신을 얻은 것은 빈센트에게 수확이다. 전략한 빈센트를 구한 사실로 보아도 명백하지만, 우비르크와 그를 따르는 『별점쟁이』들은 『대재앙』과 대립하는 입장이다.

"――――."

수중의 패를 검토하고, 머릿속에 그린 제도의 지도와 비교해 상황을 구축하는 빈센트. 그렇게 빈센트가 머리를 골똘히 굴리는 가운데――.

"저기요―? 이것저것 시끌벅적 다들 대화하시는 중에 죄송한데요, 저는 저대로 세계를 매료하는 역할이 있으니까 자리를 비워도 될까요?"

"뭣?! 세실스 일장?! 무슨 소리를 하고 있나?!"

그따위 소리를 꺼낸 것은 쓸데없이 겉모습이 어려진 세실스 세그문트다.

그 외견만이 아니라 머릿속까지도 어린 쪽에 치우쳐진 세실스는 다른 이들과 다르게 빈센트의 선언에 강하게 감명받은 기색도 없었다.

"방금 연설은 꽤 훌륭했어요! 분명 당신이 볼라키아 황제라는 것도 사실일 테지만 공교롭게도 저는 황제라는 점 하나로 타인에게 알랑대지 않아요. 제가 가는 길을 바꾸고 싶으면 꽃길을 깔아주셔야 하지요!"

"나츠키·스바루가 그랬듯이 말인가."

"음――? 아쉽지만 누구인지 모르겠네요. 제가 아는 사람과 이름이 비슷한 감이 들지만. 이 얘기, 아까도 미인 분이랑 했던 것 같은데."

갸우뚱하며 그 자리에서 달음박질하며 대답하는 세실스.

미덥지 못한 대답이지만, 그런 그가 제도에 있는 시점에서 빈센트는 확신했다. 서쪽에서 전장을 어지럽힌 상정 외의 집단을 이끄는 수괴가 나츠키 스바루이며, 세실스를 데려온 것도 그 남자라고. 그리고──.

"네놈이 내 지시에 따르지 않는 것은 어제오늘 일이 아니지. 마음대로 뛰어다녀라."

"어이쿠, 이해력이 좋으셔. 물론 무슨 말을 하든 얌전히 따를 맘은 없었으니 저로서는 이쯤에서 실례를."

"세실스."

방목을 결단한 빈센트에게 손을 흔든 세실스의 작은 몸이 뛰쳐나가려 한다. 그 등을 불러 세우자, 어린 뇌광(雷光)이 "네?" 하고 감질난다는 표정으로 뒤돌아보았다.

그, 만났을 적부터 변함이 없는, 다루기 까다롭다는 말의 현신인 그에게로.

"과거의 약정대로, 네놈의 당당히 설 무대는 준비해 주마."

"아핫."

짧은 빈센트의 선언에, 세실스는 작은 웃음소리를 한 번 남기고 사라졌다.

잔영조차 잡을 수 없는, 질풍신뢰의 속도. 저런데도 아직 미완성이라니까 볼라키아 최강의 칭호는 저 남자의 머리 위에서 흔들리지 않는 것이다.

　어쨌든──.

　"각하, 괜찮으시겠습니까? 세실스 일장은……."

　"너나 우비르크의 처우와 마찬가지로, 사소한 일에 매달리고 있을 여유는 없다. 그보다도……."

　사라진 세실스의 취급보다, 코앞에 닥친 문제를 먼저 대처할 필요가 있다.

　빈센트는 벨스테츠의 실눈과 마주 보며, 그 너머에 있는 고즈와 오르바르트 쪽에도 들릴 목소리로 선고했다.

　"제도를 방기하겠다. 가능한, 최대한의 전력을 유지한 채로, 철수한다."

2

　혼란과 혼미가 휘몰아치는 제도를, 붉은 질풍마에 타고 달리는 일행.

　선두는 익히 아는 나츠키 스바루. 옆을 지키는 것은 수반 기병 이드라 미상가와 전단의 홍일점 파워풀 걸인 탄자로, 그 돌파력은 발군이다.

　"게다가 지금은 거기에 베아트리스와 루이라는 간판까지 둘이나 태워서, 기세가 오른 우리!"

　정면에서 고삐를 잡은 이드라. 그 등 사이에 끼듯이 스바루의 짧은 팔에는 베아트리스가 안기고, 등에는 루이가 간지럽게 붙어 있다.

뜻하지 않게 연소자 집단 네 명을 어른인 이드라가 인솔하는 모양새가 되었지만——.

"미냐!"

"우아우!"

"무례를."

손을 내민 베아트리스가 쏜 남보랏빛 화살이, 자유로이 공간을 전이하는 루이의 종횡무진한 도약이, 힘에 맡겨 훼방꾼을 쓸어내는 탄자의 강권이 길을 연다.

파괴한 성벽을 뛰어넘어 제도로 침입한 스바루 일행의 목적지는 수정궁—— 반짝거리는 성에서 기다리는, 빈센트 볼라키아를 사칭하는 가짜 황제.

그것을 쓰러뜨리면, 스바루 일행이 말려든 제국의 동란도 결판이 날 거라고——.

"그렇건만, 대체 뭐냐고, 이 안색 나쁜 녀석들은!"

"좋지 않아, 슈바르츠! 포위당한다!"

질풍마를 모는 이드라의 비명 같은 소리를 들으며 스바루는 대차게 얼굴을 찌푸렸다.

제도에 침입하면 당연히 제국병의 방해가 있을 거라고는 생각했었다. 하지만 실제로 제국병이 스바루 일행을 마중한 것은 처음뿐이고, 이후로는 안색 나쁜 패거리—— 창백한 피부에 금빛 눈, 온몸에 유리 같은 금이 간 기묘한 풍모의 '적'들뿐이었다.

게다가 그들이 노리는 것은 스바루 일행만이 아니라——.

"탄자! 부탁해!"

"알고, 있습니다!"

시야에 포착된 광경에 스바루가 무리한 부탁을 하자 탄자가 응답했다.

지면을 박차 가속한 탄자가 노리는 것은 '적'——. 제국병을 둘러싸고 그 생명을 빼앗고자 하던 집단의 옆구리, 거기에 통굽의 내리찍기가 꽂혀서 '적'이 날아갔다.

짧은 신음을 지르며 날아간 '적'이 좌우의 건물에 격돌. 충격에 붕괴하는 건물이 뭉게뭉게 먼지구름을 피우는 가운데, 탄자는 목숨을 건진 제국병을 "가 보세요." 하고 피신시켰다.

다행히 구조받은 병사들은 지시에 따라 그 자리에서 도망치는 쪽을 선택했다.

"제국병까지 노린다는 말은, 제3의 진영인가……? 근데, 이 녀석들은."

탄자의 활약으로 죽은 사람이 나오는 것은 피했지만, 대신에 스바루는 그녀의 일격으로 날아간 '적'—— 그, 금이 간 도자기처럼 산산조각 난 모습에 숨을 집어삼켰다.

부서진 '적'의 몸에서는 피가 흐르지 않고, 장기 같은 것도 튀어나오지 않았다. 언뜻 보아 그로테스크하지 않지만, 죽음을 얄팍하게 조작당한 감각 자체가 그로테스크하게 느껴졌다.

"무슨 구조인 거야, 이거. 마치 인형이나 로봇 같은데……."

"설마, 『불사왕의 비적(秘蹟)』인 것이야?"

"——! 짚이는 데가 있어?! 베아트리스!"

스바루의 가슴에 몸을 맡긴 베아트리스의 깜찍한 입술에서 나온 말. 스바루가 눈을 동그랗게 뜨자 베아트리스는 끄덕였다.

"한 번 죽어서 영혼이 떠난 육체에 그것을 도로 불러들이는 마법…… 금술에 속해. 원래는 어머니가 연구하던 것인데, 그래도 미완성으로 끝났을 터인."

"죽은 자를 되살리는 금단의 주술……. 이런 말 하고 싶지 않은데, 네 어머니 변변치 못하네!"

"스바루가 어머니를 험하게 말하는 건 하루이틀이 아닌 것이야. 그래도 여러 번 말하면 베티도 화내니까 조심하도록 해."

눈썹을 세운 베아트리스의 지적에 스바루는 혀를 내밀고 한쪽 눈을 감은 반성의 포즈.

단, 큐트한 베아트리스의 의견은 결코 못 들은 척할 수 없다. 『불사왕의 비적』이라는 이름의 사령술이 '적'을 만들어 내는 것이라면.

"제국병도 표적이 되었고, 반란군 측의 비밀 병기라거나?"

"……그렇다면, 사전에 말하지 않은 아벨이 범인인 것이야."

"뭐, 그 녀석이라면 그럴 수도…… 아, 잠깐! 너, 아벨을 알아?"

"……알고 있어."

베아트리스의 입에서 생각지도 못한 이름을 듣자 깜짝 놀라는 스바루.

그 떨떠름한 표정을 보건대, 기본적으로 누구와도 궁합이 좋지 않아 보이는 아벨이, 베아트리스에게 아주 불손한 태도를 취했으리라. 그렇게 생각하니 속이 울컥하지만——.

"그 녀석이 있으면, 좀비 대책은 그냥 맡기는 편이 낫나? 아니면 좀비에 해박하고 귀여운 베아트리스와 함께 내가 어떻게든…… 아파 아파 아파! 왜?!"

"방금 아벨의 이름을 듣고 살짝 안심한 표정이었어. 역시 바람 피운 거잖아."

"아니거든?! 너와 만난 게 훨씬 더 기쁘고, 바람 안 피웠어!"

"그럼, 이다음 행동으로 증명하는 것이야."

매서운 눈초리의 베아트리스에게 허벅지를 꼬집힌 스바루가 울상을 지으며 연거푸 끄덕였다.

어쨌든, 애정의 증명도 이후 방침 결정도 중요하다.

"슈바르츠 님, 장난이 끝나셨으면 어떻게 하실지 정하시죠?"

"가시 돋쳤네! 장난치던 거 아닌데…… 베아트리스! 그 좀비 마법이란 것은, 술자를 쓰러뜨리면 멈출 수 있는 종류야?"

"……타인의 육체에 간섭하는 마법은, 주로 음(陰) 마법과 양(陽) 마법이지. 어느 속성이라도 기본적으로 술자가 쓰러지면 효과가 끊겨……. 이것도 그렇다고 생각하고 싶은 것이야."

"말투에 소망이 섞였네요. 확실하지 않은 것인가요?"

"베티도 『불사왕의 비적』의 실물은 처음 봤어! 억측으로 되는 대로 말할 수 없어……. 분하지만 사용자에 달린 것이야."

"탓하는 것이 아니에요. 그냥 사실 확인입니다."

분명하게 말 못하는 베아트리스에게 탄자는 고개를 가로젓고 대답했다. 그리고 탄자의 검은 눈은 시무룩한 베아트리스의 머리를 쓰다듬는 스바루에게 돌아갔다.

'어떻게 하시겠나요' 하고 묻는 시선에 스바루는 심호흡하고 사고를 정리했다.

──상황을 보건대, 이 좀비 어택은 명백하게 이질적이다.

베아트리스는 부정했지만, 윤리관이나 인간성이 죽은 아벨이 사람을 사람이라고 여기지 않고 시도한 전법일 가능성은 아슬아슬하게 있다. 하지만 그런 것에 비해서 좀비의 전선 투입 방식이나 그 발생 방법이 조금 이상하게 느껴진다.

"인간성이 아니라 사용법이 아벨답지 않다니 전혀 변호가 안 되지만."

쉽게 말해 아벨이라면 더 효율적인 소모전에 좀비를 이용했을 터다.

그리고 어디까지나 느낌이 그럴 뿐이지만, 아벨은 '죽음' 을 정치적으로 이용할 때는 있어도, '죽은 자' 를 전력으로 이용하는 짓은 하지 않을 듯했다.

결국에는 제국식이 될 수밖에 없는 아벨의 생사관이 그런 행동을 용납지 않을 것이라고.

"내 생각이 옳으면, 이 좀비 마이스터의 존재는 이레귤러라는 뜻이 돼. 이대로 성의 가짜 황제를 두드려 패도 전쟁이 끝나지 않으면…… 아파 아파 아파!"

"스바루?!" "슈바르츠 님?"

느닷없는 비명에 베아트리스와 탄자가 눈을 크게 떴다.

스바루의 비명을 뽑아낸 것은 생각에 잠긴 스바루의 머리카락을 잡아당기는 아픔. 그런 짓을 한 것은 스바루의 등에 달라붙은 루이였다.

그녀는 스바루의 머리카락을 잡아당기며 반대쪽 손으로 계속 먼 곳을 손가락질했다.

"우아우! 우! 아우! 아──우!"

"뭐야?"

열심히 호소하는 루이의 박력에 찔끔 솟은 눈물을 닦은 스바루가 그녀가 가리키는 방향을 보았다.

그것은 제도의 북쪽── 수정궁이 있는 방향이지만, 눈에 띄는 성에서는 조금 떨어진 위치다. 그곳으로 가라고 루이가 말하는 것은 알겠지만.

"저기에 뭐가 있어?"

"아우!"

스바루의 물음에 루이가 카랑카랑한 목소리로 대답했다.

여전히 그녀의 의사는 명료한 말로 표현되지 않는다. 그럼에도 루이의 눈에는 스바루에게 품은 기대와 신뢰가 있으며, 스바루도 복잡한 심사지만 그녀의 마음에 응하고 싶은 기분이 있었다.

거기에다, 루이가 이렇게나 스바루에게 열심히 호소하는 이유가 있다손 치면──.

"베아트리스, 하나만 말해 줘. 다들, 같이 있는 거야?"

"……다들, 은 아니야."

그, 명언을 피한 표현이, 도리어 스바루의 예감이 적중했음을 확신케 했다.

그러니까──.

"탄자, 이드라! 그리고 베아트리스도 루이도, 방침 전환이다!"

결단을 독려받은 스바루가 질풍마를 중심으로 둔 멤버에게 말했다.

아마도 제도를 둘러싼 이 싸움은 가라앉는 것은 아니고 격화하는 방향으로 진행된다. 좀비와 그 마이스터가 정체 모를 제3진영이라 치면, 그 방향이 농후하다.

더욱 많은 사람을 살아남게 한다. 그렇게, 그럴싸한 논리를 읊을 수도 있지만──.

"어쩔 거지, 슈바르츠? 우리는 네 지시에 따르겠어."

"우선 루이가 가리키는 쪽으로 갈 거야! 거기서 중요한 걸 찾게 해 줘!"

이드라가 망설이던 스바루의 소망을 입 밖에 꺼내게 해 주었다.

스바루의 그 말에 품속의 베아트리스도 루이가 가리키는 쪽을 보고 중얼거렸다.

"루이의…… 그럼, 저 앞에 있는 것일까."

"그래, 분명히…… 그러니까!"

스바루는 고개를 들고 자신을 주시하는 탄자와 이드라의 시선을 느끼며 말을 이었다.

그것은──.

"렘을 찾고, 최대한 많은 사람들을 데리고 제도에서 도망친다! 시간과의 승부라고!"

공교롭게도, 이 자리에 없는 남자와 방향성이 같은 결단이었다.

──루이라고 불리는 소녀를 어떻게 대우하면 될지, 베아트리스는 고민하고 있다.

정궁에서 발사된 마정포, 그것을 공간을 격한 저 너머로 날리는 데에 협력해 주었으며, 루이의 정체 모를 전이의 힘이 없으면 그 현상을 실현할 수는 없었다. 그리 되면 전장에는 지크르를 비롯한 많은 사망자가 나왔으리라.

그 행동 하나로 루이가 짊어진 『폭식』의 대죄주교라는 허물을 씻을 수는 없다.

그럼에도──.

"아─우!"

"네가 베티나 스바루에게 적의가 없는 것은, 믿어 줘도 돼."

흔들리는 안장 위에 올라탄 이들의 모습은 썩 보기 좋지는 않았다. 어린이 사이즈라고는 해도 기승자 이외에 세 명이나 여분의 짐을 싣고서 붉은 질풍마가 달린다. 루이는 그 질풍마의 등을 딛고 서서 베아트리스를 안은 스바루의 어깨를 두드리며 일심불란하게 한쪽 방향을 손가락으로 가리키고 있었다.

──베아트리스의 눈으로 보아도, 제도 루프가나의 상황은 혼돈의 도가니였다.

정규군과 반란군의 격돌로 시작되어 통솔되지 않는 비룡과 되는 비룡이 공중을 두고 다투며, 둘러보면 하얀 세계와 붉은 세계가 평상의 세계를 침범하고, 거대한 돌인형과 용(龍)이 날뛰며,

끝내는 죽은 자들이 잇따라 일어나서 도시를 내부로부터 파괴해 간다.

배타적이라 어디에도 편을 들지 않았던 베아트리스가 직접 관련된 케이스는 적지만, 400년 전의 혼란기가 떠오르는, 비상식적이고 부정합한 세계의 모습──.

"……『마녀』."

옛 시대를 돌이켜 보니, 베아트리스는 자연히 그 단어를 입에 담고 말았다.

그 400년 전의 시대를 상징하는 존재라고 하면, 그것은 틀림없이 『마녀』였다.

베아트리스의 조물주이며, 어머니로서 그리워하는 에키드나도 『마녀』라고 불리던 한 사람. 그 이외에도 대죄의 이름을 쓰는 『마녀』가 여럿 있던 그 시대는, 누구나 살아가느라 필사적이던 그 시대는, 어린아이가 꾼 악몽이 현실이 된 듯한 암흑기였다.

지금의 제도는 그 재래다. ──도대체 무엇이 그것들을 유인했는지, 마음이 술렁거린다.

베아트리스가 그런 초조감을 품는 옆에서──.

"기다려, 렘!"

바로 등 뒤, 설레는 숨결로 벼르는 스바루의 목소리가 들린다.

신음하는 듯한 소리를 내는 루이가 가리키는 방향에 질풍마를 몰게 하는 스바루는, 그 앞에 찾아 헤매는 소녀가 있음을 의심하지 않고 있다. 의심이 일절 없는 루이에 대한 신뢰에는, 스바루의 파트너로서 복잡한 심경이지만, 베아트리스도 같은 의견이다.

생각해 보면 루이는 마정포의 포격을 없애는 데 대량의 마나를 쓰고 존재가 사라질 뻔하던 베아트리스를 구하려고 스바루에게 직행했다. 그녀에게는 찾는 사람을 특정하는 힘이 있다.

그것이 누구든 상관없는지 건지, 모종의 조건이 있는지는 불명확하지만.

"엄청 큰 저택!"

"어쩌지, 슈바르츠! 벽이 높아! 정면까지 돌아가서……."

"아니, 그럴 시간이 아까워! 탄자!"

몇 군데나 되는 도로를 주파해 목적하던 건물이 가까워진 순간에 나눈 대화다.

정면에 보이기 시작한 것은 제도의 북부, 당당하고 넓게 부지를 차지한 건물로, 다른 곳과 비교해도 지위가 높은 인물의 저택임을 알 수 있다. 당연히 그만큼 경비가 엄중할 저택이다. 그 담장은 높다.

"오해받고 싶지 않습니다만."

저택을 둘러싼 그 높은 담장을 노리고, 낮은 목소리로 중얼거린 녹인족(鹿人族) 소녀가 땅을 박찼다.

무표정한 소녀, 그러나 그 목소리에는 자그마한 불만이 배어 있었고——.

"저는 슈바르츠 님이 벽을 부수는 데 쓰는 도구가 아닙니다."

선언 직후 탄자의 통굽이 저택의 벽에 격돌, 필시 땅 속성의 가호가 새겨져서 그 방호 성능을 끌어올렸을 담장을 함몰, 관통, 붕괴시켰다.

폭음과 폭풍을 일으키며 소녀의 작은 그림자가 담장 너머로 넘어갔다. 그 먼지구름에 머리부터 처박듯이 베아트리스 일행을 태운 질풍마가 부지 안으로 뛰어들었다.

그리고——.

"스바루, 저곳이야!"

"우아우!"

넓은 저택의 부지 내, 안채와 별채라 할 만한 여러 건물이 서 있어서 한순간 어디로 가야 할지 지침을 잃을 뻔했다. 하지만 시선을 내돌린 스바루와 비슷하게 동그란 눈을 부릅뜨며 목표를 찾던 베아트리스가 사람들의 집단을 알아차렸다.

동시에 소리를 지른 루이, 같은 것을 보는 그녀의 외침도 확신을 뒷받침했다.

시선이 닿는 곳, 별채 같은 건물 입구에 여러 인영이 있었다.

단단히 닫힌 문 앞에 보이는 것은 너덜너덜한 제국병 장비를 착용한 등, 그리고 그것과 마주하고 있는 두 인영. 베아트리스는 한쪽을 모르지만.

——다른 한쪽은, 베아트리스도 잠든 얼굴을 잘 아는 소녀였다.

"엘!"

"미냐!!"

소녀와 동행을 노리고 쇳빛을 띤 검이 올라간다.

그 광경이 눈에 들어온 직후, 손을 잡은 베아트리스와 스바루는 반대쪽 손을 내밀고 마법을 영창—— 생성된 남보랏빛 화살이 창백한 낮의 남자들 등을 맞추고 결정으로 바꾸었다.

남자들이 산산이 깨지고, 아슬아슬한 순간에 목숨을 건지자 놀라서 눈을 동그랗게 뜬 소녀 앞에 질풍마가 도달, 당기는 손길에 따라 베아트리스는 스바루와 함께 지면에 내려섰다.

　그리고——.

　"기다렸지, 렘! 주연 등장이다!"

　"그런 것이야."

　한쪽 눈을 감고 이를 빛내는 스바루의 위풍당당한 선언.

　그와 팔짱을 끼고 등을 맞대어 선 자세로, 베아트리스는 어린 외모가 되었어도 누군가를 구하기 위해서 변함없이 발휘되는 그 용감함에 홀딱 반한다.

　그런 베아트리스와 스바루의 스페셜한 등장에, 생명을 구원받은 소녀가 눈을 크게 떴다.

　그대로 감동과 감격에 그녀는 목을 떨더니——.

　"누구세요?"

　딱히, 그렇지는 않은 미심쩍은 목소리로 물어왔다.

4

　"아니, 나야, 나! 조금 작아졌지만 나라니깐! 알 수 있잖아?"

　"……구해주신 것은 감사합니다만, 모르겠습니다."

　"어떻게 이런 일이!"

　생각지도 못한 렘의 싸늘한 대응에 스바루는 짧은 팔을 휘두르며 한탄했다.

궁지에 바람같이 구하러 나타나서 감동적인 재회가 될 거라 여긴 기대가 완전히 배신당했다. 물론 스바루도 멋대로 작아진 책임이 있으니 무조건 기뻐해 달라는 것도 턱없는 소리지만.

"그걸 생각하면, 베아트리스는 용케 작아진 나를 금방 받아들여 주었군⋯⋯."

"딱히 아무 생각도 안 하는 것은 아니야. 그저 작아지든 말든, 스바루는 베티의 파트너란 점에서 차이가 없다는 거지. 그보다도⋯⋯."

"그보다도?"

"저 아이⋯⋯ 렘의 태도, 스바루에게 듣던 얘기하고 전혀 달라. 렘은 스바루에게 다정했다던데⋯⋯. 그런데도 눈매가 저렇다면, 거짓말한 것이야?"

"아니야, 거짓말이 아니야! 그냥, 지금은 조금 여러 가지로 잊어버렸을 뿐이야!"

"잊어버렸다⋯⋯."

렘의 싸늘한 대응에서 파생해서, 베아트리스에게 괜한 의혹을 품게 했다.

이대로는 모두가 『잠자는 공주』 상태가 되기 전의 렘을 기억하지 못하는 것을 틈타 자기 유리한 거짓말을 퍼뜨리던 허풍쟁이 자식이 되고 만다.

"젠장, 요새는 제법 어색한 느낌이 안 들었는데, 몸이 작아지는 바람에 생긴 악영향이 크잖아⋯⋯! 어떻게든 해서, 내가 나라고 알게 하려면⋯⋯."

"어엇?! 어디의 누가 구해 줬나 했더니만, 남편 군! 남편 군이잖아! 잘 달려와 줬어!"

"이거 봐, 렘! 플롭 씨는 알아보고…… 어라?! 플롭 씨?!"

렘의 뒤에서 얼굴을 불쑥 내민 금발 청년, 플롭의 모습에 양치기 소년 의혹을 풀려던 스바루는 기겁했다.

"왜 플롭 씨가 여기에?! 렘과 같이 납치당한 거야?!"

"어이쿠, 아무것도 모르는 채로 부인 군을 구하러 오다니 여전히 막무가내인걸! 하지만 그 인식이 대체로 맞아! 빈사의 중상을 입은 나에게 부인 군이 따라와 주었지!"

"빈사의 중상이라니…… 우와, 진짜다! 심각하게 다쳤어!"

이런 상황에도 밝게 명랑한 플롭이지만, 끝 모를 활달함과 정반대로 안색은 지나치게 하얄 정도이며 옷 틈으로 보이는 살은 붕대로 빙빙 감은 상태다.

검노고도(劍奴孤島)의 경험자로서는, 서 있는 것이 고작이라는 수준의 중상임을 알 수 있다.

"그걸 치료하려고 따라갔다니…… 나 참, 배짱이 너무 두둑하다고, 렘은."

"잠깐만요. 대화를 쉽게 넘어가려고 하는데요……. 플롭 씨, 이 남자아이를 그렇게 부르는 것은……."

"아아, 이런 일은 오히려 제3자 쪽이 눈치채기 쉬울까? 부인 군의 생각대로, 남편 군이야. 동안이 조금 심해졌지만!"

플롭의 말에 렘이 새삼 스바루의 온몸을 빤히 바라보았다.

그 연청색 눈에 떠오른 의혹을 풀기 위해 스바루는 자기 얼굴이 잘 보이게끔 각도를 조정하고 상쾌하게 웃었다. 의혹의 빛깔이 놀람으로 변하고, 곧 어이없다는 감정으로 바뀌었다.

"이상한 사람이라고는 생각했었습니다만…… 여장만이 아니라 어린아이로 변신하는 짓까지 할 수 있는 거예요?"

"아니야! 이 상태는 불가항력이라고! 그렇지, 베아트리스."

"스바루, 베티가 모르는 곳에서 또 여장하고 있었어……?"

"지금 그 부분을 걸고 넘어지지는 말아 줘!"

렘과 베아트리스, 둘로부터 근거 있는 의혹을 받은 스바루는 쩔쩔맸다. 그런 대화 옆에서 플롭이 단정한 자신의 얼굴을 손가락으로 가리키며 말했다.

"뭐, 여성으로 분장하는 것은 남편 군만이 아니라, 나나 촌장 군도 했었지만. 내가 생각해도 잘 어울리던 것 아닐까. 그 모습도 귀여워."

"애교에 전력투구하던 시절의 나니까. 아무튼! 합류해서 다행이야!"

안도로 가슴을 쓸어내린 스바루는 렘과 플롭 둘에게 웃음을 보냈다. 그 웃음에 플롭은 환한 웃음으로 응수하고, 렘은 잠시 가만히 침묵하나 싶더니 이렇게 물었다.

"일부러, 저를 찾으러……?"

"그야 당연하지. 아니, 도중까지는 납치당한 줄 몰랐지만 말이야. 안 순간에 사적인 감정이 솟구치더라. 여기에 있다고 확신할 수 있었던 것은…….."

"우—!"

스바루가 대답하는 도중에, 그 확신의 이유가 렘에게 달려들었다.

"와." 하고 놀란 렘의 가슴에 금빛 머리카락을 휘날리는 루이가 뛰어들었다. 받아낸 소녀의 모습에 렘의 눈동자에 비로소 안도의 빛깔이 떠올랐다.

"루이, 무사했던 거네요. 다행이다⋯⋯. 멋대로 저 사람을 따라갔으니 차가운 대우를 받거나 두고 갔을까 봐 불안해서."

"아―우!"

"아무리 그래도, 그렇게 불안해할 만큼 차갑게 대하지는⋯⋯ 했었나. 했었지. 했을지도 모르겠어. 지금은 반성하고 있지만."

안겨드는 루이의 머리를 쓰다듬는 렘의 말에 스바루는 손가락으로 뺨을 긁었다.

실제로 스바루 일행이 카오스프레임에 갔을 때가 렘과 루이의 마지막으로 헤어진 때이며, 그 시점에서 스바루와 루이의 관계는 최악이다. 도중에 좋은 기회라며 스바루가 루이를 들판에 버리고 오지 않는다고 장담할 수 없었으므로 렘의 걱정은 당연하다고 할 수 있으리라.

"하지만 지금은 루이를 어떻게 하겠다는 생각은 안 해. 화해했거든."

"⋯⋯정말인가요? 루이."

"우!"

함박웃음으로 끄덕이는 루이 덕분에 드디어 렘의 딱딱한 표정도 풀렸다.

몸이 작아진 이후로 가장 큰 위기였을지도 모르는 상황을 벗어날 수 있을 듯해서 스바루도 일단 안심이었다. 그런 스바루의 손을 문득 베아트리스가 세게 잡았다.

"……받아들일 각오였어도, 이상한 기분이 드는 광경인 것이야. 저 계집애와 렘이, 저렇게 화목하게 지내고 있다니, 요상해."

베아트리스가 그렇게 중얼거리자 스바루도 '하긴 그렇지' 하고 쓴웃음 지었다.

볼라키아 제국에 날아온 당초, 깨어난 직후의 렘에게 적대당하며 그 목적을 전혀 알 수 없는 루이가 함께였던 상황을 감안하면, 스바루도 베아트리스에게 완전히 동의했다.

무슨 팔자인지, 렘을 『잠자는 공주』로 만든 원흉인 『폭식』의 대죄주교가 이렇게 얼싸안으며 서로 무사함을 기뻐하고 있으니까.

"앞으로 어떻게 할지, 그 답은 아직 잘 나오지 않았지만."

렘의 기억은 아직 돌아오지 않았다. 루이의 정체도 여전히 모르고 있다.

하지만 이렇게 렘과 살아서 재회했고, 루이도 손이 닿는 곳에서 이쪽에 우호적인 태도를 보이고 있다. 그렇다면 해결책은 찾을 수 있을 터다.

그러기 위해서도——.

"슈바르츠 님, 오래 화목한 분위기를 다지고 있을 여유는 없을 줄로 압니다."

그런 재회 분위기에 좋은 의미와 타이밍으로 탄자가 찬물을 끼얹었다.

스바루는 분위기를 파악할 줄 아는 기모노 여아인 탄자를 "그러게." 하고 돌아보고, 말 위에서 주위를 경계해 주던 이드라에게 손을 흔들며 말했다.

"렘 일행은 찾아냈고, 내 입장에선 만만세……. 나중에 다 같이 떠들썩하게 놀기 위해서도 최대한 많은 사람을 데리고 제도에서 도망치고 싶은데, 이 저택에 사람들이 더 있어?"

"여기서 알고 지낸, 카츄아 씨라는 여성이 있어요. 그리고 이 별채 건물 안에 『흑발의 황태자』 분들이."

"흑발의…… 즉, 가짜 슈바르츠들인가."

스바루의 질문에 렘이 대답하고, 일동의 시선이 바로 옆의 단단히 닫힌 문으로 돌아갔다. 그 안에 갇힌 이들의 내력을 듣자 이드라가 떫은 표정으로 중얼거렸다.

그가 입에 올린 가짜 슈바르츠라는 인식은 『플레아데스 전단』의 거의 전원이 공유하는 것으로, 스바루가 그들에게 한 큰 거짓말의 일부다.

제국에서 화제에 오른 『흑발의 황태자』란, 황제인 빈센트 볼라키아의 사생아이며, 각지에서 봉기한 그자들은 모두 가짜에 불과하다.

진짜 『흑발의 황태자』는 다름 아닌 나츠키 슈바르츠라고——.

"대의명분의 필요성은 이해하지만, 그런 식으로 체면이고 뭐고 다 집어치운 방식은 호감이 가지 않아."

"베티도 그 수염 남자에게 동감해. 발안자도 마음에 들지 않는 것이야."

"수, 수염 남자……."

황제의 사생아를 사칭하는 작전에 이드라가 불쾌감을 표명해서 스바루도 귀가 따가웠다. 그에 뒤따른 베아트리스의 한마디는, 이것이 누구의 꿍꿍이인지 스바루의 확신을 보강했다.

솔직히 추대받은 가짜 황태자들의 인간성은 알 수 없지만——.

"슈바르츠 님, 어떻게 하시겠나요?"

"아니, 어떻게고 자시고 없지 않아? 여기에 남기고 가면 늦나 이르나 반드시 좀비들에게 당할 테니까, 구하지 않는다는 선택지는 있을 수 없잖아."

목소리를 낮추어 스바루의 판단을 묻던 탄자가 눈을 크게 떴다.

그 반응의 진의는, 탄자만은 『흑발의 황태자』를 사칭하는 스바루의 작전을 알고 있으며, 다른 황태자의 존재가 그 거짓말을 폭로할 우려가 있음을 알고 있기 때문이다.

『플레아데스 전단』의 동료들이 스바루를 믿고 이 싸움에 따라와 준 것은 스바루가 『흑발의 황태자』이기 때문이다. 거짓이 들통 나면 스바루는 신뢰를 잃는다.

"하지만 그건 그거, 이건 이거지."

탄자의 염려는 알지만, 스바루는 거짓을 지키기 위해서 사람의 생명을 희생하지는 않았다.

물론 이 배려가 통해서 가짜 황태자들이 스바루 일행에게 감사한 뒤 전면적인 협력을 약속하고 일이 끝난 다음 부둥켜안으며 함께 웃는 것이 베스트다.

"옆에서 보면 이상한 입장끼리고, 서로 원한이 있을지도 모르지. 하지만 그건 일단 옆에 치워 두고, 이 자리에서는 모두가 협력하자."

"그래야지 베티의 스바루야."

스바루가 내놓은 결론에, 베아트리스가 손을 꼭 마주 잡으며 미소 지었다. 그 미소에 용기를 얻는다. 또 한순간, 베아트리스와 탄자 사이에 긴장감이 흘렀지만.

어쨌든 탄자의 염려는 기우일 것이다. 애초에 황제의 사생아 작전을 실행한 것은 아벨 본인일 터다. 진짜 사생아가 있다면 이 작전은 실행할 수 없다.

"아벨이 여자 관계 지저분한 녀석이었으면, 가짜 황제가 모를 가능성은 있지만……."

"적어도, 저는 아벨 씨의 그런 일면을 상상할 수 없네요."

"나도 그 생각이야. 그 녀석, 여장한 자신이 제일 미인이라고 생각하고 있는 거 아닐까."

자신이 나츠미 슈바르츠를 자칭하고, 아벨이 비앙카를 자칭하고, 덤으로 플롭이 플로라를 자칭했을 때를 돌아본 스바루는 불경하기 짝이 없는 추측을 세웠다.

그 추측의 옳고 그름이야 어쨌든, 사로잡힌 가짜 황태자들을 구하겠다고 결심했다면——.

"렘! 아까 얘기했던, 여기서 알게 된 친구는 어디 있어?"

"카츄아 씨라면."

루이에게 끌어안겨 있던 렘이 그 표정을 바로잡고 본채 쪽을 돌아보았다.

이만큼 넓은 저택이다. 잠입한 좀비가 아까 쓰러뜨린 세 구만이라고는 생각하기 어렵다. 다른 좀비가 최악의 사태를 일으키기전에, 그 여성과 합류하고 싶은 바다.

"그 카츄아라는 사람의 특징은?"

"머리는 갈색에 삐죽삐죽하고, 눈에서는 깊이가 느껴지는 분이에요. 그리고…….'

"카츄아 양은 다리가 불편해. 그러니까, 지금은 저택 안에 숨어있게 했지."

"다리가…….'

렘에 이어 플롭이 가르쳐 준 내용에 스바루는 턱에 손을 짚었다.

다행히 스바루 일행이 타고 온 질풍마가 있기에 다리가 불편한상대를 옮기기에는 딱 좋은 상황이라 할 수 있다. 가짜 황태자들의 인원수에도 달린 문제지만, 행군 속도는 늦추지 않아도 될 터.

"멀쩡한 전투원이 탄자밖에 없는 것이 걱정거리지만……."

"지금의 베티와 스바루라면, 그 사슴 계집애보다 못하지 않은것이야."

"나도, 바이츠나 구스타프 총독 정도는 아니지만 싸울 수 있다고 생각해."

전력을 불안시하는 스바루에게 베아트리스와 이드라에게서도믿음직한 답변이 들렸다.

동료의 배려에 도움받으면서 스바루는 "좋아." 하고 끄덕였다. 렘의 불안을 걷어내기 위해서도 서둘러 카츄아라는 여성을 좀비의 마수에서 구해야 한다.

"혹시 모르니 탄자도 같이 가 줘. 렘도, 그 카츄아 씨를 안심시키기 위해서 같이 와 주면 도움이──."

"그렇다면 걱정할 필요 없어. 카츄아라면 무사히 구해냈거든."

"─────."

별채 건물 옆에서 갑자기 들려온 목소리에 스바루의 말이 가로막혔다.

──아니, 단지 끼어들었기 때문에 막힌 것이 아니다. 들린 목소리에, 스바루의 심장이 차갑고 날카로운 것에 찔리고 후벼졌기 때문이다.

"스바루?"

스바루가 온몸을 긴장으로 굳히자 베아트리스가 이변을 알아차렸다.

그러나 스바루는 그런 베아트리스의 부름에 대답하지 못한 채 부릅뜬 눈을 목소리가 들린 쪽으로 돌리고, 한 발짝 옆으로 비켰다. ──렘과, 상대 사이에 끼어들 듯이.

눈앞에서 수풀을 밟는 소리가 들리고 그늘로부터 천천히 나타난 것은──.

"그건 그렇고, 기구한 인연이라는 게 정말 있긴 있군. 단지 상황이 이렇잖아?"

"─────."

"피차, 사정은 많겠지만…… 일단 번거로운 원한은 뒤로 미뤄두고, 같이 여기서 도망치기 위해서 협력이나 하자고."

그렇게, 스바루의 직전 발언을 야유하듯이 되새긴 남자── 제국에서 싹튼 가장 성가신 악연의 상대, 토드 팽이 스스럼없이 어깨를 으쓱이고 있었다.

5

남자는 친근한 척 스스럼없이, 상대의 경계심을 풀기에 가장 적합한 미소로 서 있었다.

나츠키 스바루는 그 미소에 칭칭 휘감기는 감각에 지배당한다. 갖가지 곤경을, 갖가지 '죽음'을 체험한 스바루조차도, 그 남자의 이루 말 못할 섬뜩함에는 저항할 수 없다.

대죄주교에게도 품지 않았던 공포심이지만 토드 팽에게는 품을 수밖에 없다.

"_____."

그런 토드를 바라보며 경직된 스바루의 모습에 주위 동료들이 곤혹스러워했다. 손을 잡은 베아트리스도, 탄자나 이드라도 스바루가 동요하는 이유를 이해하지 못했다.

어쩌면 그것은, 이 남자를 앞두고 가장 해서는 안 될 지체일 수도──.

"──카츄아 씨!"

사고가 어지러워진 스바루가 감싸던 렘이 소리 높여 외쳤다.

긴박하게 소리친 렘의 시선은 나타난 토드가 아니라 그 배후를 향하고 있었다. 스바루도 고심 끝에 토드로부터 의식을 떼어 내어 렘과 같은 것을 보았다.

그곳에 있던 것은, 토드의 등에 숨어 있던 바퀴 의자를 탄 여성이었다.

토드의 옷을 잡고 스바루 측을 노려보는 여성은, 적갈색 삐죽머리에 의심 깊게 세상을 깔아보는 눈으로, 렘이 말한 특징과 일치하는 인물——카츄아다.

무사한 것 자체는 바람직하다. 단, 토드 옆에만 없다면.

"그 사람에게서 떨어져요……!"

스바루와 같은 위기감을 느꼈는지 렘이 목소리를 날카롭게 높이며 토드를 노려보았다. 그런 렘의 긴박감에 촉발되어 찰싹 붙어 있던 루이도 "우—!" 하고 토드에게 으르렁대었다.

토드는 트레이드마크인 머리띠를 잃고 들어 올렸던 주황색 머리카락을 내리고 있었지만, 그렇다고 이 남자의 위험성이 옅어지지는 않으리라. 토드에게 인질이 잡힌 상황의 절망감은, 스바루의 전신 혈액을 차갑게 식히기에 충분하고도 남았다.

"여기서부터라면……."

가령 죽었을 경우, 어디까지 시간이 돌아갈지 아직 확인하지 못했다.

다행이라고도 고약하다고도 말할 수 있지만, 이 제도의 싸움에 개입하여 성벽을 쳐부수고 도시 안에 몰려드는 일련의 과정 중에, 스바루는 한 번도 목숨을 잃은 적이 없었다. 그 때문에 현재 『사망귀환』의 리스타트 지점이 어디인지 모르고 있다.

루이나 베아트리스와 만나고, 렘이나 플롭과도 합류에 성공한 최상의 성과다.

한 번 더 이 상황에 다다르는 데에 어느 정도의 리트라이가 필요할지——.

　"그래도, 필요하다면 하겠어."

　소중한 것을 전부 떠안고 미래로 나아가겠다고 결심했으면, 스바루는 그러기를 주저하지 않는다.

　그렇기에 검노고도에서 관련된 전원을 구출하고, 플레아데스 전단의 동료로서 오늘까지 싸워올 수 있었다. ——포기하지 않는다. 그걸 위한 적이, 공포의 상징이라 해도.

　그렇게 결의한 스바루는 온 정신을 쏟아 토드의 빈틈을 살피며 공격할 기회를——.

　"기, 기다려! 그게 아니야! 렘, 나는 붙잡지 않았어!"

　"카츄아 씨?"

　"오해…… 그래, 오해야! 토드는 너희 적이 아니야!"

　그렇게 언성을 높인 카츄아가 의자의 바퀴를 굴리며 앞으로 나서려 했다. 하지만 토드가 그런 카츄아의 가녀린 어깨를 눌러서 전진을 막았다.

　카츄아는 기세를 못 이겨 앞으로 휘청거리더니 울상으로 토드를 노려보았다.

　"잠깐, 무슨 짓이야! 위험하잖아!"

　"위험한 것은 네 쪽이야. 멋대로 앞으로 나서면 안 되지."

　"누, 누굴 위해서 내가 말을 해 주고 있는 줄 아는데……!"

　"물론, 날 위해서지. 그렇다고 반한 여자가 위험한 짓을 하는 걸 두고 보겠냐."

"으……."

기세 타고 얼굴을 붉히며 으르렁대던 카츄아가 그 말에 입이 막혔다. 그것은 수치심이나 겸연쩍다는 이유가 아니라, 상대의 배려에 거짓이 없다고 전해지는 말투였기 때문이다.

기만이 없는, 토드의 솔직한 배려—— 그것이, 스바루는 믿기 어려웠다.

"카츄아 씨, 혹시 그분이……."

작게 숨을 집어삼킨 렘이 쭈뼛거리는 기색으로 카츄아에게 물었다. 질문 내용을 명언하지 않았지만 카츄아는 붉은 얼굴 그대로 끄덕였다.

"너한테 몇 번씩 말했잖아. ……나의, 왜, 그거야."

"약혼자다."

"그거야……!"

머뭇대던 답이 명언되자 카츄아가 자포자기하듯 렘의 질문에 대답했다.

그 대답에 렘의 눈이 흔들리며 뚜렷하게 동요했다. 그런 렘과 비슷한 수준의 충격을 받은 스바루 또한 토드와 카츄아의 얼굴을 번갈아 보다가 입 안이 바짝 말랐다.

"약혼자……."

만나고 나서 그 후의 일까지 토드와는 워낙 좋은 추억이 없다. 하지만 그의 악마적인 주의력과 무자비함과는 별개로 인상적이던 것이 '약혼자'의 화제다.

군인으로서 파병되어 『슈드라크의 민족』의 촌락이 있는 숲 옆에 진을 치고 있던 토드는, 남기고 온 약혼자 곁으로 돌아가고 싶다고 틈만 나면 이야기했었다. 그 약혼자의 존재도, 토드의 본성이 밝혀진 뒤로는 기억 저편으로 사라진 꼴이 되었지만.

"실존, 했었나……."

무심코 중얼거릴 만큼, 토드와 사랑스러운 약혼자는 어울리지 않는 단어다.

그런 스바루의 독백과 같은 심경인지 렘은 매서운 의혹의 눈길을 토드에게 보내고 힐문했다.

"정말로, 당신이, 카츄아 씨의 약혼자인가요?"

"정말이야. 설마, 카츄아와 당신이 사이좋게 재상의 저택에 확보되었을 줄은 몰랐군."

"————."

"그런 눈 하지 말아 주지그래. 그야, 나도 좋은 만남이었다고도 좋은 관계였다고도 말하지 않겠지만—— 그 꼬마의 말대로, 피차 과거는 물에 흘려보내야 하지 않나?"

"아……."

험악한 눈초리의 렘에게 유들유들하게 대답하던 토드의 시선이 도중에 스바루를 쳐다보았다. 그 시선에 스바루의 목이 얼어붙고, 식은땀이 등을 흥건히 적셨다.

그러나 한쪽 눈을 감으며 윙크한 토드의 태도에서 적의는 느껴지지 않았다.

"————."

당연하지만 토드는 작아진 스바루의 모습과, 이전 스바루의 모습을 동일 인물로 연결해서 생각하지 않았다.

렘과의 적대 관계는 자각하면서도, 그것을 무시하고 협력 관계를 구축하겠다며 뻔뻔히 제안할 정도다. 스바루를 눈치챘다면 이럴 수 없으리라.

"남편 군, 부인 군, 그 병사 군하고는?"

침묵한 스바루와 렘의 모습에 플롭이 부드러운 생김새에 진지한 빛을 띠었다.

그런 플롭에게 섣부른 말을 할 수 없는 스바루를 대신해 렘이 대답했다.

"저 남자와는 이전, 몇 번쯤 접점이 있습니다. 그때마다 목숨이 위태로웠습니다만."

"어······."

렘이 카츄아를 신경 써서 말을 고르는 노력과 함께 사실을 전달했다. 그 말을 들은 카츄아는 눈을 크게 뜨고 바로 옆의 토드를 보았다.

"저, 정말이야? 토드, 너, 렘을······."

"명령이었어. 군인인 이상, 누군가에게 무기를 겨눌 때도 있어. 내가 바라지 않아도 말이지."

"'내가 바라지 않아도' 라니, 아무 소리나······."

"성곽도시에서 있던 일이라면 당신의 동행을 위험시한 결과야. 그 전의 일이라면, 아까도 말했지만 명령받았을 뿐이고. 당신에게 개인적인 원한은 없어."

말하면서 토드가 허리춤에 찬 도끼를 잡았다. 그 순간, 스바루 일행에 긴장이 번졌지만 토드는 한 손을 든 채로 잡은 도끼를 선뜻 내던졌다.

포물선을 그린 도끼가 지면을 미끄러지며 스바루 일행의 발밑으로 굴러갔다.

"아—우."

루이가 그 도끼를 줍고 스바루와 렘의 얼굴을 번갈아 쳐다보았다.

보아하니 도끼 모양의 폭탄은 아닌 듯하고, 순수한 무장 해제로 여겨도 되는 모양이다. 그 사실을 인정한 스바루 일행에게, 토드는 든 두 손을 휘적휘적 흔들었다.

"보다시피 적의는 없어. 다만 피차 눈싸움하느라 허비하는 시간이 아까운 건 마찬가지일 테지."

"부인 군…… 나도 건설적인 대화가 필요하다고 생각하는데, 어떻게 할까?"

"————."

렘이 자기 팔을 꼭 껴안으며 스바루에게 힐끔 눈길을 주었다.

토드에 대한 경계를 공유하고 있는 것은 스바루와 렘 두 사람뿐이다. 루이와 플롭도 토드와는 접점이 있었지만, 두 사람은 토드가 그 위험성을 발휘한 순간을 직접 목격하지 못했다. 타이밍이 좋은지 나쁜지, 판단은 서지 않지만——.

"베티는, 스바루의 결정에 따르겠어."

스바루와 손을 잡은 베아트리스가 선택할 용기만을 주었다.

베아트리스만이 아니다. 탄자나 이드라도, 스바루의 선택에 미래를 맡기고 있다. ──이 두 사람과 토드가 같은 곳에 있게 놔두는 상황만 쳐도 스바루의 심장은 얼어붙을 지경이다.

본심을 말하자면 1초라도 빨리, 토드의 존재를 자신들로부터 멀리 떼어놓고 싶지만.

"카츄아 씨는 렘의 친구잖아. 최대한 많이 모아서, 다친 데 없이 탈출하고 싶어. 여기서 우리가 으르렁대고 있을 여유는 없다……고 생각해."

"이해는, 합니다만."

스바루의 고뇌 어린 결단에, 렘이 분한 듯이 입술을 깨물었다.

하지만 섣불리 거부했다가는 토드가 어떤 행동에 나설지도 모른다. 그 점은 렘도 공유하는 불안이다. 한자리에 모인 이상, 오히려 토드와 따로 떨어지는 것이 더 두렵다.

언제 폭발할지 모르는 폭탄을 방치할 수 없는 이유와 똑같다.

"거, 걱정하지 않아도 괜찮아! 이 녀석, 이 녀석 말도 안 되게 끈질기니까! 분명, 나도 너희도, 다들 도망치는 데는 도움이 될 거니까."

"이것 봐, 약혼자를 무슨 좆다 벌레처럼 말하면 어떡해."

그런 스바루와 렘의 모습에 카츄아가 치졸하나마 토드를 두둔했다. 카츄아의 옹호에 쓴웃음 지은 토드는 손으로 머리카락을 쓸어 올리며 말했다.

"뭐, 받아들여 준다면 그 은혜를 갚아야지. 나를 너무 가볍게 보는 카츄아도 정신을 차리게 해야 하니까."

가시지 않는 긴장감에 목을 꿀꺽 울린 스바루의 마음을 아랑곳

하지 않고, 마치 성격 좋고 믿음직한 젊은이처럼 들리는 말과 함께 제도에서 퇴각하는 팀에 토드가 합류했다.

6

──이 상황에서, 스바루가 토드 팽의 존재를 거부하지 않은 이유는 셋.

첫 번째는, 토드의 약혼자인 카츄아의 존재다.

이 저택에서 보내던 생활 중에 렘과 우호적인 관계를 쌓았다는 카츄아는 그 좋지 않은 말버릇과 정반대로 선량한 인간이며, 토드를 전적으로 믿고 있다. 만약 스바루가 토드의 위험성을 호소해 봤자 그녀가 믿을 가능성은 전무할 것이다.

렘은 카츄야를 염려하고 있다. 관계 악화를 부를 선택은, 심정적으로도 택할 수 없었다.

두 번째는, 『사망귀환』을 거듭함으로써, 토드의 행위가 모두 다 미수로 그쳤다는 점이다.

냉혹한 성격과 냉철한 판단력을 겸비한 토드는, 여태까지 몇 번이고 다른 상황에서 스바루를 궁지에 몰아넣고 그 생명을── 아니, 때로는 스바루의 소중한 동료의 생명을 앗아갔다.

하지만 『사망귀환』으로 그 사태를 미연에 막은 결과, 토드는 스바루 일행에게 그 흉험한 칼날을 들이기는 했어도 그 이상의 위해를 가하지 않은 사태가 정사(正史)가 된 것이다.

슈드라크의 숲에 불을 지른 것도, 성곽도시에서 집요하게 습격

한 것도, 검노고도의 대학살도, 전부 일어나지 않았다. ──그저
토드라면 실행할 수 있을 뿐이지.

그리고 마지막 세 번째 말이지만──.

"가슴 위쪽을 노려! 다리는 시간 벌이밖에 되지 않아!"

"쳇, 베아트리스!"

"알아! 미냐!"

날카로운 목소리의 지시에 스바루와 베아트리스가 동시에 정면
으로 손을 내밀었다.

손바닥을 겨눈 방향, 지면에 쓰러진 '적' ── 좀비의 모습이 여
럿 있으며, 그곳을 노리고 보라색 화살이 잇따라 발사되어 피어
오르는 먼지구름과 함께 적이 결정화했다.

급소에 명중하는 사태를 모면한 자도 몇몇 있었지만, 몸통이 저
런 상태가 된 이상.

"머리가 무사해도, 깨질 뿐이지요."

끈질기게 살아남은 좀비에게 탄자가 발꿈치를 내리찍었다. 결
정화한 몸통이 부서지고 팔다리가 날아간 좀비는 재생이 시작되
지 않으며 이윽고 색을 잃고 모래처럼 허물어졌다.

그렇게 사라지는 좀비의 모습을 보고서 뭔가 느껴지지 않는 건
아니지만──.

"이걸로 뒷길의 장애물을 제거했군. 당신들의 여력은?"

"……아직 더 할 수 있어. 1만이든 10만이든 덤벼 보라는 것이
야."

"그건 믿음직하지만, 나나 다른 일원에게 그 수는 좀 봐주시지. 어쨌든 간에 놈들에게 효과 직통인 것은 당신들의 마법……즉, 당신들이 목숨줄이야."

퇴각의 가장 큰 장해물이 되는 좀비 군단, 도로의 적을 일소했을 때에 토드가 그렇게 말하자 베아트리스와 손을 잡고 있는 스바루는 복잡한 심경에 젖었다.

아군이라는 명목을 내세운 토드에게 칭찬받아도 도저히 무턱대고 기뻐할 수 없었다.

그러나 그런 스바루의 심정과 상관없이 토드는 주위의 기척을 탐색하며 말했다.

"저택에서 카츄아와 합류할 때까지, 그 안색 나쁜 녀석들과는 몇 번이고 마주쳤어. 정규군과도 반란군과도 싸우고 있는, 대화가 통하지 않는 녀석들이야."

"대화가 통하지 않는다……. 하지만 저택에서 남편 군이 쓰러뜨린 그들은 말이 통했었는데?"

"말이 통하는 것과 대화가 통하는 것은, 비슷한 듯하면서도 전혀 다른 뜻이잖아? 놈들은 들을 생각이 없는 데다가 머리를 깨도 목을 쳐도 죽지 않아. 적으로 돌리면 더할 나위 없이 까다로운 괴물이지."

"죽지 않는 군대……. 슈바르츠 님과 동행하는 아이가 얘기했던 것처럼."

좀비의 만만치 않은 특성을 설명받은 플롭과 탄자가 생각에 잠겼다.

그들에게 검토 재료를 제공한 것은 토드이며, 그것은 스바루도 무시할 수 없었다. 정밀한 분석이라 할 수 있는 내용이었다.

"개중에서, 빌려온 정령으로 숯이 될 때까지 태운 놈들은 일어서지 않더군. 마법이 아니라 단순한 불이라도 해치울 수 있는지는 검증이 부족하지만, 주력으로 삼을 건……."

"남편 군들의."

"마법이로군요."

"그렇게 되지. 일단 목 위를 가격한 녀석의 부활은 다른 곳이 망가진 녀석보다 오래 걸리는 것 같아. 다리는 의외로 빠르게 재생하니까, 움직임을 막는 쪽을 노리기에는 적당치 않아."

그런 충고까지 덧붙이는 토드에게는, 그의 본성을 아는 스바루조차 감탄스러웠다.

실제로 아군으로 받아들이겠다는 이야기가 정리되자, 토드는 이렇게 아낌없이 좀비의 정보를 공유하고 퇴각을 위한 최선의 수단을 딴 생각 없이 모색하고 있다.

좀비와의 첫 조우 자체는, 스바루 일행과 토드 사이에 시간차는 없을 터다. 그럼에도 불구하고 단시간에 이렇게까지 적을 분석한 그에게 스바루는 탄복했다.

이런 토드의 통찰력이야말로, 스바루가 그를 거부하지 않은 세 번째 이유였다.

"그래도 이 정도일 줄이야……."

생존을 위해서 필요한 정보의 취득과, 그 탐구에서 토드를 앞서는 이는 없다.

꼭 좀비만이 아니라 무엇을 상대로도, 누구를 상대로도, 어디에 있든 그런 자세를 무너뜨리지 않는 것이 토드의 그 기이한 결단력과 실행력을 밀어주고 있는 것이다.

"카츄아 씨, 괜찮으세요?"

"으, 응, 정체 모를 녀석들 때문에 떨리는 것 말고는……. 너야 말로, 괜찮아?"

"프리실라 씨나 마델린 씨 같이, 승산이 없는 상대가 훨씬 무서우니까요."

"꺼림칙한 방향으로 배짱이 있네……. 뒤에 있는 아이들도, 괜찮을까."

카츄아가 바퀴 의자를 밀고 있는 렘과 대화하며 힐끔힐끔 뒤를 신경 썼다.

카츄아가 시선을 보내는 건 후속 팀. 길을 만들기 위해 앞서 가는 스바루 일행보다 늦게, 렘과 카츄아가 있는 후속 팀으로 동행하는 사람들은 포로 입장에서 해방된 가짜 황태자들이었다.

『흑발의 황태자』라는 역할을 부여받아 별채에 갇혀 있던 그들은, 누구나 지금의 스바루와 비슷한 또래의 열 살 안팎의 소년들이었다. 다행히 저택에서는 험한 대우를 받지 않았는지 다치거나 병이 든 자는 없었지만, 강한 공포에 지배받고 있었다.

그런 그들을 밖으로 데리고 나오는 데에 도움이 된 것도, 뜻밖이지만 토드였다.

"지금부터 저택을 포기하고 제도 밖으로 간다. 밖에는 위험한 녀석들이 우글대지만, 지시에 따르면 아무도 죽지 않을 수 있다.

──제도의 검랑(劍狼)으로서, 맹세하겠다.”

토드는 뻔뻔하게 느껴지는 그 선언을, 스바루조차도 뻔뻔하게 느끼지 못할 만큼 철저하게, 모범적인 제국병을 가장해서 장담했다.

그 결과, 가짜 황태자들은 큰 반발 없이 당차게 지시에 따라서 성벽을 목표로 나아가는 스바루 일행의 보조를 흐트러뜨리지 않으며 따라오고 있었다.

후속 팀은 열 명을 넘는 가짜 황태자들과, 카츄아의 바퀴 의자를 밀고 있는 렘. 그런 그녀들을 질풍마에 태운 이드라와, 유격수 역할을 받은 루이가 호위하는 형국이었다.

걷기 불편한 길이나 좀비 집단을 우회하는 길을 고르고 있기에 신중한 행군은 결코 빠르다고는 할 수 없지만 그래도 착실하게 제도의 성벽에 가까워지고 있었다.

“그런데 남편 군은 탐탁지 않은 얼굴인걸. 역시 병사 군이 신경 쓰이나?”

플롭이 순조로운 행군과 대조적으로 정신적인 마모가 심한 스바루의 얼굴을 들여다보았다.

눈치 빠른 플롭에게는 스바루가 토드를 필요 이상으로── 적어도 현시점의 정보량으로는 필요 이상으로 경계하는 것이 훤히 내다보일 것이다. 물론 『사망귀환』의 금기에 저촉하기에 플롭이 살해당한 사실을 전할 수는 없지만.

“플롭 씨, 아까도 말했지만…….”

“병사 군의 동향에 충분히 주의하란 말이지? 잘 알고 있어. 탄자

양이 저렇게 되도록 병사 군 옆에 있는 것도 네 부탁을 들었기 때문이고."

"_____."

"작아져서 얼굴은 어려졌는데 사고방식이 어른스럽다고 할까, 신중파가 다 되었어, 남편 군. 너는 언제나 최선을 다해 고민하는 것이 미덕이기도 해. 하지만 말이야, 나는 성곽도시를 공략하기 위해서 여장을 제안하는, 그런 너도 좋아해."

부드럽고 온화한 웃음을 내비치는 플롭의 말에 스바루는 머쓱해지다 쓴웃음 지었다.

스바루에게 부담을 주지 않기 위해서겠지만, 그런 생색을 내지 않는 것이 플롭의 장점이다. 주눅 들고 있으면 안 되겠다고, 순순히 마음을 다잡을 기분도 들었다.

무력도 마법도 없이, 말만 가지고 이 잔혹한 제국을 살아온 플롭. 그가 지닌 유일하고 최대의 무기, 인덕이야말로 그렇게 만드는 것일까.

"아, 스바루, 발밑을 봐."

"발밑…… 아, 우와!"

그 이야기가 일단락 지어졌을 즈음, 스바루는 베아트리스가 당기는 손길에 자신의 발밑──경사가 진 지면에 물이 흐르며 신발을 적시고 있음을 깨달았다.

수정궁 너머, 대량의 물을 담아 두었던 저수지의 벽에 금이 가고 시가지에 흘러든 물이 본격적으로 높아지기 시작했다. 적은 좀비만이 아니라 이 물도 해당된다.

신중함은 중요하지만 시간을 너무 오래 들이면 물에 따라잡혀 삼켜지고 만다.

　"그리 되기 전에 출구에 도착하지 않으면, 전원이 다 함께 끝장이야."

　그런 스바루가 품은 위기 의식을, 다가온 토드가 명언했다.

　토드와 물, 두 종류의 긴장에 얼굴을 굳힌 스바루 앞에서 그는 수정궁 쪽을 쳐다보고 말했다.

　"모그로 일장도 『운룡(雲龍)』 상대로는 불리한가 보군. 패배도 시간문제겠지. 1대1이라면 또 몰라도 2대1이란 게 치명적⋯⋯ 일장이 쓰러진 뒤, 적은 어떻게 움직이지?"

　"어떻게 움직이냐니, 그걸 알 수 있어?"

　"『운룡』은 어떨지 몰라도, 연계하는 비룡 기수는 딱 봐도 시체야. 여태까지 시체들은 우리를 보자마자 공격했지. 즉⋯⋯."

　"좀비들의 목적은, 산 자를 죽이는 것."

　"부아 치밀지만, 그런 셈이다."

　지긋지긋하다는 눈치의 토드. 스바루도 그가 염려하는 바를 이해한다.

　좀비들의 목적이 산 자의 말살이라면, 더 대량으로 죽일 수단을 선택해도 이상하지는 않다. 저, 성 옆에서 하얀 용(龍)과 싸우고 있는 돌 거인이 패배하면, 좀비들은 저수지의 물막이벽을 부수어 제도를 단숨에 물바다로 만들 것이다.

　그렇게 되면, 제도 밖은 몰라도 안에 있는 사람은 깡그리 전멸하는 사태를 피할 수 없다.

"부아는 치밀어. 하지만 그 좀비라는 호칭은 괜찮군. 뭔가 부를 말은 필요해. 앞으로는 놈들을 좀비라고 부르기로 하지."

"그 좀비에 관해서, 너는 어떻게 생각하는 것이야?"

침묵하던 베아트리스가 문득 토드에게 그런 질문을 꺼냈다.

좀비, 라고 입에 되새기던 토드는 베아트리스의 질문에 의아한 표정을 지었다.

"어떻게 생각하느냐니?"

"여태까지 맞닥뜨린 좀비의 태반은, 행색을 보기로 너와 같은 제국병인 것이야. 아군에 손을 대고 생각하는 바는……."

"먼저, 아군이 아니야. 복장만 같지 죽으면 군인도 뭣도 아니지. 성가신 장애물이란 이상의 인식은 필요 없잖아."

"————."

"녀석들이 누구의 끄나풀이고 무엇이 목적이냐는 얘기, 지금 살아남는 데에 중요한 사항 같지 않다만. 그런 것은 높으신 분들께서 생각해서 답을 내놓을 문제지."

"……그만 됐어."

태연한 대꾸에 베아트리스가 시선을 돌리고 대화를 중단했다. 베아트리스의 반응에 어깨를 으쓱인 토드는 옆에 있는 스바루를 보고 말했다.

"믿음직한 짝이지만, 정신적으로 힘들어 보이면 잘 대화를 나눠 둬. 의외로 속내를 토로하기만 해도 나아진다."

"……기억해 둘게."

무거운 스바루의 대답에 토드는 "그렇게 해." 하는 말을 남기고 다시 앞으로.

토드가 앞길의 척후를 맡아서 좀비의 배치와 격퇴법을 강구하고, 다른 일행이 이를 검토하고 실행, 도주로를 확보한다. 현재, 잘 들어맞고 있는 작전이다.

단──.

"저치의 말버릇은 성질을 긁지만, 힘들면 베티에게 뭐든지 얘기하는 것이야."

베아트리스가 스바루의 얼굴을 들여다보며 걱정해 주었다. 방금 토드에게 던진 질문도 그렇지만, 정신적으로 약해진 것은 스바루 쪽이다.

토드를 쉴 새 없이 경계해서 그런 것도, 베아트리스의 마법에 마나를 충당하고 있는 것도 이유지만, 심리적으로 가장 큰 부담은 좀비를 쓰러뜨리는 행위 자체에 있었다.

말을 하고 생전의 의사에 가까운 것을 지닌 좀비를 때려눕히는 짓은, 힘겹다. 토드처럼 그저 길을 막을 뿐인 허수아비라고 단정할 수 있으면 얼마나 좋을까.

"베티는 그것도 스바루의 좋은 점이라고 생각해."

"글쎄. 렘에게 물어보면 우물쭈물하지 말라고 엉덩이 차일 것 같아."

"그런 짓 안 해요."

"우햐와웃?!"

자조하듯 말하자마자 바로 뒤에서 들린 목소리에 스바루가 펄쩍 뛰며 놀랐다. 허둥지둥 뒤돌아보니, 바퀴 의자를 밀고 온 렘이

게슴츠레한 눈으로 스바루를 내려다보고 있다.

그녀는 연청색 눈을 가늘게 좁히고 스바루의 모습에 한숨을 쉬었다.

"그런 모습이 되어도, 당신다운 면은 변하지 않는 거네요."

"나, 나다운 면을 알 정도로는, 나를 알아주고 있다는 뜻이야?"

"정정하겠습니다. 작은 모습이 된 쪽이, 전보다 더 스스럼이 없어졌어요."

"그쪽은 어린아이라서 자유분방한 면이 드러났다 치고 웃으며 넘어갔으면 좋겠는데."

렘의 엄한 의견도 한동안 생이별해 있던 스바루 입장에서는 기쁜 자극이었다. 그리고 한편으로는, 렘을 불안하게 만들고 싶지도 않다. ——그것은 렘에게만 한정한 이야기가 아니었다.

"저기, 토드 녀석은 폐 끼치지 않았어? 그 녀석, 제대로 도움이 되고 있어?"

렘이 미는 바퀴 의자 위에서 쭈뼛쭈뼛 묻는 카츄아도 그 중 한 사람이다.

함께 도망치는 가짜 황태자들과 입장은 같아도, 자력으로 이동하기 어려운 만큼 카츄아가 맛보는 무력감은 상당할 것이다. 약혼자인 토드에게 솔직해지지 못하는 호의를 품고 있는 것도 알 수 있기에, 토드를 걱정하는 만큼 그녀가 맛보는 마음고생은 남보다 곱절이다.

그런 카츄아를 걱정시킬 수 없어서 스바루도 토드가 앞서 간 길에 눈길을 주고 대답했다.

"그래, 활약하고 있어. 코도 민감하고, 눈도 좋아. 지시도 적절해서 크게 도움되고 있어."

"그, 그래. 그렇다면, 다, 다행이지만……."

눈을 내리깔고 안도감에 가슴을 쓸어내리는 카츄아의 모습에 눈꼬리가 부드러워진 렘이 스바루에게 눈짓했다. 말을 가려준 것에 대한 감사지만 순순하게 받아들일 수 없었다.

못마땅한 이야기지만, 지금의 대답은 카츄아를 안심시키려 둘러댄 말이 아니라 지금까지 토드가 보여준 활약에 대한 정당한 평가다. 현재, 짐짝을 대량으로 달고 다니는 일행이 별다른 문제없이 성벽으로 이동할 수 있는 것은 토드의 정찰과 길 선택의 공헌이 크다.

좀비 상대로 유효타를 줄 수는 없지만, 유효한 수단을 가진 스바루와 베아트리스 둘을 써먹기 위한 준비는 빼어나다. ──스바루의, 필요 이상의 정신적인 소모를 제외하면 토드가 있는 상황의 디메리트는 없는 거나 다름없었다.

"괜찮으세요?"

렘이 카츄아의 반응에 상관없이 스바루에게 조용한 목소리로 물었다.

그 눈동자에 어린 우려는 직전에 나눈 스바루와 베아트리스의 대화── 스바루의 정신적인 피로와 관계된 것임을 알 수 있다. 그녀가 알면 엉덩이를 걷어차일지도 모른다며 농담 섞어 말했지만, 실제로는 그렇게 되지 않았다.

그리고 그 말 쪽이 엉덩이를 차이는 것보다 훨씬 더 스바루의 분발을 촉구했다.

"물론, 만전 완전 최강 모드의 나야. 렘이 물어보면 그렇게 대답해야지."

"그렇다면 허세 부리지 않는 편이 고맙겠는데요……."

"그건 무리. 네 앞에선, 절대호."

허세 부리지 말라고 해도 스바루는 허세를 부리고 만다. 지금의 렘은 그 이유를 알 수 없어도, 지금의 스바루에게는 너무나 멀어도, 절대 그랬다.

"카츄아, 더 물러나 있으라고 했잖아. 이쪽에 따라붙지 마."

스바루의 대답에 렘이 머쓱해한 직후, 척후로 나갔던 토드가 돌아왔다.

그가 스바루 일행을 따라잡은 카츄아에게 꾸중하자, 카츄아는 토드의 무사에 안도하려다가 곧장 반발하는 표정을 지은 후 다시 표정을 바꾸었다.

안도도 토라진 것도 아니라, 토드를 걱정하는 표정으로.

"토드, 무슨 일 있었어?"

"나 원 참, 이럴 때만 감이 좋은 여자야……."

그렇게 말한 토드는 머리띠가 없는 머리카락을 손으로 쓸어 올리더니, 카츄아가 알아챈 우려의 이유를 말했다. 그것은──.

"이 앞에, 조금 만만치 않아 보이는 좀비가 자리를 잡고 있었어. 그 단안족(單眼族), 아마, 오늘 공방전에서 그럭저럭 눈에 띄던 녀석이었을 거야."

　──『거안(巨眼)』의 이즈메일은 단안족의 용사이자 일족의 희망이었다.

　그 용맹한 얼굴 중앙의 크고 파란 눈동자는 맑게 개여 미래를 미혹 없이 바라보고 있다. ──아니, 바라보았었다.

　현재 이즈메일의 단안은 금빛, 어두운 밤에 떠오른 달이 연상되는 마성의 표현이었다.

　일족의 이름을 높이고자 황제 빈센트 볼라키아의 수급을 노리고 힘차게 전장에 도전한 이즈메일이었으나 업화에 불타 목숨을 잃었다. ──그랬을 터였다.

　전사의 영예를 구가하며, 싸움으로 명예를 다투고, 생명의 쟁탈이 승리를 축복한다.

　그런 전장의 법도에 어긋난 방식으로, 자긍심이나 긍지와 무관한 함정에 빠지고 죄인을 이용한 지연전에 휘말려서 이즈메일은 비열한 화염에 불탔을 터였다.

　그럼에도 불구하고 이즈메일은 불에 뭉그러지다가 재가 된 육체에 팔다리를 되찾고, 애용하던 전투 도끼를 어깨에 멘 채 전쟁의 불길에 휘말린 제도 안을 걷고 있었다.

　냉랭하게 식을 대로 식은 그 몸을 움직이는 것은 강하게 휘몰아치는 증오의 감정뿐이고──.

　"영예로운 우리의 전장을 더럽히는 머저리는 어디에 있나."

"여기까지는 잡병들만 있었고, 살아 있을 적에 『장(將)』 수준이던 상대와는 마주치지 않고 왔지만, 이 앞에 있는 녀석은 충분히 그에 필적해. 그래서, 성가시지."

"『장』이라고 하면……."

"용병술이나 전술적 안목으로 평가받는 예외도 있지만, 대개는 본인의 실력이 좋지. 이 녀석도 그런 종류…… 단순한 전력이라면 우리 전원을 혼자서 다 죽일 수 있을걸."

토드는 기다리는 강적 좀비와의 절망적인 전력비를 담담히 결론 내렸다.

단순한 기습이나 총력전으로는 승산이 없는 적, 그 출현은 지금까지 스바루 일행을 지켜 온 악운이 동났다고 여기기에는 충분하고도 남는 난관이었다.

"하, 하지만, 너는 잔머리가 잘 돌아가니 어떻게 할 수 있는 거지? 지금까지, 이 꼬맹이들의 힘도 써먹어서 잘해 왔잖아."

창백한 얼굴의 카츄아가 스바루와 베아트리스, 탄자를 가리키고 새된 목소리로 토드에게 물었다. 하지만 약혼자의 매달리는 눈길에 토드는 고개를 가로저었다.

"힘으로 밀어붙이는 게 통하는 건 실력 차이가 어지간할 수준일 때다. 아무리 세게 불어도 바람에 성이 쓰러지지 않는 것과 마찬가지. 이 앞에 있는 녀석은 그런 수준이야."

"으……."

"그럼, 이 길로 가는 것은 어렵다는 것이 병사 군의 견해인가?"

"그렇다……고 말하고 싶지만, 그렇다고 해서 마음 편히 다른 길로 갈 수도 없어."

신음하는 카츄아와 생각에 잠긴 표정의 플롭, 두 사람에게 대답한 토드가 턱짓했다.

"저쪽 편도 결국 결판이 났군. 곧 물이 올 거다."

그렇게 지적한 대로, 저 멀리에서 굉음이 하늘을 지배했다.

쳐다보니 수정궁 옆, 『용』과 충돌하던 거대한 돌인형의 다리가 파괴되었고, 허물어지는 몸이 주변 건물과 함께 거센 먼지구름을 일으키고 있었다.

강적을 쓰러뜨린 하얀 용이 포효를 지르고, 울려 퍼지는 승리의 함성이 정상결전의 결말을 웅변했다. 그 결말이, 물을 막아 두던 물막이벽의 파괴를 초읽기로 이끈다 치면──.

"지금부터 다른 도피로를 찾아도 제때 맞출지 알 수 없지."

"그런 것이야."

자신들을 더더욱 궁지에 몰 수도 있는 결론이지만, 사태의 절박함은 명명백백하다. 그런 일행의 결론에 토드가 끄덕이자, 탄자가 "저기." 하고 조심스럽게 손을 들었다.

"그렇다면, 속수무책인 것이 아닌가요? 정면에는 강적이, 다른 길을 찾기에는 시간이 없다면."

"하하하, 탄자 양, 그건 아주 무서운 결론인걸. 확실히 들은 얘기만 따지면 속수무책이란 느낌이라 마음이 조마조마하지만, 분명히 쓸 수 있는 방법은 남아 있을 거야!"

"예를 들면, 뭐죠?"

"그거야 난 모르겠지만! 알지도 모르는 사람은 있지 않나?"

플롭의 발언에 동그란 눈썹을 작게 찡그린 탄자가 스바루를 쳐다보았다.

이런 상황에서, 의지할 상대로 스바루를 택해 주는 것은 기쁜 일이고 고맙다. 부담감도 있지만 그에 부응해야겠다는 기분이 솟구친다.

말을 더 보태자면——.

"어떻게든, 할 수 있을 것 같군요?"

스바루에게 기대의 눈길을 보내는 것은 탄자만이 아니다.

카츄아를 태운 바퀴 의자, 그 뒤의 손잡이를 손가락이 하얘지도록 부여잡은 렘이, 연청빛 눈을 일렁이며 스바루를 바라보고 있다. 그것은 그녀 옆에 있는 카츄아가 토드에게 보내는 전폭적인 신뢰와는 다른, 모래성처럼 여린 무엇이리라.

——그럼에도 스바루의 마음은 끓어올랐다.

동행하는 토드에게 쉴 새 없이 보내는 경계, 그쪽에 할애하던 의식을 수중으로 되돌리고 전력으로 머리를 굴릴 수 있을 정도로.

"가느냐 마느냐, 바로 정하지 않으면 늦어질걸."

스바루가 생각을 바꾸자, 토드가 쐐기를 박듯이 조건을 더 추가했다.

갈 거라면, 필요한 것은 싸울 전력. 가지 않을 거라면, 필요한 것은 운과 시간. ——『사망귀환』을 전제로 깔면 후자의 승산이 높을지도 모른다.

"아니, 그렇다고 단정할 수도 없어."

『사망귀환』을 반복하며 불가능한 루트를 지워 가면, 언젠가는 다른 출구로 가는 루트가 발견될지도 모른다. 하지만 그것은 골인 지점이 있다는 전제일 때의 발상이다.

어떤 경로를 가도 시간이 모자란다 치면, 후자의 선택지는 선택할 수 없다.

"하지만, 싸우는 쪽을 선택하면……."

도망치는 스바루 일행 중에서, 엄연한 전력으로 꼽을 수 있는 것은 스바루와 베아트리스, 루이와 탄자, 그리고 토드와 예비 전력으로 이드라 정도다. 신뢰할 만한 전력이라고 바꿔 말하면, 이드라 말고는 어린아이뿐이라는 웃지 못할 편성.

비전투원인 렘과 카츄아, 플롭과 가짜 황태자들의 호위에 할애할 전력이나, 실질적으로 베아트리스의 덤인 스바루를 어떻게 다루느냐 등, 생각할 부분은 많다.

그렇게, 스바루가 고개를 들었을 때였다.

"_____."

딱 같은 타이밍에, 스바루 쪽을 보던 토드와 시선이 부딪혔다.

그 순간, 스바루의 머릿속에 번개가 친다. 전격적으로 느낀 그것이 몹시 믿음직하고, 씁쓸하다.

왜냐하면──.

""──좀비를 해치우자.""

──서로의 결론과, 이를 성취하기 위해 힘과 지혜를 합칠 필요가 있음을 동시에 직감했다고 영혼으로 통감했기 때문이다.

9

──다른 것과는 질이 다른 큰소리가 들린 순간, 이즈메일은 몸을 돌리고 있었다.

"──────."

불탔던 육체를 새로운 육체로 갈아치운 이즈메일. 단안족의 영웅은 피부에 번진 금을 개의치 않으며 두 다리를 넓게 벌리고 커다란 그림자의 접근을 단안으로 포착했다.

도로 위에 선 이즈메일을 향해 포물선을 그리는 것은, 무슨 장난인지 한 채의 가옥이었다.

제도의 도로변에서 억지로 뽑힌 그것은 먹던 빵부스러기처럼 벽과 마루를 후두둑 흘리며 대질량으로 표적을 짓뭉개고자 닥쳐들었다.

물론──.

"어설프다!"

『거안』 이즈메일의 전투 도끼는, 기술이 없는 한낱 투척물 따위 문제시하지 않는다.

강건한 전사가 둘이 덤벼들어 올릴까 말까 한 거대한 도끼를, 이즈메일은 한 손으로 가뿐히 다루며 피할 곳 없는 도로를 가득 메우는 가옥을 쪼갰다.

거한을 사타구니부터 가르듯이 밑에서 올려 친 도끼질이 가옥을 둘로 분단하고, 집이 가구와 식기를 도로에 쏟아내며 바라지 않던 최후를 맞이한——직후, 강풍이 이즈메일에게 육박했다.

"윽."

큰 기술을 펼친 이즈메일을 노리는 것은, 화살 같은 속도의 투석이었다.

물론 다른 종족과 비교해서 압도적인 시력을 가진 단안족에게 하찮은 기습은 통하지 않는다. 목을 기울여 날아오는 투석을 피하고, 가옥이 일으킨 먼지구름 너머로 시력을 집중했다.

——단안족의 동술(瞳術)이, 이즈메일이 보는 세계를 전환하기 시작한다.

그로써 이즈메일의 눈은 적의 감정을 색으로 파악한다. 먼지구름 너머, 가옥과 돌팔매를 번갈아 던진 '적' 의, 붉은 전의가 일렁이는 것이 보였다.

"————."

붉은 전의를 품은 '적' 은 기예를 겨룰 만한 전사다.

죽었을 터인 이즈메일, 그 차가운 망자의 몸에는 무위를 자랑하는 적과의 싸움을 추구하는 불이 붙어 있다. 그것이 전사의 숙원. 생전, 마지막 싸움은 최악이었다.

전의가 없는 죄인을 성벽에 줄 세우고 발목이 잡힌 전사들과 창칼을 썩지도 않은 채 불태운다. 그런 책략을 꾸며 투쟁의 법도를 더럽히는 패거리야말로 이즈메일이 증오하는 대상이다.

그 점에서 이 적에게는 싸우기 위한 의지가, 자신의 모든 힘을 사용할 각오가 보였다.

"정정당당히——."

흙을 눌러서 다져진 가도를 박찬 이즈메일의 몸이 적에게로 향한다.

요격하듯이 쏟아지는 것은 돌팔매의 소나기, 그것을 견제로 다음 질량탄——두 채째 가옥이 하늘을 날지만, 이 전술을 비겁하다고도, 약자의 방식이라고도 생각지 않는다.

비열하고 비천하다는 것과는 일선을 긋는 전술이다. 경의와 함께 쳐부술 뿐.

"전사의 죽음은, 전사의 손으로 이루어지는 법이다."

몸놀림으로 회피하고 전투 도끼로 흘려내어 돌팔매질에 대응하면서, 이즈메일은 날아오는 가옥이라는 포탄에 대처하려 휘두른 도끼로 가도에 한 가닥 섬광을 새긴다. ——벗겨진 지면을 굳센 다리로 박차 대질량에 대질량을 부딪쳐 막고는, 거기에 도끼를 쑤셔 박아 분쇄했다.

박살 난 건축자재와 조각난 가도의 파편이 흩날려서 희뿌예진 길거리는 상대의 공격의 정밀도를 낮춘다. 그 사이에, 전진한 이즈메일의 눈이 적을 포착했다.

"어른 남자와, 소녀……."

먼지구름 너머, 돌팔매질을 하는 남자와 집의 사방을 지면과 분리하는 소녀가 보인다. 남자가 돌팔매질로 시간을 버는 사이에, 소녀가 질량탄을 확보, 그것을 둘이서 던지는 연계기다.

행동거지는 살짝 미숙, 아마도 타고난 전사는 아닌 두 사람. 하지만 그 결사적인 모습에는 전사의 기개가 분명히 존재하여 이즈메일의 고동치지 않는 심장이 들떴다.

전장이란, 때로는 전사가 아닌 자를 한순간에 전사로 탈바꿈시키는 법이다.

"훌륭하다."

칭찬하고, 경의를 보내며, 기필코 죽여야만 한다.

완전무결하게, 일절 주저 없이, 자그마한 착오도 없이, 모조리 죽여야만 한다. 그 생명 전부를 베어 숨통을 끊어내야만.

사지를 찢고, 목을 뽑고, 뽑은 심장의 피를 빨아야만──.

"_____."

자신의 머릿속에 죽음과 피, 생명에 대한 장렬할 정도의 갈망이 타오르는 것이 느껴진다.

그와 동시에 이즈메일은 때려 부순 세 채째 집 포탄 속, 날카로운 소리를 흩뿌리며 깨지는 유리창에 자신의 모습이 비치는 것을 보았다.

이즈메일은 비릿하게 웃고 있었다.

피가 흐르지 않는 차가운 몸에 흉흉한 열이 퍼지고, 그것을 갈채하듯이 입 끝이 뒤틀린다. 그것은 생전에 한 번도 지은 적이 없는, 피 냄새밖에 나지 않는 흉소였다.

"하하, 하하하, 하하하하하!"

그 웃음에 혐오는커녕 맹렬한 상쾌함이 끓어올라서 웃음소리가 터졌다.

웃으면서, 비웃으면서, 날아오는 돌팔매 중 어쩌다 맞는 것을 쳐내고, 다음 집 포탄에 스스로 뛰어들어 전투 도끼로 뚫으며 돌진한다.

후방으로 달아나며 던져대는 두 전사——아니, 사냥감에게 달려든다.

다섯 채째, 마지막 저항 같은 그것에 도끼를 후려치고, 끓어오르는 피에 대한 갈망을 진짜 피로 채워서 축복하려고——.

"전부터 하던 생각인데, 눈알이 하나밖에 없는 녀석이 강할 리 없잖아."

그 순간, 기습처럼 고막을 때린 누군가의 조롱이, 이즈메일을 잡아 세웠다.

휘두르는 도끼가 파괴한 다섯 째 건물 현관, 그 안쪽의 복도, 바닥에 달라붙어 있는 한 제국병의 모습이 있었다.——온몸이 파란, 전장에서 마음이 싸늘히 식은 존재.

그 감정의 색과 남자의 눈빛, 조롱한 목소리, 모든 것이 이즈메일을 직감케 했다.——이 남자가 바로 이즈메일의 적, 가장 혐오할, 투쟁을 비웃는 비겁과 비천의 화신.

"네 이놈······!!"

직전까지 느끼던 고양감이 사라지고 차가운 살의가 이즈메일의 금빛 단안을 물들였다.

이즈메일은 치솟는 분노대로 몸을 돌려 전투 도끼의 궤도를 집의 파괴에서 바닥에 붙은 남자의 살해로 목적을 비틀었다.

남자가 조롱한 모든 전사의 분노, 그 철퇴가 원수에게 닿으려고——.

"──오."

그 찰나, 분노에 불타는 이즈메일의 시야에서 갑자기 제국병이
사라졌다.

맹렬한 속도로 움직였다 같은 차원이 아니라, 말 그대로 사라져
버렸다.

"_____."

그 순간, 이즈메일의 사고가 완전한 검정과 하양, 두 색으로 칠
해졌다.

그저 마지막 순간, 사라진 제국병의 혁대를, 긴 금발의 소녀가
잡고 있던 것은 보였다. 그것이 무엇을 의미하는지, 주체할 수 없
는 증오에 지배된 이즈메일은 알 수 없었다.

다만, 그것은 이즈메일에게 치명적인 빈틈을 만들었다.

"컥?!"

꽂히는 충격이 왼쪽 어깨를 뚫자 이즈메일이 신음을 터트렸다.

적의 소실에 정신이 팔려 공중에서 무방비하던 이즈메일에게
돌팔매가 꽂혔다. 맞으면 뼈를 부수기에 충분한 위력이 직격하자
이즈메일의 육체는 비명을── 지르지 않았다.

핏기를 잃고 곳곳에 금이 간 이즈메일의 육체. 그 왼쪽 어깨는
투석에 직격당해 가벼운 소리를 내고서 맥없이 부스러지고 있었
다.

아픔도 없이 육체가 손실된 위화감에 이즈메일은 경악했지만,
진정한 경악은 그 직후에 왔다.

"팔이."

어깨 부분에서 부서지며, 그대로 반괴한 가옥 바닥에 떨어지려던 팔이, 마치 시간이 돌아간 듯한 불가해한 움직임을 거치며 재생, 금이 메꿔지며 왼팔이 복구되었다.

부서진 것 자체를 없었던 일로 만드는 것처럼, 불과 2초도 걸리지 않고.

"이 몸은……!"

죽음조차, 초극하는 재생력.

그 사실에 단안을 부릅뜬 이즈메일에게로 다음 돌팔매가 잇따라 엄습한다. 그것을 일부러 온몸에 받은 이즈메일은 팔다리가 떨어지고 부서지지만, 그럼에도 즉각 부활했다.

확신한다. 한 번 죽었던 이 육체는, '죽음'을 극복하는 축복을 받았다고.

"하."

짧게 숨을 뱉은 이즈메일, 그 축복은 여전히 이어진다.

아까부터 이즈메일에게 과감하게 공격하는 남자와 소녀, 그 둘 바로 뒤에 다른 누군가의 그림자가 있다. 그것이 닿기 직전에 사라진 원수라고 단안이 직시했다.

방법은 알 수 없다. 하지만 녀석은 이즈메일 앞에서 사라진 뒤, 저렇게 둘의 등 뒤로 넘어갔다. 전사들은, 비겁자와 손을 잡고 있었다.

그것은 배신이다. 전사들에 대한 찬사가 거무칙칙한 증오로 반전한다.

"소용없다, 소용없다, 소용없다, 소용없다!"

날아오는 돌팔매를 받아 몸이 부서지면서도 이즈메일은 비웃음을 띠었다.

　가옥의 잔해를 박차고 화살처럼 뛰는 이즈메일에게로 남자와 소녀의 투석이 닿는다. 도끼로 쳐낼 필요도 없이 이즈메일의 축복을 뒤집지 못한다.

　부서지면 삽시간에 복구되는 몸, 그 전능감대로 이즈메일은 비웃었다. 비웃고, 삶의 실감을 놓아 버린 새 육체에 공포를 느끼는 적의 따뜻한 피를 뒤집어쓰려고——.

　——그러려다가, 깨닫는다.

　수염 난 남자도, 기모노 소녀도, 그리고 증오스러운 대적이라 규정한 제국병도 공포를 내비치지 않고 있다. 그 모습을 눈에 담은 찰나—— 이즈메일은 자신의 배후에 새로운 기척의 출현을 감지했다.

　"큭."

　전사의 본능이 경종을 울리자 이즈메일은 공중에서 몸을 틀어 뒤돌아보았다.

　부릅뜬 『거안』, 그 금빛 눈에 비친 것은 어떻게 했는지 이 한순간에 자신의 배후로 돌아간 인물—— 아니, 단독이 아니다. 세 그림자다.

　흑발 소녀와 그 팔에 안긴 드레스 소녀. 그리고 방금은 원수의 혁대를 잡고 있던 금발 소녀가, 소년의 등에 매달려 있었다.

　모두 다 자그마한, 그러나 새빨간 전의로 불타는 세 전사가 손을 내밀었다.

"엘······."

마법을 외우는 소리. 반사적으로 이즈메일의 전사로서 지닌 본능이 파편을 걷어차려고 반응했다.

그러나 이즈메일은 그 본능을 붙들어 세우고 전투 도끼를 휘두르기 위해서 팔을 뻗었다. 상대의 공격을 피하지 않고, 저지하지 않고, 받으면서도 반격한다.

과거의 육체로는 불가능한 공격, 축복받은 몸이기에 가능한 참격으로 적을 도륙하면——.

"미냐!!"

남보랏빛 광채가 터진다. 이즈메일은 곧게 날아오는 그 빛을 일부러 맞았다.

그 이후의 반격을 꾀하던 그는, 깨닫지 못했다.

——단안족의 영웅, 『거안』이즈메일이라면 절대로 그런 어리석은 선택을 하지 않았음을.

10

"놈들은 좀비가 된 지 얼마 되지 않았어. 고작 몇 시간 전에는 살아 있던 녀석까지 섞여 있을 정도야. 이 싸움에서 죽은 녀석이 모조리 되살아나서⋯⋯ 아직 단정하기에는 이른가."

"그래도 갓 좀비가 되었다는 얘기는 이해돼. 다들, 자기 약점이 뭔지 모르고 있는 느낌이야. 좀비에 대해 자세히 알지 못하는 건 우리만이 아니고…….”

“녀석들 자신도 마찬가지. 그렇다고는 해도 말을 할 줄 아는 머리가 있으면 생각할 줄 아는 머리도 있을 만하지. 시간을 줄수록 그 미지의 부분을 메워서, 있을지도 모르는 약점은 사라지겠어.”

“그렇기에 상대가 만전이 되기 전에 공격을…… 아.”

“뭐지? 뭘 깨달았지?”

“아니, 좀비는 자기 몸에 대해 잘 모르는 거잖아. 그렇다면, 반대로 가르쳐 주면…….”

루이를 등에 달고서 가슴의 베아트리스를 꼬옥 껴안는다.

신호한 직후, 주위의 광경이 한순간에 전환되어 세 명의 모습은 도끼의 일격을 받아 분쇄된 가옥 옆, 공중에 나타나서 강적 좀비의 등을 잡고 있었다.

집을 던지는 탄자와 파편을 던지는 이드라의 파상 공격——글로 표현하면 꽤 요상한 전법이었지만, 이상한 것은 글만이 아니라 그림 쪽도 그렇다.

“요르나 님의 총애를 받은 몸이라면, 이 정도 일은.”

어느 정도 큰 것을 던질 수 있느냐 물었을 때, 탄자의 믿음직한 답변이 이것이었다.

실제로 플레아데스 전단 전체에 걸린 수수께끼의 강화는 이드라에게도 적용되었지만, 요르나의『혼혼술(魂婚術)』과 중첩 상태인 탄자는 완전히 겉모습 사기의 여아가 되었다.

그런 탄자에게 기댄 크고 작은 파상 투척 공격으로 상대의 의식을 유인하고서, 한 차례 토드에게 주목을 모은 뒤의 진짜 공세인 세 명의 기습적인 전이다.

"_____."

황당한 그림의 공격에도 완벽하게 대응하던 강적 좀비.

얼굴의 단안이 특징적인 적은, 금빛 눈을 이글이글 빛내며 잔인한 웃음을 짓고 있었다. 그 흉흉함은 좀비가 되기 이전부터 그랬는지, 변해 버린 성질인지는 알 수 없다.

다만 확신할 수 있다. ──생전의 그라면, 공격을 받으면서 반격 따위는 하지 않았다.

"엘……."

"미냐!!"

그것은, 스바루 일행이 그에게 새긴, 패배로 직행하는 길이었으므로.

"_____."

스바루와 베아트리스가 내민 손에서 발사된 남보랏빛 화살이 세 발, 공중에서 도끼를 든 단안족에게 꽂혔다. 그러나 적은 그 피해를 무시하고 상처의 복구에 맡기며 반격을 가하려 했다.

하지만──.

"뭣, 이……?"

넋을 잃고서, 자기 몸에서 일어난 사태에 금빛 눈을 부릅뜨는 강적 좀비.

보라색 화살을 맞아 결정화하여 부서진 상처는 이전까지처럼 회복하지 않는다. 음 마법의 화살은 박힌 좀비의 육체를 부수기

전에 결정화하고, 그 후에 깨트린다. 한 번 좀비가 된 몸의 시간을 멈추어 그 멍에로부터 해방한 후에, 부순다.

음 마법의 좀비 특공——그것이 현재 알고 있는 좀비의 가장 큰 약점이다.

"이것이, 우리가 가진 패를 가장 강하게 쓰는 요령이다!"

적 좀비가 아무리 강할지언정 베아트리스의 미냐가 맞으면 쓰러뜨릴 수 있다.

그렇기에 맞힐 방책을 고민한 결과가, 생전에 갖춘 전사의 실력을 발휘하면 이길 수 없는 적에게 굳이 좀비가 된 자기 몸의 강점을 알려 주는 행위였다.

"자기가 죽지 않는 몸이라고 알면, 누구든 그 힘에 기댈 생각을 하기 마련인 것이야."

"좀비가 되기 전의 당신이라면, 아마 가볍게 피했을 테지."

"아우!"

그것은 스바루 일행의 승리 선언——이라기보다는, 적에게 보내는 칭찬과 연민 양쪽이었다.

좀비로서 되살아난 이 전사는 틀림없이 생전에 상당한 실력자였을 것이다. 좀비가 되기 이전의 그가 상대라면, 말마따나 스바루 일행의 승산이 보이지 않을 만큼.

"아…….."

휘릭휘릭, 보라색 화살을 맞아 몸이 부서지는 충격에 적의 몸이 공중에서 회전한다.

자신의 패배, 그 원인을 그는 어디에 있다고 생각했을까. 스바루 일행의, 약자가 설치한 함정에 빠진 데에 억울해하는 것이라면 가슴이 아프다――.

"슈바르츠 님!"

한순간 가슴에 감상이 스친 직후였다.

긴급한 목소리로 탄자가 부르자 퍼뜩 현실을 직시한 스바루는 깨달았다. 공중에서 회전하며 등을 보이고 재차 상대를 바라본 적 좀비의 눈에, 감정이 켜졌다.

불을 붙인 것은, 스바루가 건넨 마지막 한마디인가.

"아직……."

"죽지 않았어!"

금색 안광에 숨을 집어삼킨 스바루 앞에서 반신이 깨진 적이 공중의 파편을 발로 차 날렸다.

그것은 분쇄된 집 포탄의 파편이었다. 파편이라고 해도 인간 머리만 한 그것이 발차기의 위력으로 가속되어 스바루의 머리를 노리고 곧게 날아온다.

"우아우!"

어쩌면 스바루의 머리를 깨트렸을지도 모를 일격은 스바루에게 닿지 않았다. 스바루 앞에 끼어든 루이가 대신 받았기 때문이다.

"루이……!"

"스바루! 한눈팔면 안 돼!"

억지로 사선에 끼어들어 파편에 맞은 루이가 날아간다. 소녀에게 손을 뻗으려던 스바루를 부른 베아트리스가 적에게 가차 없이 추가타를 날렸다.

반짝이는 보라색 화살이 사악한 축복을 받은 좀비의 육체에 '죽음'을 야기한다.

하지만 치명상에 생전의 감을 되찾은 적은, 쉽게 결정타를 맞아주지 않았다. 적은 몸을 틀어 이미 결정화한 왼쪽 어깨와 옆구리로 베아트리스의 추가타를 받았다.

그 결과, 음 마법의 피해를 최소로 국한하고 그대로 반격으로 돌아선 것이다.

"오오오오!"

"커억!"

베아트리스를 안고 있는 스바루가 뻗은 팔에 몸이 잡아끌려 땅바닥에 내동댕이쳐졌다.

딱딱한 땅바닥에 등짝을 찧은 스바루를 몸 절반이 결여된 적이 덮쳐누른다. 전의와 흉성 틈새에서 요동치는 금빛 눈이 코앞에서 노려본다.

다 죽은 몸 같지 않을 만큼 감정이 들끓는 눈에 스바루의 움직임이 멈추었다.

──하지 않으면 당할 것임을 알고 있으면서도.

──죽이지 않으면 죽을 것임을 알고 있으면서도.

"미냐!"

운신이 폭의 사라진 스바루를 대신해 베아트리스가 적에게 마법을 갈겼다.

스바루를 덮쳐누른다 함은, 그 품속에 있는 베아트리스를 덮쳐누른다는 것과 같은 뜻이다. 접사(接射)라고 할 만한 거리, 빗나가는 것이 더 어려운 마법이 적에게 명중했다.

그런데도 적은 남은 오른팔로 스바루의 몸을 잡고 부러뜨리려 들었다. 온몸의 결정화보다 스바루를 길동무로 삼고자 하는 적의 집념 쪽이 빠르게———.

"괜히 동장하니까 그렇게 되지."

그런, 담담한 말이 흘러나온 직후, 스바루의 눈앞에 있던 금빛 눈이 사라졌다.

———아니, 사라진 것이 아니다. 그 머리가 몸통에서 떨어져 바닥을 구른 것이다.

대신에 사라진 적의 머리 건너편으로 보인 것은, 토드의 싸늘한 얼굴이었다. 그 손에는 도끼가 있으며, 그것으로 스바루를 덮친 좀비의 목을 친 것이다.

"감히!"

그 잘린 머리를, 분노에 불타는 탄자가 가차 없이 차서 날렸다. 단안족의 머리는 그대로 축구공처럼 튀면서 가도 저편으로 사라진다.

그리고 날아간 머리에 남겨진 몸통도 결정화하여 힘없이 허물어졌다.

"무사하신가요, 슈바르츠 님!"

"커헉, 콜록, 꽤, 괜찮아. 미안해, 덕분에 살았어."

스바루는 적의 몸이 무너져서 뒤집어쓴 남보랏빛 파편을 털어내며 달려오는 탄자에게 손을 들어 무사하다고 전했다. 그리고 나서 바로 퍼뜩 정신 차린 표정을 지었다.

"루이! 루이는? 나를 감싸다……."

"별일 없을, 거야. 파편에 맞아서 뇌진탕을 일으킨 것 같지만."

초조해하는 스바루에게 조금 떨어진 곳에서 몸을 굽히고 있는 이드라가 대답했다.

이드라가 안아 일으킨 루이는 이마에서 피를 흘리며 머리를 휘청휘청 흔들고 있다.

"머리는 위험해……! 베아트리스, 부탁해!"

"물론, 알고 있어."

"부탁할게……!"

이 자리에서 유일하게 치유 마법을 쓸 수 있는 베아트리스에게 루이의 치료를 간청한다.

다른 한 명의 사용자인 렘은 비전투원 팀과 함께 전역을 우회하는 형국으로 성벽 쪽에 가고 있다. 강적 좀비를 스바루 측이 떠맡아 안전하게 피신시키기 위한 작전이다.

마지막까지 렘은 회복역은 많은 편이 낫다고 주장했던 것을, 그녀가 안전지대에 있기를 바라는 스바루가 강요한 모양새였다. 그염려가 적중하고 말았다.

"루이, 괜찮을 거야……!"

베아트리스가 루이의 이마에 난 상처에 손을 드리우며 치유 마법을 발동했다. 그 옆에서 스바루는 말을 건네며 루이의 손을 잡아줄 수밖에 없었다.

힘없는 손의 감촉에 스바루는 "미안." 하고 거듭 사과를 입에 담았다.

"그 아이도 치유 마법을 쓸 수 있나. 당신 주위에는 별난 능력자가 많군."

루이의 치료를 지켜보는 스바루에게 토드가 그런 말을 건넸다. 토드는 적의 목을 친 도끼를 어깨에 멘 채로 불안한 눈치의 스바루를 내려다보고 말을 이었다.

"그런데, 당신이 그런 꼴이라면 보물을 썩히는 꼴이야. 자각은 하고 있지?"

"토드……."

"자신의 강점이 아닌 요소 덕분에 자기가 죽지 않는다고 확신하는 녀석은 약해. 방금 죽인 단안족만이 아니라, 당신에게도 해당하는 이치야."

담담하게 말하는 토드 지적에 반박할 수 없는 것은, 정곡을 찔렀기 때문이다.

닥쳐드는 패배와 죽음을 떨쳐내고 승리에 매달리는 적과 눈이 마주친 순간, 스바루의 뇌리에 약한 마음이 스쳤다. 그것은 토드의 말대로 삶에 대한 갈망에 져 버린 결과라 할 수 있다.

그걸로 죽어도 괜찮다는 생각 따위를 한 것은 아니지만——.

"그런 말투는 실례가 아닌가요."

침묵한 스바루를 대신해 탄자가 모난 목소리로 항변했다.

강적을 상대하는 큰 책임을 맡은 소녀는 승리의 안도보다 몰인정한 말을 들은 스바루를 우려해 토드에게 말을 던졌다.

"슈바르츠 님은, 지금 싸움의 공로자세요. 그것을 가리켜 그런 식으로 말을 하면……."

"물고늘어지지 마라. 공적은 인정하고 있어. 다만 불충분하단 것뿐이지. 그리고, 가장 큰 공로자는 당신이나 그쪽의 쓰러져 있는 아이겠지."

"당신은 뭐든지 자신이 옳다고 생각하시나요? 그렇다면……!"

"그러니까 물고늘어지지 말라고. 내가 말한 건 그냥 사실이야. 탁월한 강함으로 자신이 죽지 않는다고 확신이 가능한 괴물이 있는 것도, 그 이외의 이유로 자신이 죽지 않는다고 생각하는 녀석이 있는 것도 말이지. 나도 당신도, 그 양쪽 다 아니야."

차갑고 메마른 말투에는, 토드의 인생관이 찌든 것처럼 들렸다.

그러나 그것은 탄자의 귀에는 도발로만 느껴졌던 모양이다. 그녀는 좀처럼 보이지 않는 분노로 눈을 치뜨며 토드를 더욱 다그치려고 했다.

그 작은 어깨를, 바로 옆에 있던 이드라가 "탄자." 하고 잡아 세웠다.

"거기까지 해. 너답지 않아. 언제나 냉정한 게 네 장점이잖아."

"그냥 감정 기복이 서투를 뿐이에요……. 그리고 이드라 님도 아시잖아요."

"아느냐는 말은……."

"저와 이드라 님은, 슈바르츠 님과 연결되어 있으니까요. 슈바르츠 님이 어떤 마음이신지 적지 않게 느끼고 계실 거예요."

"_____."

등을 돌리고 있는 탄자의 호소에 이드라가 눈썹을 찌푸리며 입을 다물었다. 그 옆얼굴을 본 스바루는 작게 숨을 집어삼켰다.

플레아데스 전단에, 스바루가 가진 『코르 레오니스』의 효과로 수수께끼의 전체 강화가 걸려 있는 것은 알고 있었지만, 관계가 깊은 멤버—— 같은 『합(合)』 출신의 이드라나 다른 이들보다 깊이 알고 지낸 탄자에게는 그 이상의 영향이 나오고 있다.

저 둘은 그 사실을 꺼리는 것이 아니라, 스바루를 더욱 배려하는 쪽으로 마음을 기울이고 있었다.

"아—우."

문득 스바루의 손을 맞잡으며 루이가 허약한 목소리를 냈다.

스바루에게는 여전히 언어가 되지 못하는 그 소리의 의미가 전해지지 않는다. 다만 루이도 스바루를 걱정해 주고 있다. 자기 쪽이 다쳤는데도 말이다.

"너도, 자신을 더 소중히 여겨줘. 나한테 듣고 싶은 말이 아닐 수도 있지만."

"말을 할 수 있으면 괜찮은 거지. 무사히 밖에 나가거든 다시 렘더러 진찰해 달라는 것이야."

"고마워, 베아트리스. 탄자도, 이제 됐으니까……."

그렇게 스바루가 상황을 재정리하려고 탄자가 있는 쪽을 쳐다보았을 때였다.

쉭, 하고 바람을 가르는 소리가 들리고——.

"칵."

짧은 신음과 함께 탄자의 몸이 떨렸다.

몸을 떨던 탄자가 자기 몸을 내려다보고, 동그란 눈을 부릅떴다. ——그 등과 복부를 관통하며 끝이 날카로운 촉수 같은 무언가가 튀어나와 있었다.

탄자의 작은 몸을 관통한 촉수는 스바루 일행으로부터 한참 떨어진 곳, 요란한 싸움에 말려들어 무너진 가도 방향에서 뻗어오고 있었다.

꿈틀대는 뱀처럼 요동치는 촉수, 그것의 기점이 된 것은——.

"허……?"

발에 차여 날아간 머리에서 이형의 몸통이 돋아나, 괴물로 되살아난 좀비였다.

11

한순간 정체, 그 상상과 이해를 짓밟는 충격에 스바루의 사고가 하얗게 물들었다.

"스바루!"

하지만 옆의 베아트리스의 결사적인 외침이 스바루의 의식을 현실로 되돌렸다.

뇌에서 피가 흐르는 소리가 들리는 듯한 착각, 그런 스바루의 눈앞—— 파괴된 가도에 서 있는 것은 단안의 좀비, 그것도 모독적으로 이형화한 모습이었다.

목 위로는 조금 전까지와 같은 검은 안구에 금빛 눈동자를 띄운 존재다.

그러나 목 아래로 있는 것은 다부진 전사의 몸이 아니라, 두 팔과 두 다리, 각각 한 쌍이 되는 좌우의 수족이 굵기도 길이도 형상도 다른, 이형이라고밖에 부를 수 없는 괴물이었다.

괴물은 그 오른팔에서 촉수—— 아니다. 그것은 촉수가 아니라 손가락이다. 괴물의 손가락 하나가 기이하게 늘어나서 탄자의 몸을 꿰뚫고 있었다.

"으⋯⋯."

그 사실을 이해하고, 거의 동시에 탄자의 몸에서 긴 손가락이 뽑힌다. 몸통이 관통된 소녀가 피를 뿜으며 그 자리에 힘없이 무릎을 꿇었다.

반사적으로 스바루는 탄자의 몸에 달려가려고 했지만——.

"윽! 위험해! 슈바르츠!"

달리기 시작한 순간, 바로 옆에서 내민 이드라의 손바닥이 스바루를 떠밀었다.

힘 조절하지 않은 완력에 스바루의 몸이 훌훌 하늘을 날았다. 하지만 이드라의 판단은 옳았음을, 직후에 이형의 낭창대는 손가락의 포학이 증명했다.

직전까지 스바루가 있던 위치에 있던 가도와 건물을 휩쓸며 펄떡거리는 손가락이 미쳐 날뛴다. 손가락의 위력은 건물을 쉽사리 마름질하여 스바루의 몸도 같은 운명을 따를 뻔했다.

"쯧! 설마 잘린 머리에서 재생한 건가."

아슬아슬하게 죽음에서 벗어난 스바루의 몸을, 혀를 찬 토드가 난폭하게 받아냈다. 스바루는 그 대접과 상대에 대한 저항감을 무시하고 "이게 말이 돼?" 하고 경악했다.

"몸통을 결정화해서 부수었는데, 아직도 움직이는 녀석이 있을 수 있어?!"

"없기를 바라도, 실제로 있으니까 인정할 수밖에 없어. 저 소름 끼치는 외양은……."

"몸을 재생하는 술식이 버그 난 것이야!"

스바루를 안은 토드의 의문에 베아트리스가 선수를 쳐서 답을 제시했다. 그녀는 그 깜찍한 얼굴에 초조감을 드리우며 루이를 감싸고 괴물을 노려보았다.

"본래, 죽어야 했을 대미지인데 죽음을 거부한 결과인 것이야!"

"즉, 다른 좀비보다 악착같이 산다…… 아니, 이미 죽은 녀석들 이니까 악착같이 죽는다고 하는 편이 옳나."

"윽…… 이드라! 빨리 탄자를……!"

"알아! 알고 있지만……."

스바루의 필사적인 호소에 언성을 높여 대꾸한 이드라가 이를 악물었다.

부상당한 탄자를 구하고 싶은 것은 그도 마찬가지다. 하지만 섣 불리 움직이면 이형의 주의를 끌고 만다. 탄자에게 통하는 공격 이라면 이드라도 똑같이 버틸 수 없다.

이드라까지 당하면, 이길 가능성은 더욱 멀어지고──.

"아니, 애초에……."

루이가 파편을 맞아 부상당하고, 탄자도 한눈에 봐도 빈사인 중 상을 입었다.

쓰러뜨린 줄 알았던 좀비는 마무리를 짓지 못했을 뿐만 아니라 이형화해서 일어서는 형국. 이것은 이미 이번 회차의 막다른 곳에 들어간 꼴이 아닌가.

"말 같은 소리를 해……."

그 순간, 스바루는 떠오르려던 어리석은 생각을 떨쳐냈다.

운명의 막다른 곳, 그 루프에서는 결코 타개할 수 없는 사태에 맞닥뜨린 적은 있다. 당장 스바루를 안고 있는 토드에게 그런 상황으로 내몰린 적도 있었다.

그러나 스바루는 여기에 있다. ──하물며 스바루는 구할 수 있던 것이다.

자기 일은 단념할 수 있어도, 다른 사람은 단념할 수 없다.

"기분 나쁜 눈이군."

"뭐?"

"자신과 타인의 생명을 잘못 취급하는 녀석의 눈이야."

마음속에서 의식적으로 기어를 바꾼 스바루. 그런 스바루의 표정을 지척에서 바라보며 그렇게 중얼거린 토드의 마음속을 도통 알 수가 없다.

단지 거기에 섞여든 혐오만큼은 틀림없이 감지했지만.

"간다."

짧게 말한 직후, 토드는 스바루를 안은 채로 지면을 박찼다.

그리고 가당찮게도, 탄자에게도, 베아트리스 쪽에도 등을 돌려 그 자리에서 쏜살같이 도주, 전장에서 도망치기 시작했다.

"뭣?! 너, 뭐 하는 거야?! 모두에게서 떨어지면……."

"당신이야말로 잘 봐. 저놈의 표적은 나와 당신이야."

말하면서 몸을 기울인 토드가 옆길로 뛰어들었다.

찰나, 토드의 잔상을 낚아채듯이 손가락이 가도를 뚫었다. 공기가 타는 냄새에 코를 실룩인 스바루는 건물 그늘에서 시야가 가리기 직전, 분명히 보았다.

이형이 단안을 흉흉하게 빛내며 두 사람을 쫓는 모습이.

"전사의 감일까. 그 작전을 고안한 나와 당신이 어지간히도 마음에 들지 않는 모양이야."

"윽! 그래서, 모두에게서 떨쳐내기 위한 미끼가 된 거냐."

"다른 녀석이 말려들면 당신의 머리 움직임이 둔해져."

그렇게 말한 토드가 녹색 눈으로 스바루를 내려다보았다.

그에게 안긴 채로 흔들리던 스바루는 차갑게 식은 눈에 응시받자 쫓아오는 이형과 동일하거나, 그 이상의 위협을 느껴 등골을 떨었다.

이 상황에도 여전히 토드가 스바루에게 보내는 눈길은 가치의 유무만 따지고 있어서.

"짝 없이 저놈을 해치울 방법이 떠오르겠나?"

"없다면?"

"그때는 싫지만, 운을 하늘에 맡길 수밖에 없겠지."

그것이 말 그대로 하늘에 비는 것만을 의미하는 아니다. 스바루는 그걸 이해하고 있다.

자신과 스바루가 표적이라면, 토드는 불리하다 여긴 순간에 가차 없이 스바루를 내버린다. 지금 당장 그러지 않은 것은 스바루를 미끼로 삼아도 뿌리칠 수 있을 가망이 보이지 않기 때문이다.

반대로 말하면——.

"방법이 있으면, 힘을 빌려주겠단 거지?"

스바루의 그 물음에 토드가 표정을 도로 다잡았다.

교묘하게 장애물을 이용하여 괴물의 시야로부터 숨어서 공격을 피하고 있는 토드. 그 팔에 안긴 채로 스바루는 시야를 내돌리며 목표로 삼은 건물을 찾았다.

퇴각 작전 도중, 이드라의 입에서 화제에 오른 건물을 이용한다. 미냐를 맞히는 작전과 별개로 구상했지만, 확실성이라는 면에서 선택지에 두지 않았던 비장의 수.

"할 수 있나?"

"할 거야."

질문에 즉답한 스바루. 그 답변에 토드는 눈이 살짝 커졌다가, 입 끝을 매몰차게 뒤틀며 웃었다.

그리고——.

"좋아. 당신의 작전에 따라 주지."

12

——도망치는 표적을 쫓으며 『거안』 이즈메일의 사고는 갈가리 흐트러지고 있었다.

"————."

시야가 깜박이고, 사고는 뿔뿔이 흩어지고, 움직임은 세련이라는 말과는 거리가 멀 만큼 꼴불견이었다.

길이가 다른 팔다리로 지면을 문지르며, 갓 태어난 짐승처럼 불안정하게 벽과 땅바닥에 격돌하면서, 멀어지는 등을 향해 손을, 손가락을 뻗는다.

이즈메일은 도망치는 두 마리의 적에게 집착하는 이유를 떠올리지 못했다.

이미 이즈메일이던 사실조차 망각하고 있는 이형의 괴물은, 넘어질 때마다 금이 가는 상처에서 새로운 팔다리가 돋으며 더욱더, 더욱더 추악해진다.

"으어어어어어……"

음산하게, 이즈메일―― 아니, 괴물은 공허한 함성을 질렀다.

두 마리 표적은 큰 쪽이 작은 쪽을 안고 도망치는 중이다. 등을 포착할 수 있게 되면 숨어들어서 맞지 않는 공격을 반복하는 상황이 이어진다.

하지만 그것도 오래 이어지지 않는다. 넘어져서 팔다리가 많이 돋았다. 이제 넘어지지 않는다. 넘어지지 않으면, 팔다리가 많은 편이 따라잡는다. 곧. 이제 곧.

"크윽."

짧게 짖은 괴물의 손가락이, 도망치는 표적의 등을, 어깨를 쑤신다.

피를 뿜는 적의 신음이 들려서 괴물은 비웃었다. 통쾌했다. 즐겁고 즐거워서, 더욱더 피를, 비명을, 단말마를 듣고 싶다.

마구잡이로 길을 꺾으며 필사적으로 달아나는 상대의 허리 위쪽을 노린다. 다리를 노리면 넘어져서 금방 끝나 버린다. 끝나면, 아깝다. 서운하다. 슬프다.

그러니까 언제까지고 언제까지고 끝나지 않게——.

"으어어어어엉."

피를 흘리는 사냥감은 마침내 체력이 다했는지 혀를 차며 근처 건물로 도망쳐 들어갔다. 도망칠 데 없는 막다른 곳에 스스로 들어가다니, 사냥감은 바보 같은 짓을 했다.

즐겁디즐거운 사냥 시간의 끝을 직감하며 괴물도 건물로 슥 들어간다.

늘어난 팔다리와 비대화한 몸으로 좁은 입구를 부수고 침입하여, 금빛 눈이 도망친 표적을 찾아서 건물 안을 두리번두리번 둘러본다.

둘러보다가, 깨달았다. ——건물 안에 시야가 하얗게 물들 만큼 뽀얀 가루가 날리고 있다.

쳐다보니 건물 안에는 선반이 여럿 놓여 있고, 어느 선반에나 안이 꽉꽉 들어찬 자루가 눌러 담겨 있었다. 하얀 가루는 찢어진 자루의 내용물이다.

"당신을 쓰러뜨리는 것은, 마법도 필살기도 아니야."

가루에 범벅된 괴물이 그 목소리에 돌아선다. 건물 입구에 새빨간 색의 그림자가 서 있었다.

그것이 도망친 표적 중 한 명—— 아니, 어느새 도망친 표적은 큰 쪽의 한 명만 남아 있었다. 그 사실도 깨닫지 못한 채 없어졌었던 작은 쪽이, 저기에.

저기에 서서, 그리고——.

"받아라, 과학의 진수…… 분진 폭발이다!!"

그 호령 직후, 작은 그림자만이 아니라 괴물 주위가 한꺼번에 붉게 물들고── 무시무시한 폭발이 제분소를 날려 버리며 홍련의 화염이 이형을 집어삼켰다.

13

"봐라, 슈바르츠. 저 제분소를 표식으로 삼자. 옆에 수차가 있는 건물 말이야."

그것은 퇴각을 결심한 일행이 저택을 떠날 때, 이드라가 꺼낸 한마디였다.

원래 이드라는 제분소의 후계자라고 한다. 그것이 어떤 직업인지 스바루는 자세히 알지 못했지만, 밀의 제분과 관계된 일이라는 말은 들었었다.

"즉, 저 오두막 안에 있는 재료를 이용하면, 분진 폭발을 일으킬 수 있어."

분진 폭발이란, 공기 중에 타기 쉬운 분말이 떠도는 상태일 때 불씨를 던져 넣어 연쇄적으로 불이 옮겨 붙으며 단숨에 발화, 폭발하는 현상이다.

제분소라는 밀폐 공간에 더해 대량의 밀가루가 떠도는 상태. 준비가 완료된 공간에 불씨가 날아들면, 다들 참 좋아하는 분진 폭발의 성립──.

"설마, 이 정도 위력이 될 줄이야……."

스바루는 부딪힌 벽에 등을 기대고서 검댕이 묻어 까매진 얼굴로 중얼거렸다.

그런 스바루 앞에서는 분진 폭발로 산산조각 날아간 제분소의 잔해와, 그 위력을 코앞에서 맞아서 불타 버린 괴물의 주검이 있었다.

──토드에게 작전이 있느냐 질문받았을 때, 스바루의 뇌리에 스친 비장의 수가 이것이다.

물론 분진 폭발이란 쉽게 성공하지 않고, 적을 교묘히 건물로 유도할 수 없으면 전부 꽝이었다. 그러니까 작전의 성공은 스바루의 공훈이 아니라.

"살아 있을까, 토드……."

폭발의 여운이 남은 광경을 앞두고 머리를 내저은 스바루가 일어섰다.

역할 분담 끝에, 제분소의 준비가 갖추어질 동안 토드는 괴물을 유인하는 미끼 역을 맡아 저 흉악한 손가락의 공격을 연거푸 피하는 중책을 책임졌다. 괴물이 토드를 쫓는 동안 스바루는 오두막 안을 가루로 채우고 불씨를 피울 부싯돌을 준비했다.

그리고 때를 가늠하다가 오두막으로 도망친 토드가 괴물을 유도한 순간에 불씨를 던져서 분진 폭발을 일으킨 형국이다. 까딱 휘말릴 순간에 스바루는 폭발을 피했고, 의논한 대로라면 토드도 오두막의 뒷문으로 피했을 테지만──.

"토드, 토드……!"

"그렇게 비장한 목소리로 부르지 않아도, 잘 살아 있어."

"아……."

타고 남고 잔해가 존재를 주장하는 폭심지, 그곳에서 토드의 모습을 찾던 스바루는 갈라진 목소리가 부르자 그쪽으로 달려갔다. 날아간 오두막의 벽이 사방에 흩어진 가도, 토드는 그곳에서 한쪽 무릎을 꿇고 검댕으로 더러워진 얼굴로 스바루를 맞았다.

"당신, 하마터면 나까지 죽일 뻔했었다고."

"누가 들으면 오해할 소릴……. 그러니까 엄청난 위력이라고 설명했었잖아."

"그랬지. 가끔 이런 쪽 사고가 일어난 적이 있지만, 원리를 듣고 수긍했어."

역시나 호흡이 흐트러진 상태로 토드가 가도에 털썩 엉덩방아를 찧었다. 그대로 날아간 오두막 쪽으로 눈길을 보내고 물었다.

"상대는?"

"날아갔어. 제대로……. 저기 봐, 저거야."

그렇게 말한 스바루는 마침 자신들의 위치에서 보이는, 날아간 괴물의 일부가 잔불에 타며 모래처럼 허물어지는 모습을 손가락으로 가리켰다.

이번에야말로 정말로, 다른 좀비와 같이 재생 능력이 따라잡지 못하는 '죽음'이다. ——어쩌면 저 괴물이 된 시점에서, 원래의 전사는 죽었을지도 모르지만.

"토드, 다친 데는 어떻지?"

격파한 좀비로부터 시선을 뗀 스바루가 토드의 상처를 보며 물었다.

작전을 실행하는 데에 미끼 역할을 맡을 사람은 괴물의 공격을 피할 가능성이 있는 토드밖에 없었다. 당연히 토드는 자신의 부담이 큰 작전을 싫어할 줄 알았지만, 그런 스바루의 예상을 배신하고 솔선해서 미끼 역을 떠맡았다.

"상처 안 나게 굴려다가 목숨을 흘리고 다녀서야 얘기도 안 되지. 서로 필요한 역할을 수행했을 뿐이야……. 그렇긴 해도 꽤 많이 당했어."

말하면서 자기 몸을 내려다본 토드는 꽤 중상이었다.

즉각 생명에 관계된 중상은 아닌 듯하지만, 어깨와 허벅지, 등이 요란하게 찢어지고 제국병 군복은 피로 물들어서 스멀스멀 흐르는 피가 가도를 더럽히고 있었다.

출혈이 너무 많다. 내버려 두면 틀림없이 생명이 위태로워질 수준으로.

"바로……."

베아트리스를 불러 오겠다고 스바루는 움직이려 했다.

스바루와 토드가 그 자리에서 이탈한 탓에, 필시 베아트리스는 당황스러워하고 있으리라. 하지만 그녀라면 탄자의 치료를 우선해 줄 터.

루이와 탄자, 두 사람의 안부도 염려되고, 베아트리스 쪽과의 합류를 서둘러야 한다.

"아무래도 이만큼 당하면 카츄아도 토는 못 달겠지."

"뭐?"

"저택에서 얘기했었잖아. 그 녀석은, 내가 게으름뱅이라고 여기는 것 같아서 말이지. 자신들을 피신시키고, 제대로 강적도 쓰러뜨리고, 명예로운 부상도 입었어. 설마 당신도 공훈을 독차지하지는 않겠지?"

어깨를 으쓱인 토드가 핏기 없는 얼굴로 그렇게 말하자 스바루는 넋이 나갔다. 그리고 곧 "하." 하고 힘 빠진 숨이 흘러나왔다.

이토록 엉망이 된 상태인데도 신경 쓰는 것은 카츄아. 혹시 스바루의 긴장을 풀려는 목적도 있을까. 아무튼 간에.

"정말로, 카츄아 씨가 소중하구나."

"당연하지. 약혼자다. 카츄아는 내 생명 그 자체야."

일절 부끄러움 없이 단언하는 토드.

그 답변에 스바루는 심호흡하다가 도중에 숨을 멈추고, "좋아." 하고 기합을 넣었다.

지금도 토드는 무섭다. 그가 저지른 짓은 마음에 상처를 남기고 있다.

그럼에도 여기서 저 괴물을 협력해서 쓰러뜨린 사실 또한 변함없다. 토드는 엉망이 될 때까지 전원의, 스바루 일행의 생환을 위해서 진력했다.

그렇다면 이번에는 스바루 차례다.

"여기서…… 아니, 여기라면 폭발 소리를 들은 누군가가 올지도 몰라. 일단 도중까지는 나와 같이 돌아가자. 적당한 장소를 찾으면 거기서 기다리고 있어 줘."

"그래, 알았어. 부탁이니까 돌아오지 못하진 마."

"안 그래!"

그러지 않아도 될 것 같다고, 토드가 증명해 주었다.

물론 가령 토드와 적대적인 입장이던 채라도 스바루가 죽어 가는 그를 방치했을지는 미심쩍지만.

"아니, 생각이 지나치면 상황만 나빠져. 아무튼……."

토드를 부축한다 쳐도 키가 워낙 차이 나서 쉽지 않으리라. 최소한 지팡이 대신 쓸 만한 것이라도 있기를 바라며 스바루는 날아간 오두막 주위에 눈을 돌렸다.

그리고 타다 남은 잔해 중 날아간 선반의 지주를 발견하고——.

"_____."

그 순간, 딱딱한 소리가, 울려 퍼졌다.

"어째서야……."

그 딱딱한 소리가 울려 퍼진 순간, 스바루는 고개 숙이며 주먹을 꽉 쥐었다. 입술을 부들거리며, 어깨를 와들와들 떨며, 검은 눈도 떨면서 중얼거렸다.

"어째서야."

"_____."

질문에 답은 없고, 스바루는 숨을 내뱉으며 뒤돌아섰다.

뒤돌아선 스바루의 눈앞, 내리친 도끼날이 살짝만 더 했으면 스바루의 두개골을 깨트리려는 위치에서 움직임을 멈추고 있었다.

——스바루가 아니라면 보이지 않는, 『보이지 않는 손』의 구속으로.

"쯧, 실수했군, 실수했어."

토드는 작게 혀를 차고 도끼에서 손을 떼더니 뒤로 뛰었다. 그 민첩한 움직임에서는 실혈이나 상처의 영향이 느껴지지 않아서 스바루는 이를 악물었다.

그조차도 연기. 상처의 고통도, 스바루에게 구원을 청한 것도, 그, 카츄아에 대한 마음을 이야기해서 스바루의 마음을 풀어낸 것도.

"어째서냐고……!"

세 번째, 같은 질문을 뱉으며 스바루는 울 것 같은 얼굴로 토드를 노려보았다.

노려보며, 분한 나머지 샘솟는 눈물을 느끼면서 부르짖었다.

"지금이라면 아직, 아무 짓도 안 했어. 아무도 죽이지 않았어. 나는, 너를 용서할 수 있었는데!!"

"당신은 느릿하고 조용하게, 내 신뢰를 잃었거든."

토드는 스바루의 외침을 들으며 놔 버린 도끼 대신에 나이프를 뽑고 자세를 잡았다.

──그것이, 나츠키 스바루와 토드 팽의, 메우기 어려운 결별의 선고였다.

제2장 『용서를 구걸하지는 않아』

1

찢어진 어깨와 허벅지로부터 피를 흘리고, 거친 숨결에는 열이 담겨 있으며, 핏기를 잃은 안색은 생명의 카운트다운이 진행되고 있다는 증거.

당장에라도 응급 처치하여 그 카운트다운을 멈추지 않으면 생명이 위태롭다.

하지만 치유 마법을 걸면 반드시 살 수 있다. 반드시 살 수 있는 상처다.

"그런데, 어째서……."

날아간 제분소 옆, 잔불이 건물의 잔해에서 탄 냄새 나는 연기를 내는 가운데, 천천히 수위를 높여가는 제도에서 스바루는 '적' 과 대치하고 있었다.

그렇다. 이미 '적' 이라고 부를 수밖에 없어진 토드 팽과.

—— '적' 이라고 토드를 부르고 싶지 않았다.

처음 만났을 때부터 내내, 토드에게는 끔찍한 꼴을 당해 왔다. 몇 번이고 생명을 노림받고, 실제로 생명을 빼앗기며 죽음과 공포가 새겨져서 인연을 키워 왔다.

그럴 때마다 스바루는 『사망귀환』하여 토드가 가하는 공격에 대처하고, 결과적으로 그가 일으키는 비극——『슈드라크의 민족』이 사는 숲의 화재도, 성곽도시 과랄의 공방전도, 검노고도 기눈하이브의 학살조차도 번복하여 없던 일로 만들어 왔다.

그러자는 생각이 있어서 그런 게 아니다. 그저 스바루가 자신의 소중한 것을 지키려고 분투할 때, 토드의 행동은 계속 없었던 게 되어 왔다.

어느덧 스바루가 토드를 적이라 간주할 이유는, 스바루 안에만 남아 있었다.

그리고 끝내 이 전대미문의 재앙이 엄습한 제도에서, 약혼자 카츄아를 지키기 위해서 토드는 스바루 일행과 손을 잡았다. 실제로 그가 없었으면 넘치는 좀비의 대항책을 찾아내는 데도, 그 단 안 좀비를 해치우는 데도 몇 번의 리트라이가 필요했을지.

이형으로 변한 좀비를 해치우려면, 두 사람 중 어느 한쪽이 빠졌어도 부족했다.

그러니까, 앞으로 한 발짝이었다.

한 발짝만 더 있으면, 스바루는 칼같이 구분 짓지 못하는 마음을 덮어 둔 채로 토드와 함께 걸을 수 있었다.

그렇건만——.

"어째서……!"

"뻔뻔스럽게 뭔 소리야. 당신도 계속 경계했으니까 방금 걸 막을 수 있던 거잖아?"

떠는 목소리로 스바루가 호소하는 와중에 토드가 붉게 핏발 선 오른쪽 눈을 감았다.

말귀를 못 알아먹는 어린아이를 상대하는 표정으로 그의 시선이 향한 곳은 공중에 떠 있는 도끼—— 토드의 눈에는 그렇게 보일, 검은 손에 잡힌 흉기였다.

스바루 안에서 도끼란 토드의 대명사.

저것에 머리가 쪼개진 경험도 한두 번이 아니다. 토드의 손에서 몰수해도 전혀 마음을 놓을 수 없는 저것을 시야 끝에 치우고 어금니를 깨물었다.

정곡이다. 스바루는 계속 토드를 경계하고 있었다.

그렇기에 부상을 입은 토드에게 등을 돌렸을 때, 『인비지블 프로비던스』를 발동해서 머리를 지켰다. 노릴 거라면 확실하게 죽일 수 있는 머리라고 생각했다.

하지만 노리지 않기를 바랐다. 아무 일도 일어나지 않았으면 좋았다.

그랬더라면——.

"실수했군, 실수했어. 당신의 책략에 감쪽같이 넘어갔군."

"아니야……."

"다른 녀석들과 떼어놓고 적도 정리한 지금이라면 되겠다 싶었지만…… 대단한 배우셔."

"아니야……!"

"잘하면 아까 폭발로 나까지 없애 버릴 속셈이었나? 그렇다면 의도가 빗나가서 아쉽게 됐겠어."

"아니야! 나는, 나는 진심으로 너와 협력하려고……!"

"거짓말하지 마시지."

그 차가운 한마디에 스바루의 목이 쌕 하는 소리를 냈다.

한쪽 눈을 감은 토드의 눈초리에는, 직전까지 스바루를 품평하던 기색이 존재하지 않았다. 이미 토드는 스바루의 품평을 끝마쳤다. 그렇기에 지금 상황이 있는 것이다.

"당신도 본질적인 부분에서는 알고 있었을걸. 우리는 서로 이해할 수 없어."

"_____."

"나는 타인을 긍정적으로 의심하고, 당신은 타인을 부정적으로 믿고 있지. 이래저래 말주변을 늘어놓아 봤자 가치관이 다르단 말이야."

토드가 슬금슬금 위치를 바꾸며 공중에 떠 있는 도끼를 중심으로 스바루와 대치했다. 스바루도 입술을 세게 깨물고, 떠 있는 도끼 너머로 토드를 비통하게 노려보았다.

"여기서 나를 죽이면, 어떻게 좀비하고……."

"구질구질하게 굴지 마. 제도에서만 나가면 얼마든지 방법이 있어. 당신들과 협력한 덕분에 성벽까지는 카츄아를 보낼 수 있었어. 그다음은 당신이 빠지는 편이 낫지."

"어째서야! 나는 카츄아 씨를 해칠 마음은 없어! 너와 싸울 생각도 없었어! 그런데!"

"하지만…… 당신은 카츄아를 구할까 말까, 선택하려는 심보였지?"

목소리가 거칠어졌던 스바루가, 그 기세를 틀어막는 한마디에 "아……?" 하고 숨을 죽였다.

의미를, 모르겠다. 애초에 스바루의 주장과 어긋나고 있다. 선택하고 자시고 스바루에게 카츄아를 해칠 마음은 없으니까, 그런 건 생트집이다.

그 사실을 아는데도, 스바루의 사고는 턱 막혔다.

"당신에게, 용서를 구걸하지는 않아."

그 한순간을 놓치지 않고, 토드가 자세를 낮추며 돌격했다.

스바루는 피아의 거리가 줄어드는 기척에 온몸의 세포로 비명을 지르며, 반사적으로 공중에 뻗은 『보이지 않는 손』에 명령하여 움켜쥔 도끼를 토드에게 던지려——.

"끄, 까아악?!"

그 순간, 오른쪽 허벅지를 꿰뚫는 작열의 감촉에 스바루의 시야가 새빨갛게 물들었다.

스바루의 오른쪽 넓적다리에 나이프가 꽂혀 있었다. 방금까지 토드가 들고 있던 물건으로, 달려드는 동시에 던진 것을 고스란히 맞고 말았다.

그리고 아픔에 사고가 산란되어 도끼를 던져야 했을 『보이지 않는 손』의 움직임이 중단—— 공중의 도끼가 탈환되고 토드의 앞차기가 스바루의 가슴을 가격했다.

찔린 다리로는 버텨 서지 못해서 "어흑." 하는 신음을 터트리며 뒤로 쓰러진다. 뒤통수와 등짝이 강타당해 산란된 사고가 더욱 어지럽게 흩어졌다.

다리와 가슴, 머리와 등, 그리고 눈앞에 떨어지는 도끼날──.

"아아아아아아!"

되는 대로 소리를 지르며 내리찍는 도끼 앞에 검은 손을 끼워 넣었다.

혹사당한 『보이지 않는 손』, 스바루의 가슴에서 튀어나온 그 손이 코앞까지 닥쳐든 도끼를 막아낸다. 진동하는 도끼를 떨어뜨리지 않으려고 원래 붙어 있는 두 손까지 동원해서 세 개의 팔로 살의에 저항한다.

"끈질겨, 죽겠군……! 슬슬, 죽어 주지……!"

"싫, 어…… 절대로, 싫어……!"

토드가 온 체중을 실어 도끼날 뒤를 누르며 스바루를 죽이려 든다.

스바루는 『보이지 않는 손』도 포함해서 세 개의 팔로 저항하고 있지만, 어린아이의 두 손과 보이지 않는 것 외의 어드밴티지가 흐릿한 권능으로는 토드를 밀쳐낼 수 없다.

그것은 옆에서 보면, 참으로 우스꽝스럽고 처참한 살육전이었다.

많은 군인이, 전사가, 단련한 기술과 무기를 겨루던 제도 루프가나의 공방전, 그것이 중대사를 맞이한 국면에서 스바루와 토드의 전투는 구질구질하고 꼴사나웠다.

단련한 기술도, 특별한 무기도, 다른 요소를 압도하는 히든카드도 없다.

볼라키아 제국의 기준으로 보면, 너무나도 저차원적일 뿐인 목숨 건 싸움――. 그것이 나츠키 스바루와 토드 팽의, 서로 이해할 수 없는 두 사람의 결전이었다.

"뒤죽박죽이라고! 자기는 언제 죽어도 상관없다는 눈빛으로, 남의 목숨도 자기 기준의 저울에 올려놓고서 여차하면 필사적으로 저항하지. 소름이 끼쳐!"

"멋, 대로, 떠들지 마……! 언제 죽어도 좋다고, 생각할까 보냐. 누군가의 목숨을 저울에 올린 적도, 없어……! 죽고 싶은 마음은 없어!"

"죽어!"

"싫어!"

토드의 눈이, 목소리가, 거무칙칙한 살의로 스바루의 심장을 얼리려 든다. 둘 사이에서 도끼날이 간당간당 팽팽히 맞서지만, 이 힘겨루기도 영원히 이어지지는 않는다.

"그 묘한 재주도, 한계가 가까워졌나 보군."

"크, 익……."

귀기가 도는 표정의 스바루, 그 귀에서 피가 흐르는 것을 토드가 알아챘다.

『보이지 않는 손』의 권능을 다용한 반동이다. 그것이 스바루의 육체를 좀먹는다는 사실을 토드에게도 들켰다. 이대로 시간이 지나면 스바루가 먼저 한계를 맞이한다는 사실을.

그렇게 되기 전에 기필코―― 그렇게 생각한 순간이었다.

"윽?!"

치명적인 도끼를 둘러싼 스바루와 토드의 의식이 느닷없는 굉음에 쏠렸다.

그것은 제도 중심부에서 떨어진 스바루 일행에게서 먼 곳——도시의 최심부, 수정궁 너머에 있는 저수지, 대량의 물을 가둔 물막이 벽이 한계를 맞이한 단말마였다.

그 즉시 제도에 흘러드는 물의 기세와 수량이 급증한다. 그것은 이미 바다가 없는 세계에 밀어 닥치는 해일이며 도시를 흔드는 파도의 여파는 스바루와 토드에게도 닿았다.

그리고——.

"으, 아아아아——!!"

"큭."

아주 찰나 동안, 토드의 의식이 굉음에 쏠린 순간, 스바루는 가진 힘을 전부 쥐어짰다.

드러누운 몸을 움직여서, 이 순간만큼은 다리에 찔린 나이프의 통증조차 잊고 전력으로 몸을 옆으로 돌려 『보이지 않는 손』으로 잡은 도끼날을 머리 옆 지면으로 유도했다.

그 기세에 저항하지 못한 채 떨어지는 도끼에 체중을 싣고 있던 토드도 땅바닥에 고꾸라졌다.

"허억, 허억, 허억…… 푸앗."

그대로 스바루는 기세를 살려 옆으로 구르며 토드와 도끼로부터 멀어졌다.

다리의 나이프가 몇 번이고 지면에 닿았지만 그 격통보다 도망치고 싶은 기분이 앞섰다. 울면서 열 번, 스무 번 구르다가 이윽고 스바루는 건물의 잔해에 부딪혀 멈추었다. 거기서 가까스로 팔을 지면에 붙이고 몸을 일으키다가──그것을 목도했다.

"끝까지 얄미운 녀석이야……."

무릎으로 서서 밉살맞다는 양 중얼거린 토드.

떨어진 스바루를 돌아본 그의 왼쪽 어깨에, 도끼날이 깊숙이 박혀 있었다.

"──────."

결사적인 각오로 스바루가 도끼를 피한 순간, 도리어 토드가 그 도끼 위로 쓰러진 것이다.

도끼날은 깊숙이, 쇄골을 쪼개고 그 안에까지 파고들었다. 경우에 따라서는 심장에도 닿을 법한 중상이지만, 입가를 훔치고 피를 뱉는 토드는 빈사라는 티가 나지 않았다.

너무나도, 그래, 너무나도 터프하다.

좀비 상대로 미끼를 맡느라 몸 이곳저곳이 깎여 나가고 분진 폭발에 말려들어 대미지를 입었으며 끝내 자기 몸에 도끼가 박혀 있는데도 태연자약하다.

토드의 그런 태도의 이유가, 스바루의 눈에도 드디어 드러났다.

그것은──.

"봤나. 실수했군, 실수했어."

토드의 어조에는 여유도 경박함도 없이, 명확한 짜증이 있었다.

결코 보여서는 안 되는 것. 보여 주고 싶지 않은 것을 들킨 실책에 자기 자신과, 무엇보다 스바루에게 강렬한 분노를 품은 목소리.

분노를 띠며 토드가 어깨에 찍힌 도끼를 거칠게 뽑았다. 난폭하게 다뤄진 상처는 한 차례 거세게 피를 뿜다가——곧 피가 멎었다.

그것은 전투나 수렵에서, 부상이 마이너스로 지나치게 작동하지 않도록 진화를 거친 종족의 회복력이다. 스바루도 이 이세계에서 몇 번이나 목격했던 종류의 회복력.

그 외견에 스바루와의 차이는 눈에 띄지 않지만, 결정적으로 다른 피가 흐르는 존재.

아인족(亞人族)이다. 그것도——.

"넌 반수인?"

"아깝군. 그것만으로는 오답이야."

아연실색한 스바루 앞에서, 토드가 눈을 가늘게 뜨며 의혹을 절반만 긍정했다. 그 진의를 알 수 없어서 숨을 집어삼킨 스바루에게로 남은 절반의 해답을 내놓았다.

매몰차게 뺨을 일그러뜨리고 핏빛의 분노를 눈동자에 드리우면서——.

"늑대인간이지."

2

——이 세계에서, 존재만으로 기피되는 몇몇 존재가 있다.

하프엘프는 그렇게 기피되는 존재 중에서도 두드러진 위치에 있으며, 과거 세계를 멸망시킬 뻔했던 『마녀』의 먼 친척으로서 그 불우함은 어느 나라에서나 공통된다.

그 이외에도, 카라라기 도시국가에서는 털이 나지 않은 아인족이 재수 없는 대상으로 치부되고, 구스테코 성왕국에서는 머리카락이나 눈이 검정에 가까울수록 정령에게 미움받는다고 멀리한다.

그리고 마찬가지로, 다양한 아인족이 혼재되어 살아가는 볼라키아 제국에도 그 존재가 기피되는 종족이 둘── 토서인족(土鼠人族)과, 낭인족(狼人族)이다.

옛 시대, 토서인과 낭인 두 종족은 볼라키아 제국에서 가장 많은 사람에게 사랑받은 여성을 배신하고 죽음에 몰아넣은 잘못으로 영원토록 용서받지 못하는 죄를 졌다고 한다.

그 결과, 토서인족은 조국을 버리고 땅을 파서 나라 밖으로 도망쳤다. 그리고 도망치는 방법을 모르던 낭인족은 씨가 마를 때까지 쫓기다가 남김없이 사냥당했다.

제국의 그 분노는 다른 나라에도 미쳐서, 자국에서 토서인 및 낭인이 발견되거든 국경을 넘어 제국으로 보내서 처형한다. ──속칭 두더지 사냥과 늑대 사냥의 역사다.

현대에는 토서인족은 자신의 재주를 살려 남의 눈에 띄지 않는 땅 밑에서 숨어 살고 있다고 하며, 낭인족의 생존자는 정체를 숨기기 위해 견인족(犬人族)이라고 자신의 출신을 속인다. 자신이 낭인족이라는 사실을 공개적으로 표방하는 것은 전 세계에 단 한 사람── 카라라기 도시국가 최강이라는 『예찬자』 하리벨뿐이라는 상황이었다.

집요하게 낭인족을 사냥하던 제국, 그것이 내거는 국가 문장은 얄궂게도 검에 꿰뚫린 늑대.

검랑이란 제국에서 가장 존숭받는 존재임과 동시에, 자신이 검에 꿰뚫리는 것을 두려워하며 도망친 늑대는 가장 혐오스러운 대상인 것이다.

그 때문에 이 세계에서는 낭인족의 존재도, 낭인족의 피를 이어받은 늑대의 반수인━━『늑대인간』의 존재 또한 결코 용서받지 못하는 저주를 짊어지고 있는 것이다.

"늑대, 인간……."

자기 어깨에서 도끼를 뽑아 손아귀에서 휘돌리는 토드의 선언에 스바루는 말문을 잃었다.

종종 충돌했던 토드의 알려지지 않은 비밀. 이를 알았다고 플러스와 마이너스, 어느 쪽 감정을 얻어야 할지 알 수 없던 것도 그 이유지만, 그 이상으로 느낀 것은 공포였다.

귀에 들어온 『늑대인간』이라는 말에 대한, 본능적인 혐오감이었다.

━━스바루는, 이 세계에서 낭인족이 박해받은 역사를 모른다.

제국에서 낭인족과 토서인족이 기피되는 사실도, 그 이유가 옛 시대를 살던 아이리스라는 여성에게 저지른 배신이었다는 사실도, 그 아이리스의 정체가 요르나 미시구레라는 사실도, 그녀가 사랑하는 황제가 빈센트 볼라키아가 아니라는 사실도, 아무것도 모른다.

배경 사정을 아무것도 모르는, 그런 스바루의 영혼이 이해한다.

──『늑대인간』이라 불리는 존재가 이 세계에서 얼마나 이질적으로 취급받는 존재인지를.

"놀라는 방식이 내 예상하고 좀 다르군. 내가 반짐승이라는 사실에는 놀라도 늑대인간이란 점에는 놀라지 않는 표정이야."

토드가 입을 다문 스바루를 응시하며 의도가 벗어났다는 표정으로 눈썹을 모았다. 그러나 그는 어깨를 으쓱이고 바로 태세를 전환해 빈정대는 웃음을 띠었다.

"하지만 이걸로 묘하게 사양할 것 없이 붙을 수 있지? 늑대인간은 교수대에 올릴 대상이지. 그런 저주가 피에 흐르고 있어. 당신도……."

"어째서."

"응?"

"어째서, 그렇게 되는데. 나는, 너를……."

죽이고 싶다고 생각한 적이 없다고는 말 못한다.

하지만 그것은, 토드에게 흐르는 피가 어떻다거나, 그 출신이 어떻다거나 하는 문제가 아니라 그 자신의 소행이 스바루와 양립할 수 없고 충돌할 수밖에 없기 때문이다.

그런데도 방금 토드의 표현은──.

"네가 나의 '적'이 된 것을, 피가 이유라는 것처럼 말하지 마."

"───."

"네가 몇 번이고 나하고 부딪친 것은 나와 네 문제다! 네 정체 때문인 것도, 네 피가 나를 부추겼기 때문도 아니야!"

어금니를 세게 깨문 스바루가 주먹을 땅바닥에 내리누르며 몸을 일으켰다.

다리에 꽂힌 나이프의 격통이 온몸에 어마어마한 기세로 내달리지만 의식은 도리어 뚜렷해지고 가슴속에서 부글부글 끓어오르는 분노를 명확하게 만들어 주었다.

"멋대로, 늑대인간 따위나 되어가지곤……!"

"이것 봐. 멋대로는 무슨. 그건 당신이 이래라 저래라 할 소리가……."

"시끄러! 어째서, 어째서 너는 그 모양인 거야!"

하나도 스바루의 뜻대로 되지 않고, 스바루가 플러스의 감정을 품으면 마이너스 쪽 행동을 일으키고, 스바루가 포지티브한 기분으로 있으면 네거티브한 문제를 일으킨다.

카츄아를 돕고 렘과 플롭을 구해내는 데에도 힘을 빌려주고, 강적 좀비를 쓰러뜨리는 데에 힘을 합친 줄 알았더니, 스바루를 죽이려 들지 않나 생각을 힐난하지 않나 끝내는 늑대인간이라 한다.

"어째서냐고!"

"남의 출생 가지고 왈가왈부하지 마라. 그렇게 생겨 먹은 거야. 어미가 개랑 잔 것일지도 모르지. 그러고 보니 집 뒤에 옛날부터 큰 개가 눌러 살고 있었는데 혹시 그거, 내 아비인가?"

"그게 아니지! 출생 가지고 왈가왈부하는 건 네 쪽이야!"

"─────."

"내가, 너하고 이렇게 대치하는 건……."

토드가 늑대인간으로서 어떤 생애를 살았는지는 모른다.

알고 싶지도 않다. 알면 그것을 이유로 토드를 용서할 이유를 찾을 것 같다. 그러니까 알고 싶지 않다. 스바루는 어쩔 수 없는 이유로 토드를 용서하고 싶지 않다.

그러니까——.

"결심했어."

분노와 아픔도 뒤죽박죽 섞이려던 머리로 스바루는 중얼거렸다.

그런 스바루의 중얼거림을 들은 토드가 눈을 가늘게 떴다. 말로 표현하지 않아도 스바루가 무엇을 결심했느냐고, 뒷말을 침묵이 재촉한다.

스바루는 재촉을 받았기 때문이 아니라 자기 의지로 결심하고, 선고했다.

"나는, 너를 죽여 주지 않겠어. 네 뜻대로는 되지 않을 거야."

"———."

스바루의 고요한 선언에, 토드는 아무 말대꾸도 하지 않았다.

단, 침묵을 지속한 것은 아니다. ——웃은 것이다.

"하, 하하하, 핫핫핫핫핫!"

도끼를 들지 않은 쪽 손으로 머리를 쓸어 올린 토드가 입을 벌리며 비웃었다. 머리카락과 이마가 피로 더러워짐에도 개의치 않으며 입을 쩍 벌리고 폭소했다.

한바탕 웃은 뒤에 고개를 느릿느릿 가로젓는다.

"당신은 괴물이야. 그 좀비보다 훨씬 더."

그리고 지금까지 이상으로, 뚜렷하게 눈에 보이는 감정을 눈동자에 띠고서 스바루를 노려보았다.

　그, 거무칙칙한 살의 뒤에 숨어 있던 감정, 처음으로 보인 그것이 무엇인지 스바루는 알고 있다. 지금까지 몇 번이고 거울 속에서 본 적이 있다.

　그것은, 공포다. ──이해할 수 없는, '죽음'을 야기하는 존재에 대한 공포였다.

　"자각이 없는 게 질이 안 좋아. 당신은 생명을 취사선택하고 있어. 누구를 구하고, 누구를 죽게 할지, 자유롭게 결정하고 있는 거지. 아양 떨며 속내를 보여 주는 상대는 귀여워하지만, 그렇지 않은 상대는 마음에도 두지 않아. 나는 누구에게 아양을 떠는 것도 속내를 보여 주는 것도 주저하지 않지만……."

　"─────."

　"자기 입맛대로 휙휙 남의 생사를 결정하는 놈하고 어울릴 수가 있겠냐."

　──그것이, 토드 팽의 최후통첩이었다.

　내뱉듯이 말을 마친 토드의 모습이 뼈가 삐걱거리는 소리와 함께 변화한다.

　제국병의 군복, 여기저기 찢어진 웃옷에 엿보이는 상처가 아물고 피부를 머리색과 같은 짐승 털이 뒤덮었다. 머리에서 코가 삐져나오고 입이 찢어지듯 커지더니, 가지런히 난 하얀 치아가 날카롭게 뾰족해지기 시작하며 그 겉모습이 사나운 짐승으로 변했다.

　늑대인간이라는 선언과 일치하는 모습.

두 다리로 서고, 두 팔로 도구를 다루고, 그 흉포한 이빨로 물어 상대의 생명을 으스러뜨린다. 그런 존재로 변화──아니, 그 진실된 모습을 드러냈다.

"죽어."

짧게, 더할 수 없이 명확한 적의와 함께 토드가 발을 디뎠다.

큼지막한 한 걸음으로, 땅을 박찬 늑대인간이 뛰어든다. 목표는 스바루의 살육. 정체 모를 공포의 대상이자 자신의 정체를 안 용서하기 어려운 적으로서 살려 둘 수 없다는 태세다.

그 점을 안 스바루 쪽도 투지를 폭발시킨다.

"인비지블 프로비던스."

중얼거린 스바루에게로, 늑대인간으로 변한 토드가 도끼를 쳐들고 달려들었다.

도끼의 궤적에 스바루는 가슴에서 뻗친 검은 팔로 들어 올린 잔해를 집어넣어 토드의 머리를 도끼가 넘어서기 전에 반대편으로 튕겨 날렸다.

"큭."

하지만 도끼가 없어져도 지금의 토드에게는 다른 무기가, 이빨이 있다.

스바루도 도끼를 막느라 권능을 쓴 바람에 이빨을 상대로 『보이지 않는 손』을 쓸 수 없다. 그 대신에 스바루는 자기 손으로, 다리에 꽂힌 나이프를 뽑았다.

"끼, 끄끼가아아아!!"

익숙해질 수 없는 격통에 절규하며 뽑은 나이프를 두 손으로 잡고 물어뜯으려는 토드의 이빨 틈새에 끼워 넣었다. 맹렬한 힘에 밀려 쓰러진다.

다물리는 날카로운 이빨과 나이프가 딱딱대는 소리를 내고, 땅바닥에 쓰러진 스바루의 얼굴에 나이프를 문 늑대인간의 입에서 침이 뚝뚝 떨어져 뺨을 적신다.

"윽!"

"아아아아아아!!"

힘껏 되밀려고 하지만 도리어 떠밀려서 스바루의 목에 이빨이 다가든다.

필사적으로 막아내던 스바루는 아픈 와중에 외쳤다.

"나는……! 너를 죽이지 않아……!"

당장 죽을 지경인데도 이빨 끝이 목을 찢기 직전에 외쳤다.

생명을 빼앗기려는 쪽이, 생명을 빼앗으려는 상대에게, 뒤죽박죽으로.

이대로 밀려서 목이 물어 뜯겨 목숨을 잃는다 해도, 이 싸움의 도중 어느 시점으로 돌아간다 해도, 외친 이 맹세를 없었던 것으로 하지 않는다.

스바루가 모르는 이유로 세상을 비관하고, 원망하고, 그런 녀석으로서 토드를——.

그 순간.

"그만해."

갑작스럽게 들려온 그 음성은, 스바루의 영혼을 쥐어뜯듯이 울렸다.

짐승의 숨결과 가늘게 찾아드는 땅울림, 곳곳에서 여전히 혼란이 이어지는 제도는, 온갖 소리가 자기 맘대로 날뛰는 소음의 지옥이었다.

그런 세계에서도 그 목소리는 그 무엇에도 방해받지 않았다.

마치 나츠키 스바루의 존재가, 그 목소리와 공명하듯이 이루어진 것처럼.

"컥."

그 직후, 스바루의 몸을 누르며 생명에 이빨을 박으려던 토드의 몸이, 옆에서 후려친 무시무시한 충격에 날아갔다.

"————."

눈앞, 늑대인간이 된 토드의 몸이 튕기며 확 트인 시야에 비친 것은, 반짝반짝 빛나듯이 비산하는 얼음 파편—— 그것을 날린, 얼음으로 만들어진 해머였다.

한 아름은 될 만한 얼음 망치, 토드는 그것에 힘껏 얻어맞아 날아간 것이다.

그리고 그 얼음 망치를 두 손으로 휘두른 자세로 긴 은빛 머리카락을 휘날리는 것은, 하얀 복장을 두르고 터무니없이 아름다운 옆얼굴을 가진 소녀——.

"에밀리아."

번개가 치듯 머리에 스친 그 이름을, 스바루의 입이 무의식중에 따라 했다.

소녀가 돌아본다. 깜빡이는 남보랏빛 눈이 스바루의 검은 눈과 마주쳤다. 그녀의 아름다운 눈에 넋이 나간 스바루는 무심코 숨을——.

　"거기 애, 이리로!"

　"어?"

　호흡을 잊었는지, 숨을 집어삼켰는지, 그것이 억지로 중단되었다.

　기운차게 휙 뻗어온 하얀 손가락이 겉모습으로 상상할 수 없는 힘으로 스바루의 몸을 끌어당겨 안아들었다. 피와 진흙으로 범벅된 스바루를 주저 없이 안아 든 소녀—— 에밀리아는 "영차." 하고 무릎을 굽히더니.

　"얍!"

　하는 기합성과 함께 점프하여 바로 옆에 있던 건물 벽을 박차고는 더 높은 곳으로 뛰어올라 옥상에 무난히 착지했다. 그 팔에 안긴 스바루는 "어? 어?" 하고 눈이 휘둥그레졌지만, 이해는 뒤늦게 따라왔다.

　"——아."

　눈 아래, 직전까지 스바루가 있던 길이, 맹렬한 소리를 수반한 탁류에 삼켜졌다. 건물의 잔해도, 무사하던 건물도 쓸려가는 기세는 홍수를 넘어 해일이 떠오르는 위력이었다.

　"위험해라……. 조금만 더 있었으면 물에 휩쓸릴 뻔했네."

　그 압도적인 광경에, 에밀리아가 안도한 것처럼 가슴을 쓸어내렸다.

눈앞의 절박감이나 비참함을 누그러뜨리는 에밀리아의 코멘트
지만 정연한 제도의 시가지가 물에 잠기고 원형을 잃어가는 광경
의 절망감은 압권이었다. 조금만 피난이 늦었으면 에밀리아의 말
대로 스바루도 탁류에 휩쓸려서 살아날 방법은——.

"아, 그 녀석은?!"

스바루를 물어 죽이기 직전에 에밀리아에게 맞아 날아간 토드.

피신이 늦었으면 그 또한 홍수에 휩쓸린 것인가. 저 기세에 치이
면 아무리 토드라 해도 살아날 도리가 없으리라.

다리의 아픔도 잊고 반사적으로 시선을 내돌린 스바루는, 탁류
가 삼켜 가는 제도의 시가지에서 토드의 모습을 찾았다. 솔직히
토드가 발견되기를 바라는지 그 반대인지, 그 답조차도 알지 못
하는 채로.

"얘, 진정해! 누구를 찾고…… 아! 잘 보니 심하게 다쳤네! 바로
치료를 해야……."

필사적으로 눈을 부라리는 스바루의 다리에 난 상처를 에밀리
아가 깨닫는다. 스바루를 바닥에 내려놓으려던 그녀는 당황하며
스바루를 옥상 난간에 앉히고 당부했다.

"기다려 봐! 바로, 치유 마법을 쓸 수 있는 아이를……."

"그럴 여유 없어! 내버려 두면……."

"네 쪽이야말로, 자기 다리를 잘——."

스바루가 타이르는 말을 쳐내고 일어서려 하자 에밀리아는 눈
썹을 곤두세웠다. 그러나 그녀의 질타는 끝까지 나오지 않고 중
단되었다.

그녀의, 커다란 남보랏빛 눈이 활짝 벌어진다. 아름다운 눈동자에 비치는 광경이 보인다.

옥상 난간에 앉은 스바루의 배후에서 물보라와 함께 얼굴을 드러낸 늑대인간이, 입을 크게 벌리고 스바루의 뒷목을 물어뜯으려 하는 광경이.

"_____."

문 채로 물로 끌고 갈까, 아니면 가차 없이 경골을 으스러뜨릴까. 어느 쪽이든 간에 눈앞의 에밀리아조차도 제때 반응할 수 없는 한순간의 빈틈.

토드의 집념이 홍수에도 저항하여 끝내 스바루의 생명을 물어뜯으려 한다.

그 순간――.

"그 사람을."

굳세게, 옥상 바닥을 디디는 발소리와 함께 바람 가르는 소리가 울었다.

기진맥진한 스바루도, 떨어지려던 에밀리아도, 토드의 흉행을 막을 수 없다.

대신에 날아오는 것은, 연청빛 눈에 성이 난 소녀였다.

"건드리지 마……!!"

포효와 동시에 날아든 것은 혼신의 힘으로 휘두른 도끼였다.

늑대인간이 달려들 때 스바루가 쳐낸 도끼. 그것이 무슨 운명인지 소녀의 손에 넘어가서 스바루를 물어뜯으려던 주인에게로 돌아간다.

"——커."

호를 그리듯이 날아든 도끼가 늑대인간에게 사납게 꽂혔다.

한 번 깊숙이 도끼가 박힌 왼쪽 어깨의 상처에 겹치듯 두 번째 공격이 처박힌다. 충격이 늑대인간의 기세를 요격하고 날아간 거구가 탁류로 추락했다.

큰 물소리와 물기둥이 솟구치며, 이번에야말로 늑대인간——토드 팽이 물속으로.

"하아, 하아, 하아……."

도끼를 휘두른 자세의 소녀가 어깨를 들썩여 가쁘게 숨을 쉬면서 스바루의 머리를 가슴에 껴안았다. 그리고 떨리는 손에서 도끼를 물에 떨어뜨리더니, 그 자리에 무릎을 꿇었다.

그렇게, 소녀—— 렘의 연청색 눈과 스바루의 검은 눈이 똑바로 마주했다.

"무사, 한 모양이네요."

"무사하진, 않지만……."

희미한 안도를 눈꼬리에 드러낸 렘의 말에 스바루는 더듬더듬 대답했다.

그리고 등 뒤에서, 렘의 일격으로 물속으로 떨어진 토드를 찾아본다. ——발견되지 않는다. 이번에야말로 발견될 턱이 없다. 발견된다 해도, 그는.

"——큭."

분하고 씁쓸한 기분이 치민 스바루는 가슴에 손을 짚었다.

스바루는 단 하나도 토드와 공감하지 못했다. 이해해 주었으면

하는 것도, 토드가 이해하지 못해도 상관없다고 여긴 것도, 전부.

그것이 분하다. 분하고 분해서 미치겠다.

그, 속절없는 분한 기분을 품은 채로——.

"렘! 잘됐다. 이 아이를 치료해 줘! 난 빨리 스바루를⋯⋯."

"잠깐만요! 이 아이예요! 이 아이라고요! 이 아이가, 나츠키 스바루라고 자칭하는 아이로⋯⋯."

"뭐?! 이 아이가 스바루?! 하지만 귀여운걸⋯⋯?"

옥상 난간에서 힘이 빠져서 주르륵 미끄러진 스바루 앞에서 구해 준 두 사람—— 에밀리아와 렘이 스바루에 관해 이러쿵저러쿵 언성을 높이고 있다.

그렇게 두 사람이 자기 앞에서, 이렇게 대화하는 모습은, 도대체 얼마 만이냐며 기뻐야 할 텐데도——.

"토드, 이 미련퉁이 자식⋯⋯."

마지막 그 순간까지, 스바루의 마음에 깊고 지긋지긋한 가시를 남기고서 남자는 사라졌으며.

그런 분한 마음과 패배감을 끝으로, 스바루의 의식은 뚝하고 끊겼다.

막간 『토드 팽』

──토드 팽은 볼라키아 제국의 군인이며, 계급은 상등병이다.

동료인 자말 오렐리의 여동생, 카츄아 오렐리의 약혼자이며, 현재는 제국 동부에 있는 바드하임 밀림 파병을 계기로 성곽도시 과랄에서 반란군과의 교전을 거쳐 『정령 포식자』 아라키아 일장의 당번병이라는 직함에 앉았다.

그 후, 일제 봉기한 반란군이 시작한 제도 루프가나의 포위공방전에 참가.

공방전에서는 일개 병졸로 참전하여 제도의 백성── 특히 약혼자인 카츄아를 지키기 위해서 분전하고 자신의 무기를 휘두르며 용감하게 반란군과 싸웠다.

그 정체는, 볼라키아 제국에서 혐오할 존재로 취급받는 『늑대인간』이며, 역사적인 차별과 박해에 시달리며 자신의 삶을 규정당한, 다른 이와 공존할 수 없는 존재다.

수도 없이 나츠키 스바루라는 존재와 충돌하고 끝까지 상종할 일은 없었다.

그것이 바로 토드 팽이라는 제국의 늑대인간이다.

──그 이상, 당신에게 가르쳐 줄 마음은 없어.

제3장 『사랑하겠다고 결심해서』

1

──『운룡』이 마델린을 두고 제도로 날아갔을 때, 에밀리아는 그것을 쫓아간 세실스보다 늦게 본인도 제도 안으로 가기로 결심했다.

"하지만, 그 전에 마델린을……."

그렇게 달리기 전, 에밀리아는 품속에서 의식을 잃은 마델린의 처우에 난감해했다.

성형(星形) 성벽, 그 제2정점을 지키던 마델린과 그녀가 부른 『운룡』메조레이아와의 싸움은 중단되었지만, 그걸로『구신장』이기도 한 마델린의 위협이 흐려진 것은 아니다. 지금은 잠들어 있지만 깨어나면 어떻게 되는지.

"마델린, 엄─청 화를 잘 냈으니까."

들은 척도 하지 않으며 난동을 부리면 주위에서 보는 피해가 심각해진다.

그러나 계속 안은 채 데리고 다니기도 여의치 않다고, 에밀리아는 열심히 고민하다가 일단 조심스럽게 마델린의 팔다리를 얼리기로 했다.

"거기 있는 사람! 이 아이를 데리고 뒤로 물러나! 날뛰지 않게 팔다리는 얼려놨으니까, 깨어나도 화내지 않게 정중히 날라 줘!"

하얗게 얼린 마델린을 맡긴 것은, 멀리서 전장을 살피던 반란군 —— 지크르의 부하 중 한 집단이다. 그들은 여성에게 무척 자상하기에, 마델린을 맡겨도 정답일 터.

"에밀리 양, 부디 조심하십시오!"

"응, 고마워! 어쩐지 불길한 예감이 드니까, 당신들도 물러나 있어!"

그들의 배웅에 손을 흔들어 준 에밀리아가 얼음 계단을 만들고는 성벽의 제2정점을 넘어서 제도 안으로 뛰어들었다.

그 즉시, 살갗이 짜릿한 감각을 느끼고 고운 눈썹을 찌푸렸다.

"역시, 엄—청 불길한 공기야."

무겁고 둔탁한 색의 공기라는 인상이다. 공기 자체에 무게나 색이 있는 것은 아닌데도 제도 안과 밖은 그런 식으로 느낌이 달라졌다.

찌르르하게 불길한 공기의 변화. 그러나 에밀리아는 거기에 기죽을 수 없다.

"모두에게 억지 부려서 볼라키아까지 오게 했으니까."

그렇게 자신에게 타이른 에밀리아는 속으로 반성만 할 따름이었다.

에밀리아 일행이 볼라키아 제국으로 온 것은, 없어진 스바루와 렘을 데리고 돌아오기 위함이고, 그렇기에 누군가 빠지는 사람이 생기면 본말전도다. 세실스가 없었으면 에밀리아는 메조레이아에게 져서 모두를 슬프게 했으리라.

물론 난데없이 『용』과 싸우게 된 에밀리아를 아무도 탓하지 않는다. 그럼에도 에밀리아에게는 진영에서 가장 높은 지위에 앉은 사람으로서 지닌 책임이 있다.

에밀리아는 뒷배인 로즈월의 지위와는 질이 다른 지위를 자각할 필요가 있다. 에밀리아의 바람을 이루기 위해서 모두가 애써 주는 지위를.

그렇기 때문에——.

"나는, 자신이 할 수 있다고 말한 것을 실천하도록 열심히 노력해야 해."

눈 아래, 높디높은 성벽을 넘어선 곳, 에밀리아의 눈에 제도의 시가지가 날아들었다.

루그니카 왕국의 왕도와 분위기가 퍽 다르다. 하지만 대도시 특유의 정연하고 깔끔한 건물의 배치로, 기능성을 확실하게 염두에 둔 구조임을 에밀리아도 느꼈다.

분명히 제국의 황제는 뚜렷한 미래도를 머리에 그리고, 이 도시나 나라를 더 좋게 만들기 위해서 열심히 노력해 왔으리라.

"그렇게 노력해도, 이렇게 되고 마는구나……."

제도의 시가지에서 받은 인상과, 그 실제 상황은 너무나도 어긋나 있었다.

황제가 제국의 운영에 어떤 마음을 품고 있었다 한들 제국민 일부가 내놓은 답은 이 반란이며, 에밀리아도 그것을 지지하는 쪽에 서 있다.

그것은 형편상 휩쓸린 입장이 아니라, 에밀리아 딴에 이야기를 듣고 동료와 대화를 나누어 결정한 일이다. 물론 반란군 대다수가 바라듯이 황제의 생명을 빼앗는 형식이 아니라, 황제의 신병을 확보하고 아벨과 대화하여 나라의 장래를 정하기를 바라긴 하지만.

그러나 그런 에밀리아의 바람과 소원은, 상상도 하지 못한 모양새로 배신당했다. ——제도에서 일어난, 전대미문의 이변으로.

"뭐야……?"

멀리서, 제도 최심부에 있는 찬란한 성—— 수정궁으로 불리는 건물 옆에서, 믿기지 않을 만큼 큰 돌인형과, 전장에서 떠난 『운룡』이 부딪치는 모습이 보였다.

거대한 것과 거대한 것의 충돌은, 제도의 공방전을 몇 단계나 더 위험하게 만들었지만, 그 이상으로 에밀리아를 놀라게 한 것은 다른 요소였다.

——제도 시가지 이곳저곳에, 도망치는 사람들을 안색이 좋지 않은 무언가가 쫓아다니고 있다.

"어떡해……."

그 존재를 본 순간, 에밀리아의 등줄기에 오한이 치달았다.

그것은 단순한 생리적인 혐오감이 아니라, 에밀리아가 정령술사로서 지닌 성질이 가리킨 거부 반응. 자연적인, 세상이 바라기에 발생한 정령과 친밀한 정령술사의 눈은, 오한의 원인이 된 존재가 부자연스러운, 세계가 존재를 인정하지 않는 불순한 존재라고 직감시켰다.

──이 순간, 이것은 사람과 사람 사이의 투쟁에서, 사람과 사람 아닌 존재와의 투쟁으로 변할 것이라고.

"──────."

그 직감에 따라 에밀리아는 두 손을 들어 올리더니, 제도를 둘러싼 성형 성벽 중 자신의 마법이 닿는 모든 범위에 밖으로 피신하기 위한 얼음 계단을 만들어 냈다.

더 많은 사람을 구하기 위해, 성문을 지나지 않아도 괜찮은 출입구를 될 수 있는 한 늘린다.

"다들! 벽을 향해서 달려! 문까지 가지 않아도, 거기를 통해 도망칠 수 있어!"

에밀리아는 크게 외치면서 성벽에서 시가지로 뛰어내렸다.

그 즉시, 지면에서 뻗어나듯 발생한 '적'이, 에밀리아의 행위가 거슬린다고 말하듯 성난 기색으로 달려들었다.

"당신들에게도, 목적이 있겠지만……."

다짜고짜 습격하는 상대에게 얌전히 대화할 자리에 앉으라 설득하기란 어렵다.

'적'은 다들 제국병 복장에, 창백한 피부 이곳저곳에 금이 나 있는 생기 없는 모습──. 그것들에 대해 에밀리아는 주저 없이 얼음 검을 번뜩였다.

생성된 얼음의 쌍검이 막아서 '적'의 몸을 베어 부순다. 하지만 놀랍게도 부서진 '적'의 몸은 바로 붙어 원상복구해서 팔팔했다.

"그렇다면——."

불리하다며 여기서 물러나지 않는 것이 에밀리아의 방식이다.

때려도 베어도 상대가 일어선다면, 일어설 수 없게 얼음덩이로 만든다.

"이얍! 타앗! 에잇에잇에잇!"

한 명, 두 명, 세 명 네 명씩 튀어나오는 '적'을 상대로 에밀리아는 벽을 박차고 지면을 박차 제도의 거리를 발판 삼아 종횡무진하게 뛰어다니며 공격을 가했다.

기대대로 에밀리아에게 공격당해 부서진 부위가 얼음에 갇힌 '적'의 몸은 원래대로 복구되지 못했다. 단, '적' 중에는 영리한 상대도 있어서, 자기 손으로 얼음에 갇힌 부위를 부수고 재생하여 덮어 쓰려는 이도 있었다.

"그렇다면, 그 수법을 뛰어넘겠어!"

상대가 대응한다면, 에밀리아는 그 대응을 더 넘어서겠다.

몸 일부를 얼려도 안 되면, 몸 전부를 얼리는 방법으로 '적'을 공격한다. 물론 '적' 하나를 상대로 쓰는 힘은 커지지만 그 점은 어쩔 수 없다.

부족한 노력은 기력과 의욕으로 메꾸고, 일대의 도로를 공략해 나간다.

"가 봐, 어서! 지금이라면 방해받지 않을 테니 도망쳐, 도망쳐!"

에밀리아는 제압한 도로를 알기 쉽게 하얗게 얼리고 도주하는 사람들을 유도했다. 한편 자신은 사람들과 반대 방향으로, 도시 안쪽으로 역주했다.

"누군가가, 이렇게 나쁜 짓을 하고 있어……!"

잇따라 나타나는 '적'은, 부자연스러운 힘으로 일어켜졌다.

즉, 못된 음모를 꾸미는 누군가가 마법이나 주술을 구사해 이런 짓을 하고 있는 것이다. 이것을 막으려면, 저지른 술자 본인을 혼쭐내야만 한다.

"남보다 살짝 기운찬 게 내 장점인데……."

남보다 마나 저장량이 많은 에밀리아지만, 연전에 이은 연전으로 말미암은 피로감은 부정할 수 없다. 비실비실 쓰러지기 전에 어떻게든 수습할 전망을 찾아야 한다.

"어떡해!"

이런저런 생각을 하는 사이에도 제도를 달려 올라가는 에밀리아의 눈에 '적'의 방해로 악전고투하는 집단이 보였다.

"지금, 길을 만들게!"

골목에서 숨을 죽인 집단, 그들의 도피로를 막을 것 같은 네 명의 '적'에게, 건물 지붕에서 뛴 에밀리아의 얼음 칼날이 한 줄기 섬광을 뻗는다. —— '적'은 반응도 못 하고 순식간에 얼음상으로 바뀌었다.

놀란 표정인 채로 얼음덩이가 된 '적'이 확실하게 냉동된 모습을 지켜본 에밀리아는 수중의 얼음검을 마나로 되돌리고, 거리 그늘에 있는 집단에게 말을 건넸다.

"이제 괜찮아! 이 앞도 얼음을 표식으로 삼으면 밖으로 나갈 수 있을 거야!"

"고, 고맙습니다. 덕분에 살았어요."

에밀리아의 목소리에 대답이 나오고 숨어 있던 집단이 그늘에서 빠져나왔다. 그 사람들의 무사함을 확인하고 에밀리아는 전진을 재개한다.

아니, 그러려고 생각했었지만——.

"와, 아이들이 많아……."

눈을 동그랗게 뜬 에밀리아 앞에 나온 것은, 스무 명 정도 되는 집단이었다. 심지어 그 중 태반이 열 살 정도의 어린이로, 다들 검은 머리의 남자아이다.

흑발 자체가 드물기에 에밀리아는 아주 신기한 집단이라고 놀랐다. 얼굴이 별로 닮지 않은 아이가 많기에 대가족인 것은 아닌 모양이지만.

그러자 그 집단의 몇 없는 어른 중 한 명이 에밀리아에게 손을 흔들며 말했다.

"이거 참 세상에, 아주 도움이 됐어! 여하튼 우리는 도망쳐 숨는 게 한도였거든. 어찌어찌 하다가 아예 내가 미끼를 맡을까 결정하려던 중이었지."

"그래? 그렇다면 그렇게 되지 않아서 다행이네. 여기서부터도 괜찮을 테니까, 조바심 내지 말고 모두 힘을 합쳐서 가 봐."

"알다마다. 진심으로 감사하지, 아가씨! 그러면 부인 군! 카츄아 양!"

"크, 큰 소리로 부르지 마……. 또 그 녀석들이 오면 어떡하려고 그래……!"

명랑하게 웃은 금발 청년의 부름에 일행의 가장 뒤에 있던 여성이 대꾸했다. 시선이 낮은 그녀가 앉은 바퀴 의자를 본 에밀리아가 살짝 놀랐다.

"스바루가 만든 것 말고 처음 봤어."

스스로 움직일 수 없는 사람을 나르는 데에 편리한 바퀴 의자지만, 다른 곳에서 발견한 적이 없다. 에밀리아가 아는 것도 하염없이 잠들어 있는 소녀를 위해서 스바루가 만든 실물을 보았기 때문이다.

굳이 설계도까지 그린 스바루의 마음씨를 에밀리아는 자랑스럽게 여겼지만──.

"카츄아 씨, 그렇게 화내지 마세요……. 약혼자 분과 따로 떨어져서 불안한 기분은 이해하지만요."

"쓰, 쓸데없는 소리 하지 말고! 너도, 줄곧 그 꼬맹이들을 신경 쓰고 있잖아……. 나한테만 말하지 말아 줘."

"그럴 의도는 없었는데요."

바퀴 의자에 앉은 여성에게 눈길을 빼앗겼던 에밀리아는 여성 뒤에 서서 바퀴 의자를 밀고 있는 상대의 모습을 눈치채는 게 늦어졌다.

바퀴 의자 뒤쪽에 있는 손잡이를 잡고 의자를 밀고 있는 것은 파란 머리 소녀로──.

"렘?"

"──────."

에밀리아의 입술이 무심코 그 음을 발하자, 퍼뜩 고개를 든 소녀와 눈이 마주쳤다.

에밀리아는 눈을 동그랗게 뜬 소녀의 얼굴을 찬찬히 확인했다. 눈을 뜬 모습을 처음 보는 소녀는, 에밀리아가 잘 아는 소녀와 똑닮은 얼굴을 가지고 있었다.

그도 그럴 터. 그녀와 그 소녀는 쌍둥이라고 들었으니까. ──다름 아닌, 에밀리아의 믿음직한 기사님의 입으로.

"당신은, 저를 아시나요?"

눈썹을 찌푸린 소녀── 렘이 에밀리아를 미심쩍게 보고 있다.

두 사람 사이에 끼어든 바퀴 의자에 앉은 여성이 에밀리아와 렘의 얼굴을 번갈아 쳐다보았다.

"또, 또 너랑 아는 사이야? 넌 대체 사람들이 얼마나 찾아다니는…… 와웁."

"렘!"

떨떠름한 표정으로 나직나직 무슨 말을 하던 여성의 머리를 뛰어넘은 에밀리아가 큼직하게 거리를 좁히고는, 그 기세대로 렘의 손을 잡았다.

느닷없는 행동에 렘이 놀라고 있지만, 에밀리아 쪽도 냉정하게 있을 수 없다. 그녀의 손을 잡은 채로 에밀리아는 눈앞의 렘의 모습에 눈을 촉촉이 적셨다.

"일어나 있어……! 렘이 일어나 있어! 굉장해! 큰일이야! 빨리 람과 스바루에게 알려줘야 하는데!"

"자, 잠깐만요, 당신은 대체…….."

"아, 저기, 람에게서는 로즈월과 함께 나중에 합류하겠다는 연락이 왔으니까, 이미 밖에 있으려나……. 참 내! 이럴 때에 스바루는 미아가 되긴! 저기, 응, 저기.”

“이야기를 들어 주세요!”

마음의 준비가 전혀 되어 있지 않아서 머리가 뒤죽박죽 섞인 에밀리아. 그런 에밀리아에게 언성을 높인 렘의 일갈이 제동을 건다.

그녀는 에밀리아에게 손이 잡힌 채로 성난 기색이 어린 눈으로 물끄러미 보며 말했다.

“당신도, 저를 렘이라고 불렀죠……. 이전의, 저를 아시는 사람인가요?”

“아, 아니, 그게 조금 복잡해서. 나도 당신이 깨어 있을 때의 일은 기억을 못해. 그러니까 요상하긴 해도, 처음 만나는 거 비슷해.”

“무, 무슨 소리인지 모르겠어요…….”

“응, 나도 별로 설명을 잘하는 게 아니라서, 잘 얘기할 수 있을지 불안하지만…….”

곤혹스러운 표정인 렘에게 에밀리아는 미안한 기분으로 무엇을 이야기하면 될지 고민했다.

이렇게 깨어 있는 렘과 대화를 나눌 수 있는 것은 무척 기쁜 일이지만, 렘은 에밀리아에게 있어서 람의 동생이며 1년 이상이나 늘 자고 있던 아이다. 심지어 『폭식』의 대죄주교의 힘으로, 깨어 있을 때 다른 사람들 속 ‘기억’을 빼앗긴 아이이기도 했다.

에밀리아 본인부터 알고 있는 렘과의 ‘기억’은 하나도 없다. 단지 스바루의 이야기가 분명히 사실이라고 믿는 것 이외의 실감은 없다.

더군다나 렘과의 방금 대화로 알 수 있는 것은——.

"렘은, 혹시 깨어나기 전의 일을 기억 못해?"

"그 깨어나기 전과 후라는 표현에 별로 실감이 없습니다만……
그렇습니다."

"그래……. 역시 그렇구나."

발생한 의문이 긍정되자 에밀리아는 살짝 눈을 내리깔았다.

어쩌면 깨어난 렘에게는 주변 사람들과 함께 보낸 '기억'이 잘
남아 있어서, 본인의 입으로 자신들의 예전 관계를 알 수 있을지
모르겠다는 기대도 있었다.

그 기대는 아쉽게도 이루어지지 않았다. 하지만——.

"그래도 딱히 걱정할 필요 없어. 여러 가지로 알 수 없어서 엄—
청 불안할지도 모르지만, 나도 힘을 보탤 테고, 람과 스바루가 있
어 줄 거니까!"

"——당신은, 대체 저의 무엇인가요?"

"우리의 관계만 말하면, 손님과 메이드가 될 거야. 하지만 나는
람하고 그것뿐인 관계가 아니라고 생각하니까, 렘과도 그것뿐이
아닌 관계가 되고 싶거든."

"————."

"곤란할 때는 힘을 빌려주거나, 고민할 때는 같이 고민하거나,
어려운 일에는 옆에서 같이 부딪치거나…… 그런 관계라는 설명
이면, 안 될까?"

렘에게 자신이 어떤 존재냐고 물으면, 에밀리아도 잘 모른다.

그녀와의 관계는 없었던 것이 되어서 다시 제로부터 다시 구축해야만 하니까. 그렇기에 어떤 식으로 재구축하고 싶은지, 그 전망만을 전했다.

"나, 렘하고 친해지고 싶어. 같이, 열심히 힘내자— 하고."

그것이 에밀리아의 거짓 없는 생각이고, 미래의 전망이었다.

"⸻."

에밀리아의 그 대답을 들은 렘은 눈을 동그랗게 뜬 채로 몇 번쯤 입술을 달싹거렸다.

하지만 그 생각은 좀처럼 말로 표현되지 않은 채, 입술은 벌어지고 다물리기를 반복했다. 그대로 답답한 시간이 지나려고 하지만⸻.

"부인 군, 나는 이 아가씨가 네 편이라고 생각하는데."

"플롭 씨……."

"나도 상인으로서 제법 많은 사람들과 만나왔지만, 이만큼 올곧게 말을 하는 상대는 귀중해. 이 아가씨는 틀림없이 믿어도 걱정 없어."

우물대는 렘에게 플롭이라고 불린 금발 청년이 말했다.

밝고 명랑한 청년의 긍정에, 렘은 눈썹을 모았다가 재차 에밀리아를 바라보았다. 그 시선에 지지 않도록 에밀리아는 가슴을 펴고 받아냈다.

에밀리아의 그 태도에 렘은 작게 숨을 내뱉고 말했다.

"당신이 저를 알고 있는 사람이라는 것도, 악의가 없는 것도, 알 것 같아요."

"렘……!"

망설이면서도 렘이 꺼낸 말에 에밀리아는 가슴이 뭉클한 기분이었다. 눈을 깜빡이는 에밀리아에게 렘은 "저기." 하고 연청빛 눈을 가늘게 뜨며 말했다.

"방금, 스바루라는 이름을 말씀하시던데요……."

"응? 응, 말했지. 스바루라는 것은, 당신을 엄─청 걱정하는 아이인데, 당신을 늘 소중히……."

"그 말이 사실이라면……."

에밀리아의 답변에 얼굴을 굳힌 렘의 시선이 힐끔 배후── 지금 막 렘 일행이 나온 그늘로 향했다. 엄밀히 말하면 그늘이나 골목을 엿보았다기보다 자신들이 지나온 길을 거슬러 올라가는 시선 같다.

그 시선의 의도에 에밀리아는 '혹시나' 싶어서 관심을 보였다.

"스바루랑 같이 있었어? 스바루는 괜찮아? 무모한 짓 안 했어?"

"당신도 그런 인식이로군요. 곧잘 무모한 짓 하는 사람이라는."

"응, 맞아. 곤란한 아이라서…… 아! 그러고 보니."

"뭐죠?"

"내 이름은 에밀리아, 그냥 에밀리아야. 까먹었으면 그 자기소개부터 제대로 시작해야겠지."

에밀리아 쪽은 렘의 이름을 기억하고 있어도, 렘은 에밀리아를 모르므로 이를 가르쳐 주지 않으면 아무리 지나도 이름을 부를 수 없다.

에밀리아의 소개를 듣자 렘은 살짝 눈을 크게 떴다가 읊조렸다.

"에밀리아 씨……."

"응, 그래. 하지만 이 나라에서는 에밀리라고 이름을 대야 하니까, 에밀리아가 아니라 에밀리라고 불러 줘. 앗, 아무도 없는 곳이라면 괜찮으니까……."

"자, 잠시만요, 혼란스러워요! 어느 쪽이 맞아요?!"

"으으……. 복잡하긴 한데, 그래도 에밀리아라고 불러 줬으면 하니까, 에밀리아로 해도 돼?"

"저로서는 그 편이 편하겠는데요……."

제국에 불법으로 밀입국한 처지여서, 복잡한 사정을 렘에게 강요하고 말았다.

어쨌든 다른 사람이 있는 곳에서 쓰는 호칭에는 충분히 주의하기로 하고.

"그래서 렘, 스바루 말인데, 저쪽에 있어?"

"저쪽에 있다는 말이 틀리지는 않겠는데요……."

거기서 말을 흐린 렘의 표정에서, 에밀리아는 불길한 예감이 들었다.

이 제도의 상황과, 렘이나 플롭, 바퀴 의자에 앉은 여자아이와 아이들끼리만 이동하는 집단, 애초에 렘과 따로 행동하는 스바루란 너무나 스바루답지 않다.

그럼에도 스바루가 렘과 따로 행동하고 있다는 말은———.

"보아하니 또 무모한 짓 하고 있어……. 빨리 가 봐야겠다!"

"바로 느낌이 딱 오는 걸 보니, 역시 원래 그런 사람이군요……."

"맞아. 스바루는 금방 멋 부리는 버릇이 있어서 늘 걱정이라."

"역시 원래 그런 사람이로군요…….."

에밀리아의 스바루 평에 렘이 꼬박꼬박 이해한 기색으로 끄덕였다.

이렇게 렘과 말을 나눌 수 있는 것은 에밀리아에게도 기쁜 일이지만, 절박한 상황이 긴 수다를 용납하지 않았다.

그 기분을 더욱 재촉하는 것이——.

"아! 뭐, 뭐야?! 뭔데?!"

갑자기 멀리서 꽤 큰 폭발음이 들려서 어깨를 들썩인 바퀴 의자에 앉은 여성이 두리번두리번 불안하게 주위를 둘러보았다.

그녀의 각도로부터는 잘 보이지 않지만 에밀리아의 위치에서는 제도의 더 깊은 곳, 그쪽 방향에서 붉은 불기둥이 솟구치고 그다음에 검은 연기가 날리는 광경이 보였다.

아주 큰 폭발이다.

대기가 소란스럽지 않으니 마법으로 일으킨 폭발이 아닌 것처럼 느껴진다. 불의 마석 등이 인화했을지도 모른다.

"저쪽은…….."

"혹시, 스바루가 있는 쪽?"

"네……."

폭발이 일어난 방향을 보고 말문이 막혔던 렘이 에밀리아의 질문에 수긍했다.

그 즉시, 에밀리아는 저 폭발이 스바루가 관련된 것으로 생각할 수밖에 없어졌다. 당장에라도 저리로 달려가서 스바루와 합류하고 싶다.

하지만 여기에 있는 렘을 두고 가는 것도 람이나 스바루의 마음을 생각하면 아주 어려워서, 에밀리아는 이것도 하고 싶고 저것도 하고 싶어서 야단법석이었다.

"너, 너 말이야, 저 폭발 일어난 쪽에 가게? 그렇다면, 그렇다면, 이 아이도 같이 데려가. 도움이 될 테니까."

"응?"

"카츄아 씨?"

그런 에밀리아의 혼란에 종지부를 찍은 것은 폭발음에 엄청나게 놀랐던 바퀴 의자에 앉은 여성―― 렘이 카츄아라고 부른 그녀였다.

카츄아는 쭈뼛쭈뼛, 에밀리아와 시선을 맞추었다가 피했다가 반복하며 말을 이었다.

"그 왜, 너는 상처를 고치는 마법을 쓸 수 있잖아. 그게 있으면, 저쪽이 다소 무모한 짓을 해도 괜찮겠다 싶잖아. 그리고…… 계속 힐끔거리고 있었고."

"힐끔거리고 있던 건 카츄아 씨라고 생각해요."

"나는 상관없어! 토, 토드는, 그 녀석은, 그 왜 있잖아. 악착같이 사니까. 어차피 무슨 일이 있어도 당연히 태연한 낯짝으로 돌아올걸. 하지만 너랑 아는 아이는 토드처럼 튼튼하다곤 장담 못하잖아."

"하지만……."

퉁명스러운 말투지만 카츄아의 말에는 렘을 생각하는 마음이 넘치고 있었다. 그것이 조금도 숨기지 못한 바람에, 오히려 렘이 더 떨어지기 어려워진다.

하지만 카츄아는 답답하게 구는 렘에게 "잔말 말고!" 하고 크게 소리 질렀다.

"이 앞으로는, 이제 이 아이가…… 그 왜, 어떻게 해 주었다잖아. 이…… 뭐야, 당신, 은발에 길쭉 귀라니, 불길하네."

"아, 그 얘기를 하면 골치 아프게 만들지도 모르니까 지금은 보지 말아 줘."

여기는 제국이지만 에밀리아가 하프엘프임을 알면 상대에게 겁을 줄지도 모른다. 그러므로 들키지 않게 두 손으로 귀를 가려 두었다.

카츄아는 그런 에밀리아의 반응을 의아해하며 다시 렘을 쳐다보았다.

"나를 너무 걱정하는 거야. 거기, 꼴이 말이 아닌 곱상한 남자에게 데려가 달라고 할게. 그러니까 너는, 하고 싶은 일이나 잘 하라고……."

"_____."

"하, 하는 김에 해도 되니까, 토드 녀석이 헛짓하지 않는지 지켜봐. 내가 할 말은 그게 끝! 자, 어물대지 말고……."

말하던 카츄아는 스스로 바퀴 의자를 굴려 렘에게서 멀어졌다. 렘은 자기 손에서 떠나는 카츄아의 결단에 "아." 하고 작은 소리를 흘리더니 눈을 내리깔았다.

그러나 한 번 눈을 꼭 감은 후 말했다.

"플롭 씨, 카츄아 씨를 맡겨도 괜찮을까요?"

"그래, 확실하게 책임지겠어! 걱정 마. 끝으로 한 번만 분발하면 되는 상황이니 여기까지 같이 애써 온 가짜 황태자 군들과 같이 극복해 보겠어."

"네. ——카츄아 씨, 고맙습니다."

플롭이 가슴을 두드리며 장담하자 렘이 깊이 고개를 숙였다. 그리고 마지막으로 한 번 더 감사를 들은 카츄아는 뺨을 붉히며 "흥." 하고 딴청을 피웠다.

그, 렘과 카츄아 사이의 흐뭇한 대화에 에밀리아도 눈웃음이 서렸다.

"여기서 빠져나가면 렘이 오늘까지 어떻게 지냈는지 가르쳐 줘. 나도, 람도 스바루도 모두도, 그것을 엄—청 듣고 싶어 하고 있으니까."

"재미있는 이야기가 될 것 같지 않습니다만…… 알겠습니다."

에밀리아가 손을 내밀자 렘은 살짝 머뭇거린 다음에 그 손을 잡았다.

그 손의 감촉에 에밀리아는 미소 짓고, 이어서 살며시 손을 끌어당겼다. 얼떨결에 눈을 동그랗게 뜬 렘이 앞으로 기울며 에밀리아의 가슴에 뛰어들었다.

그대로 에밀리아는 "영차." 하고 렘의 몸을 안아 들었다.

"미안해. 천천히 갈 수 없으니까 조금 서둘러 옮기게 해 줘!"

"히, 힘이 장사시네요."

"응, 맞아. ——다른 사람들도 조심해! 나중에 또 만나자!"

에밀리아는 렘을 공주님처럼 안은 상태로, 주위의 카츄아와 플

롭 등에게 말을 건넨 뒤에 그대로 "얍!" 하고 도약해서 건물 옥상
으로 올랐다.

　여기서 직선의 최단거리로, 폭발한 연기가 보이는 곳으로 날아
간다.

　"부인 군! 에밀리아 양이자 에밀리 양! 조심해야 돼!"

　"꼬, 꼭 돌아오지 않으면 용서 안 할 거야……."

　플롭과 카츄아의 그런 성원을 받으며 에밀리아는 품속의 렘을
내려다보고, 옥상 바닥을 세게 디뎠다.

　"꼭 잡고 있어. 나, 엄─청 서둘러서 달릴 거거든!"

　"──이전, 저와 당신은 어떤 관계였던 걸까요."

　꼭 매달리면서 쥐어 짜내듯 중얼거리는 렘. 에밀리아는 그 말에
돌려줄 만한 명확한 답을 가지고 있지 않았지만.

　"그건, 나도 똑같이 알고 싶어!"

　당차게 단언하고, 렘을 안은 채로 제도 깊은 곳으로 다시 달리기
시작했다.

　매달린 렘의 팔의 감촉을 세게 끌어안은 채로 에밀리아는 달리
고, 달리고, 계속 달리다가, 그리고─.

　"──그만해."

　──그 순간에 도착해서, 운명적인 재회는 이루어진 것이었다.

2

——제도 루프가나에서, 볼라키아 황제가 퇴각했다.

그것이 필요하기에 결단했다고는 해도, 그것은 볼라키아 제국이 세워진 이후 처음 있는 대사변이다.

황제의 슬하인 제도, 수정궁까지 '적'의 진군을 허락한 걸 넘어 황제가 성과 도읍을 버리고서 도망쳐야만 하다니, 권위의 추락을 면할 수 없다.

물론——.

"저 섬뜩한 패당이 어떻게 나올지 알 수 없는 이상, 각하의 판단이 상책이겠지요."

"카카캇카! 황제가 성 내다 버리고 내빼다니 전대미문 아닌가? 적어도 나는 이 나이 먹을 때까지 들은 적이 없구먼."

"웃지 마라, 오르바르트 일장! 각하의 심정을 생각하면…… 생각하면, 나는! 네 이놈, 반드시 각하의 지휘 아래 성도 제도도 탈환하고야 말리라!!"

"와아, 와——아, 도망치나요, 판단이 빠르네——요! 저는 옥쇄를 찬양하는 사고방식이 아니라 그쪽 방향이 좋다고 생각합니다."

그 자리에서 빈센트의 결단에 이의를 제기한 자는 없었다.

이 점은 충성심 운운보다 실무적인 능력으로 감투를 씌운 덕분이다. 그러는 바람에 생각 차이로 인한 모반도 일어났으나, 궁극적으로는 으뜸가는 심복이 배신해 왔었으니까 다소의 충성심 차이는 사소한 오차일 뿐이다.

어쨌든 퇴각전 개시다.

"오르바르트 덩클켄, 시간을 벌고 와라. 방치하면 모그로 하가네가 빠르게 쓰러진다. ——아직 물막이 벽이 깨져서는 안 돼."

"나 원, 늙은이를 참 혹사시키셔. 고즈라도 좋지 않수?"

"날렵하고 가벼운 운신은 시노비의 본분 아닌가. 대적하지 말고 제 소임을 다하라."

"말해 두겠지만 하늘에 집중해 버렸다간 나라도 완전히 못 잡아낸다고?"

머리 위, 제도의 하늘을 가르며 비행하는 죽은 발로이 테메글리프.

생전에 볼라키아 제국 최고의 비룡 기수였던 기량은 건재하다. 오르바르트가 상대의 까다로움을 암시하는 말을 했으나 빈센트는 그럼에도 괴노인에게 역할을 맡겼다.

오르바르트의 말대로 적성 문제가 있을지언정 고즈라도 같은 역할은 완수할 수 있을 것이다.

단, 적성을 따지자면 고즈에게는 꼭 해야 할 역할이 있다. 이 목소리가 크고, 후덥지근한 『장』은 장병들 사이에서 기이하게 신뢰가 두텁다.

그렇기 때문에——.

"고즈 랄폰, 네 비상식적인 성량을 살려라. 지금부터 제도에서 퇴각하려면 일손이 필요하다. 주변으로 흩어진 장병을 따르게 하겠다.”

“예! 맡겨 주십시오, 각하! 지금 당장이라도!!”

상반신을 드러낸 고즈는 연거푸 끄덕였다가 가까운 잔해 더미 위에 뛰어 올랐다.

거기서 크게 숨을 들이마신 『사자기사』는, 거대한 모그로가 『용』과 싸우는 굉음이 울려 퍼지는 세상에 자신의 압도적인 성량 으로써 폭력적인 이의를 제기했다.

“들으라, 볼라키아의 검랑들이여!! 우리 검랑의 정점, 빈센트 볼라키아 각하의 명령이시다! 나의 목소리에 따르라! 따르라!!”

마석포의 포격음 같은 호령, 귀를 막은 빈센트가 시험하듯이 오르바르트를 쳐다보자, 마찬가지로 귀를 막고 있던 괴노인은 느릿 느릿 고개를 가로저었다.

“저건 나로선 못할 짓이여. 적재적소란 거구만.”

역할 분담을 받아들인 직후, 오르바르트의 모습이 잔영을 남기 고 하늘로 올랐다.

괴노인은 수정궁의 벽을 발판 삼아 뛰어 올라가며 도중에 모그 로의 거체에 올라타더니, 거기서 『운룡』과 『마탄의 사수』가 연계 하는 전장에 개입, 『악랄옹』의 수완으로 농간을 부린다.

오르바르트는 날고 있는 상대에게 대책이 없다는 투로 말했었 지만, 저 괴노인에게 그런 귀여운 맛이 있을 리 없다. 이걸로 모그 로의 열세도 다소는 뒤집힐 것이다.

“그—래서 각하, 저희가 하길 바라는 일은 없을까요?”

“——네놈들 『별점쟁이』는, 주위에 얼마나 있지?”

고즈가 호령하여 사람을 모으는 동안, 멍하니 머무르던 우비르크에게로 빈센트가 물었다. 그 질문에 우비르크는 "그—렇군요." 하고 자기 뺨을 손가락으로 누르고 말했다.

　"일단 말이 닿는 범위라면 27명이네—요."

　"상정한 것보다 많군. 그렇다면 손닿는 대로 주거지의 문을 열고 다녀라. 황제와 병사는 제도를 버린다. 도시에 남아도 아까운 목숨만 버릴 뿐이라고."

　"알겠습니다! 으—음, 이거지요, 이—거. 이 총력전…… 볼라키아 제국 전부로 『대재앙』에 저항하는 자세, 이것을 하고 싶었어요."

　"속히, 해라."

　『별점쟁이』의 숙원을 이룰 수 있다고 흥분을 억누르지 못하는 우비르크를 못마땅하게 내쫓는다. 그 뒤에 빈센트는 끝으로, 침묵을 지키고 있는 벨스테츠를 쳐다보았다.

　내란의 주모자—— 치샤 골드와 공모해 빈센트를 옥좌에서 추방함으로써 제국에 혼란을 초래한 간신이라고 해야 할 인물이지만.

　"퍽 얌전하군."

　"현재 상황에, 지시를 내리는 머리가 둘씩 있음은 혼란의 씨앗일 뿐이지요. 만약 검랑이 쌍두의 모양으로 태어났으면……."

　"한쪽의 목을 떨어뜨리는 것이 네놈의 역할인가."

　"필요하다면, 기꺼이 이 늙은 목을 바치겠습니다."

　벨스테츠가 뒷짐을 진 채로 담담히 자신의 각오를 언급했다.

싸울 힘이야 없으나 그 내면에 타오르는 것은 틀림없는 제국식의 긍지. 빈센트는 벨스테츠가 권력에 대한 욕심 때문에 모반을 일으켰다고도, 방금 발언이 이 상황만 모면하려는 핑계라고도 생각지 않는다.

오로지 단순명쾌한, 제국에 보내는 깊은 신봉이야말로 벨스테츠의 원동력이다.

그렇기 때문에 벨스테츠는 제국의 위난이라 판단하면 즉시 지금까지의 방침 및 계획을 던지고 이렇게 빈센트와 같은 편에 서는 행동도 불사한다.

지금까지 고수한 침묵도, 빈센트의 사색에 쓸데없는 색을 섞지 않으려는 재상의 판단이었다.

"벨스테츠 폰달폰, 의견을 내라. 고즈 랄폰과 『별점쟁이』들의 준비가 갖추어지면 신속히 퇴각을 개시한다. 오래 걸리진 마라."

"외람되오나 각하, 퇴각하실 거라면 각하의 사고를 더듬어 주십시오."

"_____."

빈센트가 의견을 상신할 것을 요구하자, 벨스테츠가 짤막하게 답했다.

수수께끼 같은 말이지만 벨스테츠는 빈센트를 현혹시키고 싶은 게 아니다. 한순간의 사색 뒤, 빈센트도 그가 한 말의 진의를 깨달았다.

자신의 사고를 더듬는다 함은, 빈센트 볼라키아의 사고라는 뜻이다.

——그것은 다시 말해, 얼마 전까지 치샤 골드가 더듬던 사고이기도 하다.

"치샤 일장이 의도가 있어서 각하로 위장하여 이 사람과 협력해서 옥좌를 찬탈했다면……."

"그자는, 『대재앙』이 어떠한 것인지 추측하고 미리 대비했을 터인가."

"그렇습니다. 그리고 그것은, 황제 각하라면 깨달을 수 있으며, 황제 각하가 아니라면 깨달을 수 없는 사항을 것으로 사료하옵니다."

벨스테츠의 말에 빈센트는 한쪽 눈을 감고 생각에 잠겼다.

재상이 제기한 의견은 이해할 수 있다. ——아니, 마땅한 도리다. 벨스테츠의 조언이 없어도 시간이 지나면 빈센트도 이르렀을 발상이지만, 그 시간을 단축했다.

치샤는 자신의 목숨을 걸고 빈센트의 모습으로 옥좌에 남았다. 그리고 빈센트에게 끊어져야 했을 '앞날'을 남긴 이상의 무엇을 남겼다 치면.

그것은——.

"각하!! 장병, 전원이 다 병사의 얼굴로 돌아왔사옵니다!!"

마침 빈센트의 사고가 그 지점에 이른 것과, 잔해 더미에서 고즈가 거칠게 뛰어내린 것은 동시였다.

쳐다보니 주위에 속속 모여드는 것은 제국병—— 아니, 검랑의 무리다.

각자의 무구를 지닌 병사들은 이 전대미문의 사태에 불안과 혼란을 품고 있으리라. 하지만 『사자기사』 고즈 랄폰의 부름에 따라 모여서 그다음에 볼라키아 황제가 기다리고 있음을 알자, 그 표정을, 자세를 예리하게 세웠다.

"_____."

몹시 섬뜩하고, 밉살맞게 여기는 제국 인간의 자세다.

그러나 언젠가 올 재앙과 싸우기 위해서, 검랑은 굶주림을 잊어서는 안 되었다. 그것을 위한 세월, 시일이었다고 회고한 빈센트는 머리 위를 쳐다보았다.

국력을 비축하고 연병과 사기를 유지하느라 절치부심하고, 재앙에 저항할 제국을 남기기 위해. ──그 계산은 뒤틀렸지만, 빗나간 채 그냥 남겨 둘 생각은 없다.

"모그로 하가네! 발칙한 자들에게 마정포를 쓰게 하지 마라! 그것만 지키면, 네 바람은 짐이 이루겠다!!"

「_____.」

빈센트의 선언이 이 순간 이 세계에서 최강의 생물인 『용』과 싸우고 있는 중이던 모그로에게 닿았는지는 알 수 없다.

하지만 그 갸륵한 『미티어』는 인간의 말에 진지하게 귀를 기울인다.

귀가 어디에 있는지도 알 수 없는 외양이지만, 그 점은 신뢰할 수 있었다.

"_____."

그리하여 모인 『장』들에게 지시하기를 마친 빈센트는 시선을 내려 자신을 중심으로 모인 장병들의 얼굴을 내다보았다.

너 나 할 것 없이 전의가 한 점도 꺾이지 않은 제국의 검랑들을 응시하며 입을 열었다.

──치샤 골드가 진정으로 빈센트 볼라키아를 완수했다면.

"제도를 이탈한다! 갈 곳은 북서쪽, 성새도시 가클라다!!"

『대재앙』에 저항하기 위한 방책을 그 땅에 남겼을 것이라고, 목청 높여 장담했다.

                                    3

──볼라키아 제국의 추세를 둘러싼 싸움이 형국을 바꾸었음을, 그 전장을 구성하는 제국병과 반란군, 양쪽 모두 눈치채기 시작했다.

곳곳에서 벌어진 혼란, 그 분위기의 색조 변화는 현저했다. 싸움에 홀린 검랑들은, 싸움에 홀렸기 때문에 그 맛의 변화에 민감했다.

창칼을 섞던 정규병과 반란군 사이에, 눈앞의 상대가 '적'이라도 괜찮은지 의문이 생긴다.

공교롭게도 그 의문은 제도 안에서는 빈센트 볼라키아가, 도시의 포위망에서는 세리나 드라쿨로이가, 각각의 총사령관으로서 목소리를 높인 결과 더욱 커졌다.

그로 인해 불과 잠시 전까지 격전을 벌이던 자들은 적대하기를 그만두고, 제국병과 반란군이라는 직함을 '제국인'으로 바꿔 칠한 뒤 늑대 무리가 되었다.

다만 제국의 누구나 알아차린 변화, 움직여야만 하는 사정. 그런 것 일체와 무관하게 벌겋게 타오르며 끼어드는 자를 불사르는 전장이 아직도 존재한다.

──『정령 포식자』 아라키아, 그녀가 지키는 제1정점. 상대하는 이는 프리실라 바리에르와 요르나 미시구레로, 화려하고 요염한 여걸들의 전장이었다.

"──사랑한답니다."

붉은 화염이 세계를 지배하는 가운데, 자신의 한쪽 눈에 불을 피운 요르나가 날렵하게 땅을 박찼다.

기모노 옷자락을 고혹적으로 나부끼며 여성치고는 장신인 요르나의 훤칠한 다리가 지면에 닿더니, 다음 순간에는 대지가 융기되어 요르나의 질주에 속도든 기세든 힘을 보탰다.

친밀한, 사랑하던 마도가 아닌 곳에서는 요르나의 『혼혼술』 효과도 약해진다.

과거, 요르나 미시구레로서도, 산드라 베네딕트로서도 멀어졌던 오래되고 오래된 기억 저편에, 이 제도의 대지를 바란 적이 있었다.

결코 자기 손에 닿지 않은 곳에 있는 것이라며, 사랑스럽다고 속삭이는 게 저어될 만큼 고귀하며 신분의 차이가 나는 남자와 손을 잡고서 이 제도를 바란 적이.

요르나의 『혼혼술』은, 자신이 사랑하는 자에게만 부여할 수 있다. ──그렇다면, 퇴색되지 않은 사랑스러운 그 사람이 사랑한 대지를, 어떻게 요르나가 사랑하지 않을 수 있으리오.

"──빼앗기고 말았답니다."

『가시나무 왕』으로 불린 당시의 볼라키아 황제와 사랑에 빠진 평범한 소녀 아이리스.

옥좌에서 쫓겨난 황제를 위해 그를 숨기고 지탱하며 함께 가기로 마음먹은 소녀의 용감함과 총명함과 기특함에, 많은 이들이 『가시나무 왕』과의 미래를 축복했다.

하지만 그 미래는 간신의 감언이설에 넘어간 토서인족과 낭인족의 배신으로 어둡게 닫혔다.

『가시나무 왕』이 쌓아야 했던 약속의 낙원은 성사되지 않았다. 망집에 지배된 황제는 배신자들의 피로, 사라져야 했던 소녀의 영혼을 제국의 땅에 옭아맸다.

그 이후로 아이리스는 수없이 수없이 이름을 바꾸고 모습을 바꾸어 다시 태어났다.

누군가를 사랑하고, 누군가에게 사랑받으며, 살고 또 살았다.

그러나 동시에 아무리 해도 이 볼라키아 제국을, 제국의 대지만은 사랑할 수 없었다. 머리에 그린 꿈에서 멀어진 만큼, 그것이 밉게 느껴졌을지도 모른다.

하지만, 그저, 그럼에도, 그런 것은 진실로 소중한 것과 비교하여 사소한 문제였다.

"──사랑한답니다."

사랑할 수 있느냐가 아니라, 사랑하겠다고 결심했을 뿐이다.

결코 행복한 추억만이 있는 제국이 아니다. 아이리스였던 시절도, 그렇지 않게 된 후의 몇 번이나 거듭한 생애도, 행복과 불행은 표리일체로 찾아왔다.

마도에 사는, 요르나가 사랑하는 아이들도 마찬가지──. 사랑스러워 가슴이 벅찰 때가 있으면, 맹랑함에 화가 치밀 때도 있다.

"──모두, 똑같은 만족감이겠지요."

그렇게 요르나 안에서 답이 나왔을 때, 불타는 대지가 사랑받은 것에 갈채한다.

묵직하게 짓밟은 발을 받아낼 뿐인 지면이 흡족하게 날뛰기 시작하고, 설렌 대지가 질세라 사랑스러운 요르나의 발판이 되어 그녀를 드높이 하늘로 쏘아 올린다.

요르나는 빙글빙글 회전하며 통굽을 신은 발꿈치로 공중의 아라키아를 노렸다.

그 공격을, 아라키아는 주위의 대기와 동화함으로써 투과, 피하려고 했으나──.

"──아?"

뚫고 가야 했던 어깨에 충격을 맞고 터지는 몸에 아라키아는 작게 신음했다.

화염일까, 혹은 바람이나 그림자일까, 그 무언가와 동화한 아라키아의 몸에 공격이 먹히고 좀처럼 보이지 않는 격정을 드리우던 표정이 고통과 놀람으로 채색되었다.

자연현상 그 자체와 동화하는 『정령 포식자』의 특성으로 보아, 그야말로 마른 하늘에 날벼락──. 그러나 요르나는 그 일격이 당연하다는 듯 맞힌 발꿈치를 기점으로 몸을 일으키고.

"어, 아, 와."

휘두른 곰방대의 추가타에 잇따른 충격을 맛본 아라키아가 고통 어린 소리를 흘렸다.

아라키아는 무슨 일이 일어나는지 이해할 수 없어서 혼란으로 얼굴을 일그러뜨렸다. 그것은 느끼는 고통 자체보다 고통을 느낀 사실 쪽을 거부하는 태도였다.

부릅뜬 아라키아의 두 눈, 보이지 않는 쪽의 눈마저도 요르나에 게 물었다. ──어째서냐고.

"거기에 사랑이 있으면, 흥취 없는 거부는 의미를 가지지 못해 요."

"사랑……?"

"저의, 버릇이 잘못 든 딸의 젖자매라면서요?"

"으."

고혹적으로 미소 지은 요르나의 대꾸에 아라키아의 표정은 곤혹으로 가득해졌다.

답을 받아도 그 답을 이해할 수 없다고 얼굴을 찡그린 아라키아는 자유롭게 비행하는 하늘을 고속으로 달아나서 천재지변 같은 현상의 파상 공격을 요르나에게 겨누었다.

이해할 수 없는 대상을 날려 버리는, 떼쓰는 아이 같은 초차원적 공격. 공중에 있는 요르나로서는 닥쳐드는 목화토금수를 피할 방도가 없다.

"네, 제국과 화해하기 전이라면 그랬지요."

미소가 스친 입술로 말한 요르나가 잇따라 융기하는 대지를 발판 삼아 공중을 달린다.

뼛속까지 사무친 원한, 행복한 감상도 다수, 그런 볼라키아 제
국을 통째로 사랑하겠다고 결심한 요르나의 정애에 응하여 대지
는 열렬한 지지를 속행한다.

요르나가 디딘 발을 받쳐 주는 대지, 이미 아라키아에게 공중에
위치했다는 우위성은 없다. 화염의 비를, 물의 창을, 바람의 해일
을, 빛의 참격을, 그 전부를 애정이라는 근거로 뛰어넘어서 요르
나는 아라키아에게로 육박한다──.

"으아."

대기 중의 정령과 동일화하여 적의 공격을 투과하는 절대 방어.

그 회피가 버릇 든 아라키아의 몸통으로 요르나의 발차기가 정
통으로 꽂혔다. 파괴력은 아라키아의 등을 뚫고 그녀가 만든 붉
은 하늘을 둘로 갈랐다.

"윽."

마침내 아라키아의 표정에도 놀람을 넘어서 고통의 기색만이
남았다.

하지만 요르나 쪽에 승리를 뽐낼 만한 낙관은 없었다.

"당신 따위……!"

눈물을 머금고 아픔과 분노로 뺨을 일그러뜨린 아라키아가 잡
고 있던 나뭇가지를 요르나에게 후려쳤다.

아무 특이점 없이 그냥 주웠을 뿐인 나뭇가지는 천재지변 속에
서도 부서질 줄 모르고, 그저 자연물이라는 점만으로도 명검과
보검 같은 힘을 『정령 포식자』의 손아귀에서 발휘한다.

"큭……."

휘두른 나뭇가지를 내든 곰방대로 막은 요르나가 팽팽한 힘의 균형에 희미하게 뺨을 일그러뜨렸다.

오랫동안 애용한 곰방대에 담긴 요르나의 애착은 깊다. 하지만 공격으로 돌아선 아라키아의 위협은 그런 요르나의 세월조차도 부조리하게 짓밟을 위력이 있었다.

더해서 요르나의 심지에 울린 아픔── 본래 요르나의 『혼혼술』은 자신이 받은 상처를 몸에 걸친 애용품으로 옮길 수 있다. 그만한 애착과 근거가 필요한 비술이지만, 그 덕분에 요르나는 여태까지 전투 중에 상처도 아픔도 없었다.

그러나 비녀와 귀걸이, 허리띠 장식에 이르기까지, 마도에서 사는 사랑하는 아이로부터 헌상받은 물건들이 남아 있음에도 불구하고 이 순간의 요르나는 아픔을 얻었다.

어째서인가. ──사랑이란 결코, 일방통행이어서는 안 되기 때문이다.

"──사랑한답니다."

애증이 뒤섞인 제국을 사랑하겠다고 결심하고 적대 관계에 빠진 아라키아도 교육시키겠다고 결심했다면, 일방적으로 사랑을 강요하지만 말고 서로가 서로를 사랑하도록 해야 한다.

그것이 요르나의 공격이 아라키아에게 먹힌 이유의 비밀이며, 『혼혼술』 본래의 우위성을 포기해서까지 이 전투 중에 요르나가 갈구한 애정 표현이었다.

4

——공중에서, 요르나와 아라키아의 치열한 공방전이 펼쳐지고 있다.

한쪽 눈에 사랑받은 증거인 불꽃을 매달며 눈부시게 빛나는 『양검(陽劍)』을 든 프리실라 바리에르는, 어머니와 젖자매와의 충돌에 눈살을 찌푸리고 있었다.

같은 『혼혼술』의 사용자로서, 요르나가 하는 행위의 이치는 이해한다.

하지만 그렇기 때문에 프리실라는 요르나가 하는 행위가 어리석은 선택임을 알 수 있었다.

"술법의 강점에만 착목하여 약점을 일절 감안하지 않나. 어머니도 무모한 짓을 하시는군."

『정령 포식자』인 아라키아에게 공격이 닿도록 하기 위해서라고는 해도 요르나의 선택에는 정밀함이 생명인 비술을 뒤트는 폭거와 본인도 아픔과 상처를 입을 각오가 있었다.

프리실라와 요르나가 태연히 다루고 있는 『혼혼술』은, 역사적으로 계승자가 나타나지 않을 만큼 드문 재능을 요구하는 비술이며 실용에는 기적적인 평형 감각이 필요하다.

쉽게 말해 요르나의 시도는 아라키아에게 공격이 닿지 않을 뿐만 아니라, 그녀에게 선물을 준 사랑하는 아이들과의 연결 고리까지 끊어 버릴 수 있는 위험한 도박이었다.

"————."

프리실라는 요르나가 그런 결단을 내린 이유를 모를 만큼 어리석지도 박정하지도 않다.

요르나가 위험을 무릅쓴 것은 프리실라를 위해서다. ——프리실라가 아라키아를 해치는 사태를 막기 위해서 저런 도박에 나섰다.

"소녀의 양검이라면, 어머니 같은 위기를 무릅쓸 필요가 없지."

베고 싶은 것을 베고 태우고 싶은 것을 태우는 것이 『양검』이 가진 특성의 진수다.

그 진가를 발휘한 백염(白炎)이라면 온갖 자연 현상을 한편으로 둔 아라키아라 해도 프리실라의 참격에서 달아날 수 없다.

그 행위를 실현한 것이 프리실라와 아라키아가 8년 만에 재회한 성곽도시에 펼쳐진 한 장면이며, 그때에 보냈던 자비를 이 전장에서도 보낸다는 발상은 더 이상 없었다.

그렇기에 요르나는 프리실라의 머리를 때리고, 저렇게 앞에서 싸우고 있다.

"소녀의 머리를 때리다니……."

모친이라도 되는 줄 아느냐고 반박하고 싶어지지만, 사실 그 말대로였다.

그렇게 자신의 속내를 돌아본 프리실라는, 확실히 요르나에게 곰방대로 머리를 맞기 전엔 어울리지도 않게 열이 올랐다고 반성했다.

일이 이렇게 된 이상 아라키아는 손수 손을 써야 한다는 생각도 했었다.

그러나──.

"『정령 포식자』의 숙업인가."

아라키아처럼 만들어진 종족이, 특별히 비뚤어진 특성을 지니는 것은 필연이다.

강한 힘을 다루려면 그만한 대가를 치러야 한다. 프리실라가 지닌 『양검』이나 『혼혼술』은 말할 것도 없거니와 아라키아의 『정령 포식자』의 힘도 마찬가지.

물론 프리실라도 아라키아를 거느릴 때 그녀가 어떤 존재로 태어났는지 들었다. 직접 조사도 했다. 하지만 배려가 부족했다.

기댈 곳을 잃고서 몸을 가누지 못하는 아라키아에게, 자신이라는 기둥을 준 결과에 대해서.

"소녀 같은 햇빛이 가려지면, 세계는 어둠에 갇힌 거나 다름없을 테지."

8년. 아라키아는 어둠에 갇힌 세계를 그 세월 동안 살아왔다.

프리실라라는 기둥을 잃어도 빈센트라면 혹시나 하는 생각도 했지만──.

"가당치도 않는 일이지."

프리실라는 본인의 발상에 눈썹을 찡그리고, 그 생각을 내버렸다.

당시, 아직 어리고 총명하던 프리실라── 프리스카 베네딕트였던 시절의 자신은 착각하고 있었다. 자신과 비슷하게 총명한 오빠라면 맡길 수 있다고. 그것은 잘못이었다.

이 제도 공방전의 꼬락서니와 오빠인 빈센트 볼라키아가 모은,

아라키아 이외의 『구신장』의 역량과 역할을 알면 깨닫는다. 알 수밖에 없다.

빈센트는, 모반과는 전혀 다른 거대한 것과 싸울 작정이었다.

그리고 그 싸움 끝에 자신이 살아남을 생각이 추호도 없었다. 싸움이 끝났을 때, 자신이 없어진 옥좌를 대체 누구에게 맡길 요량이었던가.

그 누군가를 위해서, 아라키아가 충성하는 방향성을 바꿀 수는 없었던 것이다.

"하찮군."

모든 것을 탁상의 반면으로 만들어 내고 본인이 머리에 그린 대로 세계를 구축한다.

그것이 빈센트의 강점이기는 하지만, 아무리 그가 뛰어난 지모를 지녔다 해도 머리에 그린 완성형이 잘못된 것이라면 구축된 세계의 왜곡은 부정할 수 없어진다.

빈센트는 언젠가 그 자각 없는 오만의 대가를 치르게 되리라. 어쩌면 바로 이 싸움 동안에 마땅한 대가를 치르게 될지도 모르겠지만——.

"8년 동안 따로따로 살았지. 슬슬, 오라버니는 동생에게서 독립하도록."

프리실라가 이 자리에 없는 상대에게 불명예를 뒤집어씌우고 앞으로 나섰다.

하늘은 화염으로 붉게 물들고 대지는 『극채색』의 뜻대로 미쳐 날뛴다. 그야말로 천지가 합심하여 프리실라라는 태양의 개입을 거부하는 듯한 모양새다.

　그러나 그렇게 제 주제를 모르는 세계를 상대로, 프리실라 바리에르—— 아니, 프리스카 베네딕트였던 소녀가 고할 말은 하나뿐이다.

　"——세계는, 소녀에게 편리하게 만들어졌다."

5

　그때, 아라키아가 느낀 것을 굴욕이나 치욕이라 표현하는 것은 잘못되었다.

　굴욕이란, 분해서 폄훼될 이름이 존재해야 성립한다.

　치욕이란, 패배로 모욕당할 긍지가 존재해야 성립한다.

　아라키아는 이름에도 긍지에도 아무런 집착이 없었다.

　제국에서 가장 영예로운 일장의 지위, 완전히 세계의 실수로 태어났다는 말을 듣는 세실스를 빼고서 최강인 『구신장』, 그리고 세계 전토를 둘러봐도 동류가 없는 『정령 포식자』——.

　무수한 자들이 간절하게 탐낼 만큼 축복받은 지위와 실력이 있어도, 그것들은 아라키아라는 개인을 지탱하는 『기둥』이 될 수는 없었다.

　들판을 거니는 짐승과 마찬가지. 그들은 자신의 이빨과 발톱에 긍지를 품지 않으리라. ——아니, 아라키아가 그렇게 여기고 있을 뿐이지 어쩌면 짐승에게는 짐승의 긍지나 법도가 있을까.

　그렇다면 아라키아의 자기 인식은 짐승하고도 일선을 긋는다.

불이나, 바람이나, 물이나, 흙이나, 빛이나, 그림자나, 닿지도 못하는 현상. 거기에 의지가 개입하지 않는, 그저 마땅히 그래야 한다고 소망받은 사물을 실현할 뿐인 사상(事象).

아라키아는 사람도 짐승도 아닌, 현상이고 싶었다.

현상이 굴욕이나 치욕을 느끼지 않는 것처럼, 그러고 싶었던 것이다.

"나는……!"

요르나의 공격에 아라키아는 바람이 되어 대처하려고 했다. 하지만 완벽히 대처할 수 없다. 바람이 포착되어 타격이 아라키아의 중심부에 아픔과 무게를 전달했다.

신음이 흐른다. 싸움 중에 아픔을 맛보는 것은 드물다. 하지만 아라키아는 아픔에 약하지 않다.

아라키아에게 아픔이란 어린아이 시절에 맛볼 대로 맛본, 이골이 난 지옥이다.

이 『정령 포식자』의 특성을 아라키아에게 주기 위해 어른들은 온갖 술식을 아라키아에게 시험하고 새기며 거듭거듭 축복을 바랐다.

아픔은 무섭지 않다. 과거를 떠올리고 발이 움츠릴 일도 없다.

다만 아라키아에게는 접촉한다는 사실 쪽이 아픔보다도 영향이 컸다.

불은 물이 쏟아져 꺼져도 아파하지 않고 죽지도 않을 것이다.

아라키아는 물이 쏟아져 꺼질 때에 아픔을 호소하고 죽는 불에 불과한가.

현상일 수 없다고 자기 자신을 부정당하는 것이 아라키아는 무서웠다.

"나는……."

"조용히 하시어요."

초조감에 내몰려서 소리를 지르려던 안면을 상대의 따귀가 날려 버렸다.

그 위력으로 화염과 동화한 아라키아의 목 위가 사라졌다가 곧 원래 형상을 되찾았으나 아픔은 건재, 아라키아의 정신이 받은 상처도 건재했다.

굴욕도 치욕도 아닌, 존재를 부정당하는 듯한 그것에 저항하고자 아라키아는 자신에게 따라붙듯이 대지를 융기시켜 달려드는 요르나에게 손바닥을 겨누었다.

구조는 알 수 없지만 프리스카도 요르나도, 아라키아의 공격을 어딘가로 빼내고 있었다. 그 기술을 요르나가 봉인하자마자 상대의 공격이 아라키아에게 닿게끔 되고 동시에 아라키아의 공격도 요르나에게 닿기 시작했다.

"큭."

한 번, 한 발, 한 방이면 족하다.

요르나 본인은 기술인지 술식인지 마법인지 알 수 없는 어떤 방법으로 신체 능력을 끌어올렸지만, 피해를 빼내는 기술을 쓰지 않는다면 아라키아의 공격은 멀쩡히 통한다.

그것이 맞기만 하면——.

"공주님과……!"

방해되는 요르나를 배제할 수 있으면, 자신과 프리스카만의 공간이 된다.

　그렇게만 만들면, 반드시 또, 전부, 잘 풀린다.

　'원하는 것이 있으면, 기다리는 것보다 가지러 가는 것이 더 건설적일걸?'

　토드도 그렇게 말했었다.

　토드의 말은 묘하게 아라키아의 마음에 큰 영향을 주었다.

　그것은 입맛에 맞는 말을 해서 그런 것도, 인간적인 호오 때문인 것도 아니라고 생각한다.

　토드의 말에는 아라키아에게 품는 감정이 없었다. 그것이 편했다. 불이나 물을 사람이 사랑하지 않듯이, 토드는 아라키아를 아무렇게도 여기지 않았다.

　그렇게 공허한 대우를 받는 것이 아라키아의 구원이었다.

　그렇기에——.

　"_____."

　손에 든 나뭇가지가 꽁무니부터 꼭대기까지 단숨에 불타 검은 재로 변한다.

　나뭇가지는 그냥 주운 것으로 특별한 힘이란 없다. 다만 아라키아가 자기 힘을 쓰려고 할 때의, 힘의 목적지를 알기 쉽게 표시하는 도구로 삼고 있을 뿐이다.

　그 나무막대기가 불탄 것은 방향을 정할 필요가 없는 화력을 발산했다는 증거였다.

　——『정령 포식자』 아라키아, 제국 최강격이라 평가받는 그녀

의 최대 화력은, 지금까지의 생애 중에 세실스 세그문트와의 실랑이에서만 발휘했던 힘이다.

　노렸던 세실스는 피한 데다가 여파는 제도 북부를 불탄 공터로 바꾸었다. 그 폭거는 황제인 빈센트로부터 두 번째는 없다고 엄중히 처분되었고, 그 후 불탄 공터는 치샤의 진언으로 저수지로서 재이용되었다.

　즉, 아라키아의 전력은 제국의 지도를 고쳐 쓸 정도의 화력을 숨기고 있다.

　그야말로 세계를 불사르는 옥염(獄炎). 그것이 요르나를 향해서 발산되고——.

　"——세계는, 소녀에게 편리하게 만들어졌다."

　늠름히, 자신감에 넘치는 목소리와 『양검』의 한 줄기 섬광이, 옥염을 정면에서 베어 넘겼다.

　요르나 옆으로 도약한 프리스카, 머리 장식이 부서진 그녀는 길고 아름다운 머리카락을 열풍에 휘날리며 불꽃이 붙은 눈과 붙지 않은 눈, 양쪽에 아라키아를 비추었다.

　그리고——.

　"어머니."

　입술이 움직인 순간, 프리스카의 등 뒤로 돌아간 요르나가 맹렬한 발차기를 날렸다.

　프리스카가 요르나의 발바닥에 자기 발을 맞대어 그 기세를 자신이 전진할 힘으로 바꾸어 사출, 빛으로 착각할 속도로 아라키아에게 육박한다.

그리고 프리스카가 손에 든 『양검』을 쳐든다.

"아라키아."

그 한마디로, 아라키아의 운신이 남김없이 봉인되었다.

본능적인 아라키아의 반사 방어도, 번뜩인 『양검』의 빛에 가차없이 굴복한다.

"————."

아라키아의 의식이 멀어진다.

얄궂게도 제도 북부를 공터로 만들었을 때와 똑같다. 그때도 최대 화력을 발산한 직후에, 세실스의 검광을 받고 쓰러졌다.

어째서 프리스카와 세실스를 겹쳐 봐야 하는지, 부아가 치민다.

다만 의식이 끊어지기 전에, 마지막으로, 들렸다.

"소녀의 양검은 베고 싶은 것을 베고 태우고 싶은 것을 태운다. ——그리고, 치고 싶은 것을 치고 사랑스러운 것을 사랑한다."

말한 프리스카가 휘두른 『양검』—— 그 칼날이 아니라, 칼자루를 자신에게 겨누고 있었음을, 떨어지는 아라키아가 깨달을 일은 없었다.

6

——그 소년은 웃는다. 언제 어느 때라도 웃고 있다.

설령 하늘의 색이 바뀌고 대지가 거세게 금이 가는, 그 파란 두 눈으로 본 적이 없는 천재지변이 세계를 덮치고 전대미문의 사건이 자신을 막아서더라도 웃는다.

웃지 않고서 세계를 어떻게 걷겠는가. 웃지 않고서 세계를 어떻게 매혹시키겠는가.

웃고 웃으며, 이 세상은 유쾌하다고 노래하지 않고서 도대체 누구의 가슴을 설레게 하겠는가.

그런 마음가짐을 잃어버리면——.

"——지루한 배우의 무대는, 바쁘신 분들의 눈에 들 기회가 없잖아요?"

아무것도 없어도 눈물이 솟을 때는 있다. 하지만 아무것도 없어도 웃을 일이 있을까.

그렇다면 웃음은 무언가의 시작이다. 웃음이란 이야기의 시작을 의미한다.

그것이 이미 시작된 이야기인지, 지금부터 시작될 이야기인지는 몰라도.

웃는다 함은, 무대에 오를 각오를 세운 증거라고 소년은 정의한다.

따라서——.

"부디 꼭 한번 웃어 보면 어떻겠어요? 준비만반, 기껏 여기까지 판이 깔렸습니다. 이왕이면 통쾌하게 웃는 편이 당하는 쪽도 기분이 좋죠!"

"_____."

"어이쿠, 혹시 제가 여기에 있는 게 신기한가요? 당신이 만약 자

기 동료 중 누군가가 배신했다거나 발설했다고 생각하신다면 그
건 기우입니다! 저는 그냥 근거 없는 감에 따라 여기까지 왔을 뿐
이거든요!"

손뼉을 짝 치고 해맑게 웃은 뒤, 짚신으로 땅을 밟으며 한바탕
춤사위.

등 뒤에는 금이 가서 물이 철철 새고 있는 저수지의 물막이 벽이
있으며, 그곳을 막아서는 소년―― 아니, 이 세계의 주연 배우,
세실스 세그문트의 눈앞에는 이 세상의 종말을 초래하려는 듯한
적 배우의 모습이 있었다.

그것은――.

"당신을 어떻게 해야 할지, 고민입니다. ――요 · 숙고입니다."

――그 뒤로 천을 넘는 망자를 대동한 『마녀』였다.

제4장 『나츠키 스바루와 빈센트 아벨쿠스』

1

기절과 수면, 양쪽 다 의식의 두절을 의미하는데도 어째서 다른 가.

기절은 꿈을 꾸지 않고, 수면은 꿈을 꾼다. ――라는 이유도 아니다.

기절로는 몸과 마음이 쉬지 못하고, 수면으로는 몸과 마음이 회복한다. ――라는 것도 아니다.

큰 의미에서 차이가 없으면 그 둘의 차이가 어디에 있는가. 이세계에서도 손꼽히는 기절의 경험자인 스바루는 어렴풋이 답 같은 것을 알고 있다.

그것은――.

"――아."

눈꺼풀이 떨리고 힘없는 숨결이 목에서 새어나왔다.

가냘프고 미덥지 못한 각성의 배의 노를 저어서 현실이라는 기슭에 접안한다. 나츠키 스바루는 그렇게 천천히 캄캄한 바다에서

귀환했다.

흐릿하게 열린 눈꺼풀 너머, 낯선 천장이 있는 것은 낯익은 전개다. 벌써 몇 번 이런 기상을 맞이하며 자신의 위치를 확인했는지 모를 지경이다.

다만 이날은 혼자서 답을 찾을 필요는 없었다.

"……겨우 깬 것이야. 스바루는 잠꾸러기라 못 말리겠어."

모르는 천장을 바라보는 시야에, 익히 아는 사랑스러운 얼굴이 비쳤기 때문이다.

팔(八) 자 눈썹과 옅은 색조의 눈으로 스바루를 바라보는 것은 스바루와 함께 기상할 기회가 제일 많을 소녀, 베아트리스였다.

자고 일어나서 보는 베아트리스는 건강에 좋다. 내내 손을 잡아 주고 있었던 모양이고.

"또 잠든 내 얼굴을 정겹게 바라보며 손을 잡아준 거야?"

"당연한 것이야. 베티는 스바루의 파트너라고. 애당초 스바루는 자기 맘대로 너무 여기저기 돌아다녀. 사슬로 묶어도 의미 없으니까 손을 잡는 게 제일 효과적이야."

"역시나 나를 너무 잘 알아……."

뾰로통한 베아트리스의 불평에 스바루는 반박할 수 없어서 쓴웃음 지었다.

스바루는 해야만 하는 일이 있으면 설령 사슬로 묶어놔도 할 방법을 찾지만, 잡은 손을 떨치는 것은 언제나 마음이 아프다.

스바루는 아픔에 약하기에 그것이 제일 효과적으로 만류하는 방법이다.

"으음, 그래서 여기는…… 어디야? 지금, 우리는 뭐 하고 있던 중이고……."

"침착해. 여러 가지로 궁금할 거라 생각하지만…… 우선 주위를 보는 것이야."

"주위라면……."

베아트리스가 상황을 알고 싶어 하는 스바루의 입술에 손가락을 짚고 환기했다.

조급해지는 기분에 스톱이 걸린 스바루는 눈을 동그랗게 뜨며 주위를 둘러보았다.

그리고, 숨을 집어삼켰다. ──자신이 누운 침대 주위에서 고른 숨소리를 내고 있는 많은 사람들을 목격하고.

"────."

결코 넓지는 않은 방이다. 스바루가 자고 있는 침대만으로도 방의 여유 공간 절반은 쓰고 있다. 그런 방 안이 열 명 이상의 인물들로 미어진 상태다.

심지어 그 인물이라는 것이, 말도 안 되는 구성이었다.

"탄자와 가필? 그리고 루이, 히아인네 사람들하고, 우타카타까지……."

"더 있는 것이야. 한 손은 베티에게 시드권이 있었지만, 다른 한쪽은……."

그 말에 스바루는 손을 잡은 것이 베아트리스만이 아님을 그제야 깨달았다. 오른손은 베아트리스에게, 왼손은 침대에 기대어 잠든 소녀──.

"——페트라."

커다란 리본이 차밍 포인트인, 잠든 얼굴조차 사랑스러운 소녀에게 잡혀 있었다.

도대체 이 왼손에 도착할 때까지 어떤 대모험이 있었는지. 낯선 여행 복장은 그녀답게 맵시 있지만, 때가 묻고 너덜너덜해서 그녀답지 않은 면모로 넘쳤다.

"하지만 페트라가 제일 고생한 것은 밀입국보다 스바루의 왼손 쟁탈전일 것이야."

"야야, 쟁탈전이라니. 다 같이 내 손을 잡고 싶어 한다는 어처구니없는 얘기가……."

"어처구니없지 않은 것이야."

농담에 웃으려던 스바루를 베아트리스의 조용한 목소리가 막았다.

베아트리스는 눈을 크게 뜬 스바루에게 잡고 있던 오른손을 들어 올려 보여 주고 말했다.

"다들 스바루를 진지하게 걱정하고 있었어. 손을 잡는 게 스바루의 힘이 된다면, 고작 그뿐이라도 뭐든지 하고 싶은 것이야."

"————."

"베티가 벌써 누누이 하던 말이야. 스바루는 조금 더, 자기 존재의 크기를 자각해야 돼."

베아트리스는 야단치는 내용을, 가슴이 벅찰 듯한 자애를 담아서 말했다. 그런 눈빛과 목소리로 그녀의 말을 들으면 스바루로서는 결코 무시할 수 없다.

스바루도 자신이 주위 사람들에게 영향을 주지 않았다거나, 소중하게 여겨지지 않는다거나, 그럴 가치가 없다고는 조금도 생각하지 않지만──.

"이거란 말이지."

작게 중얼거린 스바루의 뇌리에 갑자기 스친 것은 각성 순간에 품고 있던 의문. 기절과 수면이 어떻게 다른가. 이것이, 그 답이라고 생각한다.

기절은, 주위 사람들을 걱정시킨다. 수면과 다르게 마음이 편해지질 수 없다.

이 세계에서 손꼽히는, 주위에 걱정을 끼치는 데에 천재인 스바루이기에 알고 있는 답이다.

"그런데 다들 괜찮은 거야? 루이도 그렇고, 탄자는 크게 다쳤었는데……."

"멀쩡하다고 표현하기도 이상하지만, 걱정할 필요 없어. 루이 쪽은 경상이고, 사슴 계집애의 상처도 소강상태인 것이야. 오히려 근처에 있는 편이 경과를 관찰하기 편해."

"그래……. 그건, 정말로 안심했어."

본인도 환자인데 스바루의 병문안이나 하고 있을 계제가 아니리라. 하지만 그것을 주장해도 달려올 듯한 배려가 느껴지므로, 베아트리스의 보증에 일단 안심했다.

베아트리스에게 방금 들은 참이지만, 다른 사람들도 더 자기 자신을 소중히 여겼으면 한다.

"……내가 작아진 탓이라고는 해도 다들 과보호가 심하구만."

"──글쎄요. 저로서는 주위의 과보호보다 우선 자기가 작아진 것을 나츠키 씨가 반성해 주었으면 하는데요."

"워우!"

그 목소리가 들린 순간, 스바루는 놀라서 어깨를 들썩이며 고개를 들었다.

목소리가 들린 쪽은 좁은 방의 입구, 미닫이문 앞에 인상만 부드럽게 생긴 얄미운 망나니가 서 있는 모습이 보였다.

"오토냐!"

"네, 저인데요, 조용히 하시길 부탁드리죠. 페트라나 가필에게 미안하니."

"그 둘에게 미안하다니……."

"이렇게 나츠키 씨가 깨기를 제일 가까이에서 기다리고 있잖아요? 그런데 우연히 얼굴을 내민 제가 먼저 말을 나눈 걸 알면 얼마나 원망을 살지 모른다고요."

"오오, 그거 참 때를 못 맞추는 놈이군."

"나츠키 씨야말로 작아져도 입씨름으론 지지 않는 것 같아서 다행이에요."

입술에 손가락을 대고 목소리 볼륨을 낮춘 청년── 오토가 방을 둘러보았다.

기껏 와 주긴 했으나 방 안은 발 디딜 곳도 없을 정도의 밀집도다. 오토는 곤란한 표정을 지으면서도 어떻게 발 디딜 곳을 찾아서 침대로 걸어왔다.

"베아트리스도, 나츠키 씨를 간병하느라 수고 많았어요."

"딱히 수고할 일은 없던 것이야. ……그보다, 얘기 나눠도 돼?"

"물론 나츠키 씨가 일어났다고 다른 사람들에게 알려야 하겠지만…… 이왕 때도 못 맞추고 이 자리에 있었으니, 먼저 개인적인 불평이나 해 둘까 해서요."

"서, 성격 한번 참 좋네……."

"네, 상인이라서요."

오토가 모자를 쓰지 않은 머리에 손을 짚고 빈정대는 기색 없는 얼굴로 웃었다.

스바루는 그 웃음에 적이 노려볼 때와 비슷한 한기, 혹은 탄자의 역정을 샀을 때와 비슷한 한기를 느끼면서 심호흡했다.

솔직히 볼라키아 제국에 날려 온 것도, 그 후의 말썽도 스바루의 잘못은 거의 없다고 생각하지만, 신나게 걱정을 끼친 것은 사실이다.

무슨 원망을 듣더라도 감수하리라.

"좋아, 어디 덤벼봐. 근데 말이야, 내 멘탈도 이쪽에서 상당히 단련되었다고. 어중간한 말로 쳐부술 수 있을 거라 생각하지 마시지."

"웬 자만이에요. 뭐, 장황하게 설교할 마음은 없어요. 말하고 싶은 건 저뿐만이 아니니까 짧게 가겠습니다. 나츠키 씨."

"엉."

"무사히 합류해서 다행입니다. 너무 걱정 끼치지 마세요."

"————."

뻗어온 손이, 스바루의 좁은 어깨에 턱 얹혔다.

그, 얼굴 인상보다 다부진 오토의 손가락이 어깨 위에서 살짝 떨리는 것을 느낀 스바루는 목이 턱 막혔다. 눈썹을 꾹 찌푸린 오토가 입에 올린 그 말은, 언제나 자기 자신을 통제하고 있는 그가 차마 억누르지 못한 감정의 흐트러짐——.

스바루의 단련된 멘탈이든 받아낼 각오든, 다 소용없었다.

"윽……."

오토가 꺼낸 필살의 한마디는, 가차 없이 나츠키 스바루의 방벽을 격파하고 그 너머에 있는 무방비한 영혼에 치명적인 한 칼을 꽂은 것이다.

"어차피 나츠키 씨에겐 이게 제일 잘 먹힐 테죠?"

"야, 너, 이 자식……."

말을 잇지 못하는 스바루 앞에서 오토의 표정에 기세등등하고 여유로운 웃음이 돌아와 있었다.

스바루는 완전히 오토에게 농락당했다고 패배감에 얼굴이 벌게질 수밖에 없이—— 아니, 그 이외의 수단도 있었다. 한 방 먹은 오토에게 앙갚음으로, 적어도 이기고 내빼지는 못하게 할 수단이.

그것은——.

"아얏—! 당했다, 당했어, 완패다, 오토 이 자식!!"

"으엑——?!"

얼굴을 붉힌 채 음흉한 웃음을 띤 스바루가 큰소리로 패배를 선언. 그 노림수를 깨달은 순간, 오토가 해쓱한 표정으로 비명을 질렀다.

그 패배 선언과 비명이 방에 울리자, 당연하게도 방에 있는 사람들이 눈을 떴다. 스바루의 각성을 기다리던 잠자는 동료들——아니, 잠자는 사자들이.

"""""——————!!"""""

그리하여 잇따라 벌어진 입에서 기쁨과 비난, 희비가 뒤섞인 소란이 폭발했다.

시끄러워지는 방 안에서 스바루와 오토가 감사하고 변명하느라 쓸데없이 정신 사납게 대처하는 모습을 처음부터 끝까지 지켜보던 베아트리스가 턱을 괴었다.

"참 내……. 이 녀석이고 저 녀석이고 어린애처럼 떠드는 것이야."

그러고서 혼자만 방관자인 척 흐뭇하게 지켜보는 것이었다.

2

——제도 루프가나에서 제도민의 일제 피난.

그것이 스바루의 의식이 사라진 동안에 이루어진 일대 사건이며, 스바루가 깬 곳은 그걸 위한 이동용 용차 안, 요인에게 할당된 객차의 한 방이었다.

복수의 차량을 연결해 여러 지룡으로 일제히 끌게 하는 이것은 『연환용차』라는 이름으로, 겉모습은 스바루가 아는 열차 및 전차와 비슷하다. 루그니카 왕국에서는 본 적이 없는 것이었지만 평지가 많은 제국이어야 가능한 발상이라고 할 수 있을까.

어쨌든 스바루는 황공하게도 제국의 기밀에 승차하여 제도에서 벗어났다고 한다.

"무사해서 다행이야, 형제! 도중에 몸의 힘이 빠졌을 때는, 진짜 진짜 어떻게 될지 알 수 없어서 걱정되고 불안해서 안절부절못해서 말이야!"

"수염 자식이 죽어도 아무렇지도 않지만, 네가 없어지면 전단은 끝이다……. 죽을 지경이라면 나든 누구든 주저 없이 방패로 삼아라……."

"바이츠의 표현은 찜찜하지만, 나도 같은 의견이야. 슈바르츠, 네가 돌아와서 정말로 다행이다. 전단으로서도, 나 개인으로서도 말이야."

그것은 스바루가 깨기를 기다리던 이들, 그 중에 빠짐없이 들어 있던 검노고도 때부터의 동행인 『합』의 세 사람, 히아인과 바이츠, 이드라의 반응이다.

그때 함께 행동하던 이드라는 몰라도, 따로 행동하던 히아인과 바이츠에게는 걱정을 끼치고 말았다. ──사과할 곳은 그것만이 아니다.

"미안. 내가 기절한 바람에 모두의 강화가 풀려서……."

"사과할 필요는 없어……. 그렇게 되었을 때, 우리도 퇴각하기 시작했었다……."

"맞아! 죽을 뻔했던 건 마침 기둥을 받치던 이 해골 자식뿐이야. 그건 총독이 없었으면 꼴사납게 찌부러져 죽었──."

"그건 말하지 말라고 했잖아……! 슈바르츠가 괜히 마음에 둔다고⋯⋯!"

스바루를 향한 바이츠의 배려를 평소대로 히아인의 괜한 한마디가 어그러뜨린다. 그렇게 다투는 두 사람을 등진 이드라는 어깨를 으쓱였다.

"바이츠도 말했지만 마음에 두지 마, 슈바르츠. 너를 따라가겠다고 결심했을 때부터, 그 뒤에 무슨 일이 일어나든 그건 우리 자신의 책임이야."

"하지만⋯⋯."

"그래, 그렇게 말을 해도 마음에 두는 게 너인 걸 알지. ──이 이상의 얘기는 우리보다 오래 알고 지낸 듯한 이 친구들에게 맡기마."

당황하지 않을 때의 이드라는, 정말로 어른 남자로서 듬직하다.

감정적인 스바루는 이성적인 이드라에게 말문이 막히고, 대화가 요령 좋게 매듭지어졌다. 그리고 이드라는 드잡이질을 벌이는 바이츠와 히아인의 뒷덜미를 잡고 방 밖으로 나가려 했다.

스바루는 떠나는 그 뒷모습에 "잠깐만." 하고 말을 건넸다.

"마지막에 하나만. 구스타프 씨 쪽도 무사하다고 들었지만⋯⋯ 셋시는?"

"사실, 세실스는 돌아오지 않았어. 전단도, 피난민도 보지 못했다더군. 다만."

"셋시니까 말이지⋯⋯."

이드라가 말을 끊자 스바루는 그런 감상을 흘렸다.

동료를 상대로 불친절한 반응이지만, 이드라도, 히아인과 바이츠도 이견의 목소리는 나오지 않았다. 보이지 않기에 물었지만 걱정은 전혀 하지 않았다.

훌쩍 사라졌다 돌아오는 일은 검노고도를 나온 뒤에도 종종 있던 일이다.

그 대화를 끝으로, 안정하라 당부하고서 이번에야말로 세 사람이 방을 나갔다. 그런 세 사람의 등에 작은 그림자가 말없이 뒤따라가는데——.

"아무것도 없으면 외로워서 내가 죽는다고, 탄자."

사내답지 못한 스바루의 그 부름에 소녀, 탄자가 우뚝 발을 멈추었다.

뒤돌아선 그녀는 눈망울 큰 눈으로 스바루를 바라보더니, 기분 탓인지 머리의 뿔을 쪼그라든 듯한 각도로 내리고 시무룩하니 고개를 떨어뜨렸다.

"……중요할 때에 도움이 되지 못해 죄송합니다. 슈바르츠 님이 돌아오셔서 정말로 다행이에요."

"너도 무사해서 다행이야. 다행이지만…… 무슨 일 있었어?"

제도에서 벌인 마지막 공방, 강적 좀비에게 허를 찔린 것을 생각하면 탄자가 과할 정도로 반성하는 것은 성격적으로도 이해가 간다. 그러나 그게 전부는 아니란 느낌이었다.

감정을 좀처럼 겉에 드러내지 않는 탄자지만 저 침울한 표정의 이유는, 달리 또.

"——아뇨, 지금의 슈바르츠 님께 말씀드릴 문제는. 천천히 정양하시며, 다른 분들과 함께 시간을 보내 주세요."

하지만 그런 스바루의 물음에 탄자는 속내를 밝히지 않았다.

묵례 뒤에 소녀의 등이 닫히는 문 너머로 사라진다. 그 뒷모습에 뒤늦게 건넬 말을 찾던 스바루는 입술을 깨물고 마음에 맹세했다.

나중에 또 반드시, 같은 말을 묻겠다. 그때야말로 그녀의 힘이 되겠다고.

그리고——.

"——스바루."

먼저 퇴실한 이들과 교대하듯 다정한 은방울 목소리의 주인이 찾아왔다.

이 순간의 부름을 고대하던 것처럼 들뜬, 부드럽게 고막을 두드리는 목소리의 주인이.

"————."

한 박자. 그 목소리에 반응하는 데에도, 그쪽을 돌아보는 데에도 시간이 필요했다.

보잘것없는 자존심이나, 어색하다거나 부끄럽다는 하찮은 이유가 아니다. 더 심플하게, 스바루의 존재가 마음의 준비를 필요로 하고 있었기 때문이다.

"에밀리아."

그도 그럴 것이, 상대의 이름을 부르는 것만으로도 스바루의 영혼은 달콤하게 마비되고 마니까.

긴장감이 그득한 스바루에게 당사자—— 에밀리아는 옅게 미소 짓고 말했다.

"응, 잘 만날 수 있어서 다행이야. ……그건 그렇고, 스바루는 참 이렇게 먼 곳에서 친구를 많이 만들고 있구나. 엄—청 마음이 놓였어."

"친구……."

"응. 다들, 스바루를 엄—청 걱정하고 내내 떨어지지 않고 있었으니까."

미소 지은 에밀리아의 말에 스바루는 아까까지 보았던 방의 상태를 떠올렸다.

미안한 기분도 있었다. 하지만 그녀의 말대로 기쁜 기분 쪽이 앞서는 광경이었다.

"나는, 행복한 사람이네."

"정말 그래. 하지만 나는 스바루가 더욱더 행복해졌으면 하니까, 요만큼 가지곤 완전 부족해."

"이렇게 잘 대해 줬는데?"

"그럼 스바루는 나에게 뭔가 해 줄 때, 이 정도면 그만 됐나 하고 만족한 적 있어?"

갸우뚱한 에밀리아의 말에 스바루는 보기 좋게 말문이 막혔다.

그녀의 말이 옳다. 좋아하는 사람들에게 무언가 해 주고 싶을 때, 이 정도면 된다는 생각은 하지 않는다. 더욱더, 할 수 있는 일은 없을까 찾아다니기 마련이리라.

"어때? 내가 한 말, 맞지? 내 기사님."

"그러게……. 따로 떨어진 동안 엄청 성장해서 자랑스럽지만 섭섭해, 에밀리아."

"에밀리아?"

"……가 아니라, 에밀리아땅이지."

되물음을 들은 스바루는 멀리 있던 소중한 것을 더듬더듬 끌어당겼다.

그렇다. 그것이 스바루에게 아주 소중한, 애틋하고, 사랑스러우며, 좌우지간 마음이 방방 뛸 만큼 아끼는 아이의, 호칭.

한 번 그렇게 입에 담은 순간, 사랑스러움과 그럴싸한 느낌이 즉각 밀어닥쳐서——.

"에밀리아 언니! 슬슬, 저희도 스바루랑 얘기하고 싶어요!"

스바루와 에밀리아 사이에 흐르는 부드러운 분위기에 때를 보다가 끼어든 것은, 아까 소란 때문에 침착하게 재회를 축하하지 못해서 엄청나게 재회에 굶주려 있던 페트라였다.

작은 몸으로 존재를 주장한 페트라는 크고 동그란 눈에 성을 내며 말했다.

"저희, 아직 스바루랑 제대로 말을 나누지 못했거든요. ——새치기한 오토 씨 말고는!"

"으극. 아뇨, 그게, 저는 딱히 새치기하려던 게 아니고……."

"오? 오? 변명하게? 오토 형. 무슨 변명을 할지 기대되는데. 여기서 새치기라니, 아무리 이 어르신이라도 상처 받았다구……."

"가필까지 물고 늘어진답니까?!"

두 손으로 얼굴을 가리고 흑흑 우는 흉내까지 내는 가필. 페트라와의 파상 공격을 받은 오토지만 고약한 꼴을 당한 그의 수난은 아직 끝나지 않았다.

"그래그래, 베티는 다 들었지 뭐야. 오토 녀석, 너희에게 들키지 않게 몰래 스바루와 대화하고 싶었다고 말했어."

"어, 그래? 오토, 마음은 이해하지만 스바루를 걱정하던 건 다 들 똑같으니까 치사하게 그러면 못 쓰잖니."

"아군이 없어! 어설픈 불이익을 당하는 것보다 훨씬 더 가슴이 아파!"

베아트리스의 배신과, 그 말을 고분고분 받아들인 에밀리아에게 주의를 들은 오토가 가슴을 움켜쥐고 자기 소행의 대가를 성대하게 받았다.

그러한, 와자지껄 떠들썩한 집단의 모습에.

"오토 님의 나쁜 버릇이야 아무튼, 정말로 합류해서 천만다행이에요. 에밀리아 님도 베아트리스 님도, 물론 페트라도 안절부절 못하고 있었으니까요."

웃음과 함께 프레데리카가 부드럽게 말했다.

그녀 또한 페트라처럼 메이드복이 아니라 여행 복장으로, 색다른 모습이 아주 잘 어울렸다. 하지만 직후에 그 이상으로 색다른 것을 보는 바람에 스바루는 흠칫했다.

미소 지은 프레데리카의 눈꼬리에 눈물이 맺히고, 깜빡 뺨에 흐를 상황이었던 것이다.

"프레데리카 언니……."

"시, 실례했습니다. 그만, 저기, 정말로 마음이 놓여서…… 보기 흉한 모습을."

"아니, 흉하긴 뭐가 흉하겠어. 그만큼 걱정해 준 건데."

프레데리카의 눈물에 놀랐지만 그 이상으로 감사의 마음이 솟구친다.

프레데리카가 말했다시피 없어진 스바루 일행을 찾고자 에밀리아 일행이 얼마나 고생했을지. 봉쇄된 국경, 내란 상태의 제국.

쉽지 않은 여정을 극복해서 와 주었기에 이렇게 다 같이 재회할 수 있었다. 종종 들리는 밀입국이라는 무서운 단어도, 그 분투의 일부다.

"정말로, 고마워. 다들."

"헤헷, 우리가 오는 거야 당연하지. 대장이 없어지면 이게 영웅 치질 못하거든."

"응, 가프 씨의 말이 맞아. ……조그매진 것은 놀랐지만."

코밑을 쓱 훑는 가필의 한마디에 미소 지은 페트라가 따끔하니 덧붙였다.

확실히, 이걸로 전원이 합류해서 대단원——이 되지는 않는 것이 현재 스바루의 상태다. 아무래도 작아진 상태로 일행과 같이 루그니카 왕국에 돌아갈 생각은 없다.

원래의, 나츠키 스바루 18세로 돌아가지 않으면 에밀리아의 옆에 설 수 없으리라.

"뭐, 베아트리스…… 어흠! 베아코 옆에 서는 데는 문제가 없으려나?"

"스바루와 눈높이가 같아지면 나쁜 기분이 아니야. 하지만 베티는 슬슬 스바루가 안아 주는 게 그리워서, 역시 큰 쪽이 더 낫겠어."

"나도! 지금의 스바루도 귀여워서 좋지만, 큰 쪽이 더 좋다고 생각합니다!"

"아, 역시 귀엽지. 후훗, 그렇게 생각하던 건 나뿐만이 아니라 다행이네."

미묘하게 본론에서 벗어난 에밀리아의 맞장구. 이야말로 에밀리아 진영의 분위기다.

스바루는 오랫동안 멀어졌던 고향에 돌아온 기분에 젖어 영혼에서 우러나온 안식을 느꼈다. 볼라키아 제국에 날아와 『슈드라크의 민족』 및 플롭과 미디엄, 플레아데스 전단의 멤버들과 함께 하던 어느 시간과도, 여기 있는 모두와 함께한 분위기는 다른 종류였다.

어느 것이든 소중한 인연이지만, 줄곧 멀어져 있던 만큼 절절하게 가슴에 치민다.

"하지만 역시나 로즈월이나 람은 오지 못했나. 아니, 에밀리아땅이 있는 것만으로도 꽤 위험하겠지만."

스바루는 실내에서 눈에 띄지 않는 인물을 입에 담고 쓴웃음을 지었다.

그렇게 치면 메일리도 없지만, 로즈월과 람하고는 다른 의미로 국경을 넘기 어렵겠지. 아마도 람과 함께 저택에 남아서——.

"어? 으응, 그렇지 않아. 람과 로즈월도 우리랑 같이 왔어. 두 사람도 스바루를 엄—청 걱정했었으니까."

"——응?"

그런 스바루의 생각이, 고개를 가로저은 에밀리아의 답변에 박살났다.

람과 로즈월, 두 사람 다 와 있다는 이야기에 사고가 정지했다. 로즈월은 그나마 낫다. 있는 것은 놀랍지만, 엄청나게 놀랍지만, 일단 제쳐 두겠다.

문제는 로즈월이 아니라――.

"람도, 있어?"

"있는데? 람 언니도 스바루를 걱정해서…… 아! 본인한테 말하면 안 되거든?"

"말 안 해. 말 안 하겠지만, 말 안 하겠는데 그게 아니라……."

재차 람의 존재가 페트라에게 긍정받자 스바루의 뇌가 크게 저릿거렸다.

람이 있다. 그 말은――.

"레, 렘이랑, 벌써 만나게 했어?"

"""""아…….""""""

스바루가 쭈뼛쭈뼛 물은 순간, 스바루 이외의 전원이 어색한 표정을 지었다.

그 반응이야말로 스바루가 가장 두려워하던 것이었다. 일행의, '스바루에게 깜빡하고 말하지 않았다'는 반응. 그것은 스바루가 자고 있던 중에 '그것'이 일어났다는 증거다.

――람과 렘의, 생이별했던 자매의 재회가.

"우와아아아아――! 꼭, 그 자리에 있고 싶었는데에에에에!!"

"미, 미안해, 스바루! 하지만 한시라도 빨리 만나게 해 주고 싶어서……!"

"알지만, 알고 있으니까, 난 완전 못 써먹을 멍청이야——!"

역사적 순간을 놓치고 만 스바루가 두 손으로 얼굴을 가리고 절규했다.

스바루를 위로하려고 다른 사람들도 쩔쩔매지만 일행이 잘못한 것은 아니다. 굳이 말하자면 중요한 때에 자고 있던 스바루가 제일 잘못했다.

"어, 어땠어? 둘의 눈치는……."

"으음, 역시 조금 어색했지만…… 그래도 엄—청 특별한 느낌이 들더라! 나도 덩달아서 찔끔 울었는데……."

"으허어엉!"

"에밀리아! 좀 더 자비를 보여! 스바루가 딱한 것이야!"

"에에엑! 미안해, 미안해!"

그렇다 해도 억울한 기분은 전혀 사그라지지 않아서 전력으로 억울해했다.

진심으로 울음이 나올 것 같을 때 눈물을 참을 수 없는 것이, 어려진 이 몸의 못마땅한 점이다. 스바루는 분한 눈물을 흘리며 새삼 실감했다.

3

"————."

손을 뻗으려던 문 너머에서, 크디큰 아우성이 들린다.

악쓰는 소리와 내용에 움직임이 멎은 렘은 크게 망설였다.

"우— 아우?"

"미안해요. 루이는 그 사람하고 만나고 싶어 하는데."

바로 옆, 허리에 안겨든 루이가 렘을 걱정하듯 쳐다보았다.

의식이 없던 스바루가 깨어났을 때, 루이는 자기도 스바루 옆에 있고 싶었을 텐데도 그 마음을 꾹 참고 렘이 있는 곳으로 달려와 주었다.

그리고 손을 잡아당기는 그녀에게 이끌려 여기까지 온 것은 좋지만——.

"————."

방 안에서 들리는 목소리는 스바루와 그 동료들의 것이다.

그렇게 표현하면 몹시 남의 일 같지만, 아무래도 그 동료들은 렘에게도 관계가 깊은 사람들이라고 한다. ——스바루와 마찬가지로 실감은 결여되었지만.

"나쁜 사람들이 아닌 건, 알고 있는데요."

그 안에서 처음 만난 에밀리아를 필두로, 렘과 스바루를 찾으러 왔다는 일행은 동료를 아끼며 행동력이 넘치고 무엇보다 선량한 사람들임을 확실하게 알고 있다.

저 사람들은 왕래가 금지된 왕국에서 와서, 아무 연고도 없는 내란에 참가해서까지 렘과 스바루를 데려오기 위해서 최대한 노력해 주었음을.

그렇게까지 해 준 에밀리아와 그 일행을, 렘은 어떻게 마주해야 하는가——.

"바루스의 궁색한 목소리가 들리는걸."

생각에 잠기던 렘은 등 뒤에서 갑자기 들린 말에 살며시 숨을 집어삼켰다.

그런 렘을 대신해 허리에 안겨든 루이가 상대 쪽을 돌아보았다. 말을 건넨 상대는 자신을 보는 루이를 마주 보고 작게 숨을 내뱉었다.

"그렇게 비난하듯 노려보는 건 그만둬. 방금 그건 바루스에게 가하는 사랑의 채찍…… 아니, 사랑은 없으니까 채찍이겠네. 그래, 순수한 채찍이야."

"그건…… 그 사람을 싫어한다는 뜻인가요?"

"싫어하지는 않아. 그냥, 경멸할 기회가 많을 뿐이야."

그렇게 말하고 다가오는 발소리의 상대를, 렘은 한 박자 머뭇거리다가 뒤돌아보았다.

렘은 상대의 얼굴을 똑바로 보느라 용기를 짜낼 필요가 있었다. 여하튼 다가오는 얼굴은 기억이 없는 렘에게도 낯익은 얼굴이다.

그것은——.

"람 씨……."

"서먹서먹한 호칭이구나. 람은 언니라고 불릴 마음의 준비가 다 되었는데."

"제 쪽은, 모든 게 다 갑작스럽다 보니……."

눈앞에서 팔짱을 끼듯이 가슴을 편 여성——. 람이라 이름 밝히고, 주위로부터도 그렇게 불리는 그녀의 얼굴은 렘 본인의 얼굴과 많이 닮았다.

다른 점은 머리카락과 눈동자의 색, 그 안에 넘쳐흐르는 압도적인 자신감의 압력일까.

그런 그녀가, 기억이 없는 렘의 언니라고 한다.

솔직히 얼굴을 보면 자매라는 사실을 의심할 요소는 전혀 없다. 이전부터 끈덕지게 스바루에게 몇 번이고 들은 언니의 이름도, 역시 '람'이었다고 기억한다.

무엇보다 람을 앞두고 있으면, 렘의 가슴속이 느낀다.

"어떻게 생각하건 느껴질 테지. 람과 렘은 자매…… 공감각은 거짓말을 하지 않는걸."

"공감각……."

"피를 나눈 쌍둥이 간의, 영혼의 연결 같은 것을 말해. 람은 항상 렘의 존재를 느끼고 있었어. 렘은 안 그래……?"

"_____."

연홍빛 눈을 가늘게 뜬 람이 직설적으로 묻자 렘은 입을 다물었다.

그렇게 묻는다면 결코 부정할 수 없다. 그녀가 말하는 공감각을 자세히는 모르지만 렘 안에 분명히 존재한다. 강한, 강한 감각이.

그것은 처음 보는 람에게 안심한다는, 어색한 느낌이었다.

"무서워요……."

"무서워?"

"아주 짧은 시간밖에 말을 주고받지 않은 당신에게 이런 감각이 드는 것이."

기억을 잃어버린 렘에게 모든 인간관계는 제로부터 다시 만든 것이다.

스바루와 루이가 처음부터 있고, 그 후에 슈드라크 사람들과 플롭 및 미디엄, 프리실라와도 카츄아와도 알게 되어 관계를 쌓아 왔다.

그런데도 람의 존재는 그것들을 단숨에 추월해서 가장 위에 서려 한다.

"그것이, 저는 무서워요…….."

말로 또렷하게 표현할 수 없는 이 안도감은 걸어오는 과거의 발소리다.

잃어버린 기억을 되찾고 싶은 바람은 분명히 있다. 분명히 렘이 떠안은 문제 대다수가 기억이 되살아나면 해결될 거라는 생각도 든다.

하지만 동시에, 그 발소리에 따라잡혔을 때 모든 것이 다 변하는 게 두렵다.

시각도 감각도, 생각이고 뭐고 다 변해 버리면.

렘이 눈을 아주 세게 꼭 감고서 가슴을 잡았다.

그때——.

"그래. 다행이야."

"네?"

생각지도 못한 말이 들리자 렘은 감은 눈을 뜨고 고개를 들었다.

방금 무슨 말을 들었느냐고, 눈을 부릅뜬 렘 앞에서 홀로 팔짱을 낀 람은 살짝 눈꼬리를 내리며 말을 이었다.

"람도 렘과 똑같아. 무섭다고 생각했었어."

"무섭다니……."

"만약 렘이 이 공감각을 자연스럽게 받아들이고, 당연한 것처럼 람의 품에 뛰어들면 어쩌지. ——그렇게, 무서워했었어."

"————."

표정을 부드럽게 한 채지만, 이야기 내용은 공포에 관한 것이라 렘은 눈앞에 있는 람의 기분을 알 수 없어졌다. ——아니, 그게 아니다.

이해하지 못했음을 이해해서, 그 때문에 혼란스러운 것이다.

"우!"

곤혹스러워 눈이 흔들리는 렘을 대신해 허리에 안긴 루이가 별안간 으르렁댔다.

밑에서 람을 노려보는 루이는 렘의 마음이 떨린 것을 민감하게 감지하고 그 원인인 람을 나무라듯 시선에 날을 세웠다.

람은 그런 루이의 시선을 받아내며 살짝 눈을 가늘게 뜨고는 말했다.

"람과 렘 사이에 서겠다는 거야? 하필이면, 당신이?"

"아—우!"

"그래, 물러날 마음은 없나 보구나. 복잡한 심정이지만, 불쾌하진 않아."

어떤 인연이 있는지, 람은 루이도 알고 있는 기색으로 말하고서 다시 렘의 눈을 바라보았다. 그런 람의 눈에서, 렘은 눈을 뗄 수 없었다.

시선에 서린 힘에 마음이 타 버리는데, 영혼이 이끌리고 만 것이다.

렘은 자신의 뜻대로 되지 않는 마음을 의식하며 입술을 꼭 깨물었다.

"당신은 분명히 제 언니일 테지요. 그것은 믿을 수 있어요. 하지만……."

"마음이 수긍해도, 머리로 수긍할 수 없다?"

"네……."

"그래. 그렇다면 일단 그걸로 충분해."

힘없이 끄덕인 렘에게 또 한 발짝 람이 거리를 좁혔다.

그녀가 다가와서 렘의 몸이 떨리자 루이가 렘을 감싸려 앞으로 나서려 든다. 하지만 렘은 루이의 어깨를 살며시 밀며 "괜찮아요." 하고 부드럽게 소녀를 만류했다.

만류하고, 자기 자신의 의지로 람과 정면으로 마주했다.

람은 렘의 시선을 받으며 끼고 있던 팔짱을 풀더니 손을 내밀었다. 그, 언니라고 마음이 인정한 상대가 내민 손에.

"람이야. 당신의 언니고, 분명히 당신을 사랑하기 위해서 태어났어."

"_____."

"하긴, 그와 비슷할 만큼 소중한 분도 있는 자립한 언니지만 말이지."

태연히, 자신만만하게 한 말에 렘은 눈을 동그랗게 떴다.

그리고 의미가 머리에 분명히 침투하자, 무심결에 "후." 하고 숨소리가 흘러나왔다. 그대로 렘은 작게 웃고, 웃는 채로.

"역시, 당신은 무서운 사람이에요. 당신과 얘기하고 있으면 이 안심감에 몸을 맡기고 감쪽같이 포로가 될 것 같아서."

"어쩔 수 없지. 람은 전폭적인 신뢰와 애정을 맡기고 싶어지는 언니인걸."

"네, 람…… 언니."

자랑하듯 가슴을 편 람. 렘은 그 손을 조심조심 잡고서, 그제야 그녀를 그렇게 불렀다. 그러자 그 말을 들은 람은 살짝 눈썹을 모았다.

렘으로서는 용기를 내서 부른 호칭이었기에 그 반응은 섭섭했지만.

"저기?"

"바루스 말대로 휘둘리는 건 성질이 나지만, 확실히 느낌이 오질 않아……."

"으음, 저?"

"──딱 부러지게."

순간, 떫은 표정을 지은 람이 뒤이은 한마디에, 렘은 "네?" 하고 눈을 동그랗게 떴다.

렘의 그 반응 앞에서 람은 표정에서 씁쓸한 기색을 지우고, 스치는 미소와 함께 다시 말했다.

"언니라고, 딱 부러지게 불러. 그쪽이 가장 확실하게 느낌이 오니까."

"람, 언니……?"

"이름은 불필요해."

"──언니."

희망에 따라 그렇게 부른 렘 앞에서 람이 눈을 감았다.

그리고 그녀는 잡고 있던 렘의 손을 끌어당겨 "와." 하고 앞으로 휘청 기운 몸을 살며시 받아내어 정면에서 껴안았다.

그대로 람은 렘의 귓전에 입술을 가까이 대고——.

"방금, 분명하게 느꼈어. ——람은, 렘의 언니라고."

"——저도, 느꼈어요."

그렇게 대답하는 렘의 가슴에 두려워하던 감각이 넘쳐흘렀다.

안기자마자 넘실댄 것, 안심감이라고 부르던 그 감정은 람을 향한 애정이었다. 기억이 없는 렘조차도 영혼에서 샘솟는 그 감정을 거절할 수 없었다.

그녀는, 람은 렘의 언니다. 그것도 분명히 믿을 수 없을 정도로 소중하고 소중한.

"……열 받지만, 준비는 됐어, 렘?"

"준비요?"

"안에 들어갈 준비 말이야. 에밀리아 님 쪽은 물론 가엾은 바루스에게도 자랑스러운 자매애를 보여 주겠어. 그러면 다소는 걱정도 풀릴 테지."

람의 주장에 렘은 눈을 감았다.

아직도 렘 안에서는 에밀리아 일행도, 그리고 스바루도 어떤 식으로 얼굴을 봐야 할지, 어떤 식으로 마주하면 될지 답이 나오지 않았다.

하지만 적어도 이 언니의, 람의 마음과, 람에 대한 마음에 의심은 없다.

"네, 언니."

"역시, 그렇게 백 번 불릴 때까지 보류하기로 할까."

"언니……."

"농담이야."

끄덕인 렘에게 람이 농담으로 들리지 않는 농담을 말했다.

그런 장난기 어린 언니의 태도에, 자기 자신의 문제에 대한 초조감과 그 이외의 중대사도 있는 상황임에도 렘의 마음은 한때의 안도에 채워졌다.

"이제 괜찮아요. 루이, 걱정해 주어서 고마웠어요."

"우!"

불안이 가신 렘의 모습에 루이가 함박웃음을 띠고 있다. 두 사람의 대화에 끼어서 내내 자기 편에 서 주던 마음 착한 소녀에게 렘도 미소 지었다.

그리고 루이와 손을 잡고 문 쪽을 향하는 언니 옆에 용기를 내어 나란히 선다. 힐끔 쳐다보는 람의 시선에 끄덕이고, 자매는 함께 문에 손을 뻗어서──.

"──실례합니다. 밖까지 시끄러운 소리가 들리던데요."

"바루스다운, 발정 난 작은 동물 같은 아우성이었지."

그렇게, 동료들이 있는 방으로── 거부감 없이 동료라 여길 수 있는 사람들이 있는 방으로, 동시에 발을 디딜 수 있었다.

4

"하아······. 어깨에서 큰 짐을 덜었네······."

스바루는 가슴에 크게 얹힌 것이 사라진 감각에 만감 어린 말을 중얼거렸다.

그것은 스바루가 떠안고 있던 책임—— 달리 의지할 대상이 없는 와중에, 렘을 무사히 지켜내어 람과 동료들하고 만나게 하는 일이었다.

도중에 위험에서 떼어놓을 의도였던 별도 행동이 생각 이상으로 오래 끌거나, 그 사이에 렘이 납치되는 사태에 빠지는 등, 결코 완벽한 에스코트라고는 말할 수 없었지만.

"그래도 또 다 같이 만날 수 있었어······."

솔직히 람과 렘 자매가 재회하는 장면을 놓쳤음을 알았을 때는 이 세상의 종말인 줄 알았을 만큼 억울했지만, 그 후에 동시에 병문안 와 준 기쁨으로 차감했다.

자매 사이에 구체적으로 어떤 대화가 오갔는지는 모른다. 하지만 둘의 모습을 보고 있으면 나쁜 방향으로는 가지 않았다는 생각이 들어서 그거면 충분했다.

"나는 아직 작아진 상태고, 렘의 기억도 안 돌아왔지만······."

에밀리아 일행과의 합류도 성사되어서, 희망은 착실히 싹을 틔웠다.

스바루의 사이즈에 관해서는 가까운 시일에 어떻게 할 수 있을 가망은 있고, 렘의 기억을 되찾는 방법도 반드시 찾을 수 있다.

그러니까, 남은 것은——.

"······정말로, 베티가 같이 있지 않아도 괜찮겠어?"

"아니, 나는 완전 끄떡없는데, 아마, 베아코가 있으면 상대가 얼굴을 내밀려 들지 않을 테니까 조금만 내 투정을 들어줘."

"무슨 일이 있거든 바로 부르는 것이야. 옆 나라에 있어도 달려오겠어."

"신뢰와 실적의 사나이다운 발언, 믿음직해……."

"──졌다간 용납하지 않을 것이야."

그렇게, 마지막까지 스바루와 손을 놓고 싶어 하지 않던 베아트리스.

배려 깊은 그녀의 손을 부드럽게 푼 다음, 에밀리아 일행은 아쉬움이 남아도 일단 방을 떠나간다. 그렇게 스바루는 홀로 무음의 객실에 남겨졌다.

깬 뒤로 내내 떠들썩하다 보니 이제야 찾아온 고요함 속에서 스바루는 여러 가지를 생각했다.

제도 퇴각이 어느 정도의 규모인지. 그 좀비 무리의 정체는 알아냈는가. 제국군과 반란군은 다투지 않고 잘 지내고 있는가. 울적한 눈치이던 탄자의 표정의 이유나, 굳이 네거티브한 화제를 입에 담지 않던 에밀리아 일행의 배려에 숨은 면.

그리고 스바루가 의식을 잃기 직전의 사건은, 어떻게 결말을 보았는가.

"그 전부는 못해도, 절반 정도는 대답해 주겠냐?"

"──그건, 전적으로 네놈이 얼마나 타협할 자세를 보이느냐에 달렸겠지."

문객이 없어진 방, 침대 위의 스바루의 말에 대꾸한 것은 사람을 전부 물릴 때까지 잠자코 기다리고 있었을 인영이었다.

천천히 바닥을 밟은 발소리는 당당하여, 자신의 존재를 주위에 인지시키는 데에 거리낌이 없는 자세로 꾸며졌다.

그 행동거지에도, 날카롭기 그지없는 눈빛에도 기억과의 차이는 전혀 없다. 그럼에도 결정적으로 어딘가가 다르게 보이는 상대──흑발의 미장부를, 스바루는 응시했다.

그리고──.

"네놈은 어디까지 웅변을 펼치겠나, 나츠키 스바루. ──친룡 왕국의 『별점쟁이』여."

빈센트 볼라키아는 적의가 서린 검은 눈으로 나츠키 스바루에게 그렇게 캐물었다.

5

"── 그 사람에게로 갈 건가요, 아벨 씨."

빈센트는 옆에서 부른 소리에 걸음을 멈추고 돌아보았다.

객차를 연결하여 한 가닥의 긴 용차로 관리함으로써, 여러 지룡의 『바람막이의 가호』를 전체에 적용하는 연환용차──. 치샤 골드가 고안한 시험용 차량이지만, 객차 간의 연결 부분에 있는 통로에 낯익은 파란 머리 소녀가 서 있었다.

성곽도시에서 끌려간 그녀와 그렇게 얼굴을 맞대는 것은 오랜만으로 느껴지지만──.

"무사하다면 운이 좋았군. 왕국에서 온, 초대하지 않은 손님들은 목적을 이루었어.”

“그 사람들의 목적은 제가 아니고…….”

“관두어라. 본인도 믿지 못하는 헛소리로 짐의 시간을 함부로 빼앗지 마라. 시간은 귀중하다. 특히 지금 상황에는. 알고 있을 테지.”

“＿＿＿＿.”

빈센트의 엄한 목소리에 소녀가 고개를 숙여 시선을 내렸다.

그러나 그녀는 바로 시간이 유한하다는 빈센트의 뜻에 따라 고개를 들고 물었다.

“그 사람에게로 갈 건가요, 아벨 씨.”

“아벨이 아니다. 짐은 빈센트 볼라키아다.”

소녀가 거듭해서 입에 올린 같은 질문에 빈센트는 표정에 변화 없이 받아쳤다.

아벨이란 임시로 쓰던 이름이며, 도주 중의 가명으로서 이용했던 것에 지나지 않는다. 황제 자리에 앉기 전의 가문명인 아벨쿠스에서 빌려온 것이고 애착도 없다.

다만 지금은 그렇게 불린 상황에 대한 불쾌감이 강했다.

“──그자가 눈을 떴다는 보고가 있었다. 짐은, 대치해야만 한다.”

빈센트는 그 불쾌감을 밀어내고 소녀의 질문에 대답했다.

소녀가 무슨 생각을 하건 간에, 그것이 빈센트의 방침을 바꿀 일은 없다. 원래부터 이 소녀에게 그럴 만한 의지나 생각이 있다고도 생각하지 않았다.

보호받고, 휩쓸리며, 고뇌하고, 긴 시간을 들여 당연한 결론에 이른다.

많은 이들이 그러하듯 그녀 또한 그런 범인(凡人)의 일부에 지나지 않는다고 여겼다.

따라서 빈센트는 문답을 속히 끝내려 했다.

그러나——.

"그 사람은, 아벨 씨의 적이 아니에요."

"——뭐라?"

입들 다물고 고개만 숙이고 있을 줄 알았던 소녀에게서 대답이 나와서, 더구나 생각지도 못한 내용이기도 해서 빈센트는 눈썹을 찌푸렸다.

그러는 빈센트를 응시하는 소녀의 연청빛 눈에는 확고한 의지가 있었다.

마지막으로 보았을 때에는 없었던 빛이 주눅 들면서도 당당히, 빈센트를 타이르기라도 하는 것처럼 꿰뚫었다.

그 눈빛에 기대가 빗나간 감각이 있음에도 빈센트는 흔들리지 않았다.

"——짐은 빈센트 볼라키아다. 세 번째는 없다."

"죄송해요. 하지만 저는 기억이 없어서 황제인 빈센트 각하를 잘 모릅니다. 그러니 빈센트 각하께 할 말은 없습니다만."

"————."

"그 사람은, 아벨 씨의 적이 아니에요."

한 번도 시선을 떼지 않고서 거듭 강조하는 소녀.

빈센트는 그녀를 가진 능력 여부로 파악하고 있었다. 나츠키 스바루를 제어하기 위해서 필요한 고삐이며, 귀중한 치유 마법의 사용자——. 그게 전부인 소녀다.

만약 그 입장을 자각하고서 빈센트 상대로 강하게 나온다면, 대단한 담력이라고 말할 수밖에 없다. 하지만 그녀가 보이는 태도의 이유는 그것과도 다른 듯했다.

"너, 이름은 뭐라 했나."

"——렘이라고. 적어도 지금은 그렇다고 분명히 답할 수 있습니다."

"자신의 족적을 잃은 소녀가, 이리도 당당히 명언하나."

"신기하지요. 머리로도 마음으로도 기억하지 못해도, 환경이 가르쳐 주는 일이 있어요. 제가 렘이라고, 내내 말해 주던 누군가가 있는 덕분에."

소녀가 가슴에 손을 살며시 짚고서 대답했다.

그것이 감사 때문인지 어이없어서 그런지, 소녀—— 렘 본인도 알지 못하는 말투였다.

다만 그것이 거부감이나 혐오 같은 어두운 상념과 연결되지 않는 것이란 점만 알고서, 빈센트는 더 이상의 대화를 불필요하다고 판단했다.

"적이, 아니에요."

귀를 기울일 가치가 없는 이야기였다. 빈센트는 다시금 목적하던 방과 마주한다. 그리고 문을 열기 전에.

"렘, 다시는 짐의 시간을 허투루 쓰게 하지 마라. 다음 불경에는 목을 치겠다."

그 말만 남기고, 황제로서 렘과의 대화를 끝마쳤다.

그리고——.

"네놈은 어디까지 웅변을 펼치겠나, 나츠키 스바루. ——친룡 왕국의 『별점쟁이』여."

6

스바루는 쏟아내는 적의를 절절히 느끼며 그 남자와 대치한다.

——돌이켜 보면 눈앞의 남자와의 관계는 불가해하다는 한마디로 정리된다.

첫 인상은, 숲속에서 야숙하던 수상하기 그지없는 붕대 남자다. 그때는 헤어진 렘과 루이를 찾느라 필사적이어서 깊이 따지지 않았지만, 수상하다는 수준이 아니었다.

다음에 마주친 것은 슈드라크의 촌락에 있는 감옥 안으로, 잡힌 신세인데 어떻게 그렇게나 거들먹댈 수 있는지 설명이 없었다. 뭔가 탈출할 작전이 있다면 또 몰라도, 그 뒤에 『혈명의 의식』을 강제로 하게 되었으니 무계획이었을 것이다.

그 후에는 렘을 탈환하는 데 힘을 빌리고, 한 번은 헤어져서 따로 행동했는데——. 스바루 일행이 도시에서 내빼서 돌아올 수밖에 없음을 알고서도 충고하지 않는다는, 고약한 성질머리를 발휘했다.

그런 줄 알았더니, 성곽도시의 공략 때는 스바루의 제안에 전면

협력하여 나츠미 슈바르츠와 함께 유랑 예능인 공연단의 무용수 비앙카로서 적 본진에 쳐들어가는 위험을 무릅썼다.

프리실라와 예사롭지 않은 관계라는 의혹을 풍기고, 그 요르나로부터도 구애받으며, 심지어 마도에서 루이를 살려 둘 수 없다고 망설임 없이 선언하여 이별한 관계.

그럼에도 검노고도를 벗어난 뒤에 제국 전토를 둘러싼 정세를 들었을 때, 그것이 그가 사주한 짓임을 의심 없이 믿을 수 있던, 옥좌에서 쫓겨난 진짜 황제.

제도 루프가나를 방기하고, 대규모로 피난과 퇴각이 이루어지는 상황에서는 지휘봉을 잡고 다시금 정점으로서 인도하고 있다는 명성 높은 현제——.

"그 빈센트 볼라키아 씨가 문안을 와 주시다니 영광이야. 마침 잘 됐는데 삼과 깎아 줄래?"

"장난을 치지 마라. 짐은 과일 껍질 따위 깎지 못한다. 애초에 삼과가 어디에 있나."

"어디냐니……."

방에 발을 들이고 걸어오는 남자의 물음에 스바루의 시선이 옆을 보았다.

이런 상황이면 어디나 똑같은지 이세계에서도 부상자나 병자의 문안에는 과일이 정석이다. 그러므로 지금도 침대 옆 탁자에는 과일이 든 바구니가 있다.

물론 바구니에 든 삼과의 자기주장은 상대에게도 보이고 있을 것이다.

"그 과일바구니야. 빨간 게 맛있어 보이잖아."

"멍청한 것, 짐을 우롱하느냐? 삼과란 하얀 과일이다."

"그야, 껍질 벗긴 속은 하얗지만…… 잠깐. 이 대화, 엄청 기억 저편에서 똑같은 경험을 했던 것 같은데."

꽤 어렴풋한 기억이지만 꽤 오래 전에 같은 대화를 나눈 적이 있었던 것 같다.

그때의 상대가 누구였는지 자세한 부분까지는 생각나지 않지만, 상류 계급이란 이렇게까지 지독하냐고 지금과 같은 감상을 품은 기억이 있었다.

어쨌든──.

"너도 모르는 게 있구나. 뜻밖이야."

시리어스한 대화의 서장으로서는 영 칠칠치 못하지만, 좋은 의미로 긴장이 풀리는 시작인 감이 있다.

스바루의 그 말에 남자── 아벨은 과일바구니에 손을 뻗어 같이 들어 있던 과도로 삼과를 반으로 쪼갰다. 당연히 삼과의 하얀 단면이 드러났다.

"───."

확고부동한 증거를 앞두면 아벨도 삼과의 진실을 인정할 수밖에 없으리라. 그는 말없이 과도를 바구니에 도로 넣고 반으로 쪼갠 삼과를 방치한 채로 스바루를 보았다.

이성적인 검은 눈을 일렁이게 만드는 것은 여전히 착각할 여지 없는 적의였다.

"설마, 삼과 색으로 망신당했다며 화내는 건 아니겠지. ……아까, 나를 이상한 호칭으로 부른 건."

"친룡왕국의 『별점쟁이』다."

"그거."

스바루는 그 호칭을 새삼 의식하고서 짚이는 바가 없어서 눈썹을 찌푸렸다.

들은 적이 없는 단어는 아니다. 분명히, 이 제국에서 황제 옆에 붙어 있는 점술사가 그렇게 불린다는 듯한 이야기를 들었다.

그것은 루그니카 왕국의 예언판인 『용력석』처럼, 미래를 보여주는 존재라고.

"아니, 더 표현이 나쁜…… 내일을 엿본다는 식으로 표현하던 것 같아."

"그 인식이 맞다. 짐은, 그 존재를 그렇게 파악하고 있다."

"그렇다면 너, 나를 엿보기꾼 자식이라고 말한 셈인데, 알고 하는 말이야?"

시대에 따라선 당연하게 즉결처분감인 모욕이 아닐까. 스바루가 아는 현대적으로 말하자면 명예훼손을 민사 소송으로 다툴 각오다.

그러나 스바루의 대꾸에 아벨의 표정은 미동도 하지 않았다. 장난에 어울리지는 않겠다고, 스바루와 같은 색인데도 깊이가 다른 검은 눈으로 고하고 있다.

물론 스바루도 장난할 의도는 털끝만치도 없지만——.

"네놈은, 어디까지 파악하고 있지?"

"어디까지 파악하느냐니, 상황 말이야? 그거라면 자세한 얘기는 거의 듣지 못했어. 에밀리아랑 일행이 막 일어났다고 마음 써 주느라…… 퇴각 중이란 건 알고 있어."

"――――."

"내란은 일단 스톱하고, 제도에서 다 같이 도망치는 도중……. 혼란이 장난 아닐 텐데 소란이 없는 모양이란 말이지."

아벨의 물음에 스바루는 감탄한 기분을 솔직하게 전했다.

달리고 있는 용차, 창밖을 흘러가는 밤의 경치지만, 『바람막이의 가호』가 진동 및 바람 소리에서 지켜 주고 있음을 감안해도 주변은 매우 조용했다. 용차가 한 번도 멈추지 않은 것은 눈에 띄는 트러블이 일어나지 않았다는 증거이기도 하다.

상당한 인원수, 헤아리자면 수만 명 단위의 피난 활동이 이루어지고 있음에도 불구하고 말이다.

"『구신장』입네 뭐네 하는 구심력도 있겠지만, 그것만으로는 이렇게 될 수 없지. 역시 보통내기가 아니야, 너."

"――――."

"솔직히 오른팔과 참모에게 배신당해 옥좌에서 쫓겨났다는 말을 들었을 때는 네가 황제로 돌아가도 괜찮겠냐고 진지하게 생각했었지만, 그래도 옳았군."

통솔력이나 카리스마, 소위 사람 위에 서는 자의 자질이리라.

단순한 능력의 우열만으로는 성립되지 않는 그 부분은, 흙과 땀에 범벅되어 체득할 때도 있겠지만 날 때부터 지닌 자도 적지 않게 존재한다.

그것이 각국의 왕족이거나, 다양한 단체의 수장이라는 이야기다.

그런 의미로, 유사시에 자신의 발판을 확고히 다진 아벨에게는 주위 사람들이 따르고 우러러 볼 만한 포텐셜이 역시 존재했다는 뜻이다.

"반신반의보다 믿는 쪽에 기울었다는 게 열 받지만, 네가 황제라 정답……."

"──그것도, 네놈의 의도대로인가."

"응?"

조용한, 그러나 목소리에 분명히 담긴 감정. 그것이 하도 생뚱맞게 느껴져서 스바루의 뇌가 이해를 거부했다.

그 결과, 스바루는 뻗어오는 손을 피하지 못한 채 이마를 잡혀 침대에 쓰러졌다. 그리고 무슨 짓이냐며 항의하기 전에, 목에 날카로운 감촉이 닿은 것을 알 수 있었다.

그것이, 방금 삼과를 자른 과도의 칼끝임을 금세 깨달았다.

깨닫긴 했어도 의도를 모르겠다. 과도를 잡고 있는 아벨이, 그렇게 스바루에게 적의── 아니, 목소리에 담긴 것과 같은 증오를 겨눈 의미를.

"──────."

바로 지척이라 서로의 숨이 닿을 거리에서 스바루와 아벨이 대치한다.

여기서 스바루가 섣불리 큰 소리를 질러 도움을 청하면, 아벨은 망설임 없이 과도로 스바루의 목을 가를 것이다.

하지만 동시에 지금 당장 그러지 않는 것은, 아벨에게 그러지 않을 이유가 있기 때문이다.

 "무슨, 생각이야……."

 "무슨 생각을 하느냐고 질문을 들을 쪽은 네놈이겠지. 도대체 네놈은 이 결과를 어디까지 보았었지? 여기까지 모든 것이, 네놈이 그린 그림대로인가."

 "그러니까……! 무슨 말을 하는지 모르겠다고 하잖아. 내가 뭘 꾸미고……."

 "──어째서, 치샤가 아니라 짐을 남겼지?"

 목에 들이댄 칼날보다 훨씬 날카롭게 파고드는 음성. 그것이 스바루의 말문을 막고 과도를 잡은 아벨의 손을 와들와들 떨리게 했다.

 이를 악문 아벨이 지근거리에서 스바루를 노려보며 내뱉은 말.

 그것은, 스바루가 곧바로 이해할 수 있는 내용이 아니었다.

 "아벨……."

 "빈센트 볼라키아다."

 "─────."

 "짐은 아벨 같은 게 아니다. 볼라키아 제국 제77대 황제, 다름 아닌 빈센트 볼라키아다. ──그것이, 네놈이 바란 결말이 아닌가."

 쥐어짜 내듯이, 아벨── 아니, 빈센트가 밉살맞다는 듯이 이름을 밝혔다.

 마치 그 이름을 자신이 대는 상황을 저주하는 듯한 태도. 그 의미가 이해되지 않아서 스바루는 눈썹을 찡그렸다. 그야 그렇지 않은가.

"너는 그 이름과 관을 되찾기 위해서 싸웠던 게 아니냐고……."

"아니다. 짐은 황제의 책무를 완수하고자 노력했다. 『슈드라크의 민족』과의 맹약도, 성곽도시의 함락도, 요르나 미시구레와의 교섭도, 내란의 유발도 전부 그 때문이다."

"황제의, 책무……?"

"옥좌에서 빈센트 볼라키아는 쓰러진다. 거기서부터 시작되는, 제국을 멸망시키려는 『대재앙』에 대항하기 위한 수단을 남긴다. 그것이, 짐의 책무다."

"하……."

선고된 말에 이해력을 빼앗긴 스바루는 갈라진 숨을 흘렸다.

처음 들은 그 내용은 빈센트가 숨기고 이야기하지 않았던 자신의 계획. 『대재앙』이라는 귀에 익지 않은 단어도 이해하기 어렵지만 정말로 이해 불능인 것은 다른 부분이다.

이 남자는, 빈센트 볼라키아가 쓰러지고 『대재앙』이 시작된다고 말했다.

그리고 그 『대재앙』에 저항할 수단을 남기겠다고 말한 것이다. 찾는 게 아니라 남기겠다고.

그 말투로는, 마치──.

"자기가 죽는 걸, 알고 있었다는 말투잖아……."

스바루는 목에 닿은 차가운 죽음의 칼끝을 확연하게 느끼며 중얼거렸다.

'죽음'을 눈앞에 두었다고 할 수도 있는 스바루. 그런 스바루에게 손에 든 '죽음'을 들이대는 빈센트의 검은 눈———. 그 칠흑 너머에 있는, 확고하며 종잡을 수 없는 무언가의 정체를 직감했다.

그것은 체념이다. 저항할 의지로 장식된, 포기였다.

"그렇다. 짐은 자신의 죽음을 계획의 일부로 삼았다. 짐이 쓰러진다 해도 볼라키아 제국이 멸망하는 사태가 되거나 하지는 않도록, 그 책략을 남기고."

바로 그때, 그 직감이 옳다고 다름 아닌 빈센트 본인이 긍정하는 바람에, 스바루의 머릿속은 새빨갛게 물들었다. 감정이, 폭발한다.

"야, 너. 웃기지 말라고!"

스바루는 이를 드러내며 눈앞의 빈센트——— 아니, 겁쟁이 자식에게 고함쳤다.

목에 날카로운 아픔이 번진다. 하지만 그것은 나중에나 신경 쓸일이다. 지금은 그저 이 아는 척하는 겁쟁이를 때려눕히는 쪽이 훨씬 급하다.

격발한 채로 외쳤다.

"그렇게나 많은 사람들을 쥐고 흔들고서, 그렇게나 위험한 다리를 건너게 해 놓고서, 그렇게나 쓸데없이 먼 길 돌아가게 해 놓고서, 마지막에는 자기가 죽을 생각이었다? 웃기지 마!"

"웃기려고 하는 짓이겠나. 네놈이 말한 여정 전부는, 필요하기에 지난 길이다. 그 귀결이 짐의 죽음이라 해도 제국의 존망이 달린 중대사와 비교할 여지도 없다."

"그런 소리가 아니야! 내가 말하는 건, 왜 네가 맨 먼저 자기 목숨을 포기하고 있느냔 소리라고! 커다란 재앙? 그게 뭐라고! 네가 살아서 요격하면 되잖아!"

"무지한 자가 넋두리를 늘어놓지 마라. 짐이 살아 있는 중에는 『대재앙』이 찾아오지 않는다. 그 전제 때문에 세운 방책이다. 그것이 뒤집힐 일은——."

"뒤집히지 않는다고 누가 정했어! 너는 머리 좋으니까『대재앙』이든 뭐든 속여서 끌어내면 그걸로……."

"——뒤집을 수 없다고 가르쳐 준 것은 네놈들『별점쟁이』이지 않나!"

——그 순간, 빈센트의 감정이 폭발하여 커진 목소리가 튀어나왔다.

"———."

그 격발에 스바루와 빈센트 사이를 공백이 지배했다.

스바루가 감정적으로 말을 쏟아낼 때 빈센트는 감정을 죽이려 애쓰고 있었다. 그것이 말다툼 도중 갑자기 한계를 맞이했다.

그 격발이 얼마나 빈센트에게 상정 외였는가. 그것은 스바루에게 들이댄 과도의 날을 반대쪽 손으로 직접 잡아야만 할 정도였다.

"———."

칼날을 잡은 빈센트의 손에서 피가 뚝뚝 흐르며 하얀 시트를 더럽힌다.

그러나 스바루도 빈센트도, 그 의식은 흘린 핏방울이 아니라 서로의 눈, 그 너머에 있는 상대의 진의에 쏠려 있었다.

또다시 빈센트는 스바루를 『별점쟁이』라고 불렀다.

그것이야말로 빈센트 볼라키아가 나츠키 스바루를 증오하고, 이렇게 과도를 겨누지만 찌르지 않고 있는 원인이다.

그 사실을 이해했기 때문에 의문이 풀리지 않는다.

"『별점쟁이』가, 가르쳐 주었다니……."

"──틀 밖에 존재하는, 천상의 관람자의 목소리를 듣는 『별점쟁이』. 그놈들은 앞날에 일어날 수 있는 일을 이야기하며, 피해를 최소한으로 억누를 기회를 준다. 하지만 그것은 피해의 크기를 말하는 거다. 미연에 막을 수 있다는 이야기가 아니야."

빈센트가 격발한 감정을 다시 죽이고, 『별점쟁이』에 관해서 이야기하기 시작했다.

그가 말한 내용에는 스바루도 짚이는 구석이 있었다.

『별점쟁이』가 정말로 미래를 예지한다면, 그것이 쉽게 바꿀 수 있는 게 아님을 스바루도 실제 체험으로 알고 있다. 운명의 수정력은 최대한 고정된 형태로 시간의 흐름을 수렴시키려고 도전자를 무자비하게 짓밟는다.

『별점쟁이』의 예지도 그런 스바루의 경험칙과 비슷한 것이다.

예를 들어 스바루가 천재지변에 말려들어 『사망귀환』했을 때, 그에 대비해 피난하게 주위를 설득할 수는 있어도 천재지변 자체를 막을 수는 없다.

그것이 집이나 성을 부수고 누군가가 희생되는 사태를 전부 막을 수 있을지는 해 보지 않으면 모르지만, 예사로운 난관이 아님은 의심할 여지가 없었다.

　"『별점쟁이』는 여태껏 수도 없이 제국의 위난을 미리 알아맞혔다. 최대한 그 위난에 대처했지만 구하지 못하는 자는 나오지. 따라서 방책이 필요하다."

　"방책⋯⋯."

　"어떻게 피해를 최소로, 잃는 것을 제로에 가깝게 할 수 있느냐는 방책 말이다."

　──미래에 기다리는 재앙, 더 많은 이들이 그것을 극복하기 위해서 할 수 있는 일. 더 많은 이들이 그에 남겨지지 않도록 할 수 있는 일.

　그것을 실현하기 위해서 빈센트 볼라키아가 고심해 왔다면.

　"짐의 죽음을 속삭인 것은 네놈들이다, 『별점쟁이』. 그런 네놈들의 입에서 짐의 죽음을 뒤집으려니 잘도 지껄이는군. 짐을⋯⋯ 나를, 우롱하고 있나⋯⋯!"

　"기, 기다려 줘! 아까부터 뭔 소리를 하고 있어? 나는 『별점쟁이』 같은 게⋯⋯."

　"──네놈은 아직 일어나지 않은 앞날을 본다. 기만하지 마라, 나츠키 스바루."

　"＿＿＿＿＿＿."

　그 한마디에 스바루는 심장이 멎은 듯한 충격을 맛보았다.

　자신의, 속내를 토로하는 과정에서 황제의 가면이 벗겨지고 그 안에서 보인 것은 빈센트 볼라키아가 아니라 아벨이라 이름 댄 결점투성이 남자의 얼굴이다.

그리고 그 남자가 곧게 바라보며 고한 말에 스바루는 이해했다.

"──아."

빈센트── 아니, 아벨이, 스바루를 『별점쟁이』라고 부른 이유를 알았다.

아벨은, 스바루의 『사망귀환』을 꿰뚫어 본 것이다.

정확히는, 『사망귀환』을 꿰뚫어 본 것이 아니라 스바루가 목숨을 잃어 시간을 역행해 미래의 정보를 갖고 돌아오는 사실── 앞날을 알 방도가 있다고 꿰뚫어 보았다.

그리고 그것이, 자신이 아는 『별점쟁이』의 예지와 동일한 것이라고 이해한 것이다.

"────."

생각해 보면 그것은 자연히 일어날 만한 오해였다.

그야 그렇지 않은가. 스바루 본인부터 아벨이 말한 『별점쟁이』의 설명에, 자신의 『사망귀환』과의 공통점을 찾아내어 이해하고 납득하려 노력하지 않았던가.

『별점쟁이』의 실례를 알고 스바루의 행동이 본래의 실력에 걸맞지 않은 성과를 내면, 거기서 관련성── 아니, 같은 존재라고 여겨도 아무 이상할 게 없었다.

아벨의 안목은 확실하다. 그의 통찰력은 사물을 정확히 판단한다.

그런 그의 안목에 걸리면 스바루가 제국에서 겪은 온갖 사태에 미숙한 실력과 단순한 강운만으로 살아남은 것이 아니라고 금세 알았을 것이다.

그래서, 그래서다.

"그래서 너는, 내 의견을 늘 제대로 들으려 했었나."

미래를 보고 최선의 수를 선택한 결과의 제안이라고 스바루의 의견을 해석하면, 그것이 얼마나 어처구니없게 들리는 제안이라도 무시할 수 없다.

슈드라크의 촌락을 태우게 두지 않은 것도, 성곽도시 공략을 위해서 여장한 것도, 마도 카오스프레임에 가는 여행길이나 요르나와의 교섭에서도 그렇다.

아벨은 언제나 스바루의 제안을 진지하게 검토하고, 실현 가능성을 찾았다.

그렇게 아벨은 『별점쟁이』일 스바루조차 제국의 존망을 다투는 반면에 끌어들여 장기짝으로 삼으려 했다. ──자신이 사라진 뒤의, 저항할 방법의 하나로서.

그런데도──.

"네놈은, 치샤가 아니라 나를 남겼다."

"_____."

"나츠키 스바루, 네놈은 범용한 인간이다."

그것은 직전까지와 또 다른 형태로 감정이 사라진 음성이었다.

감정을 죽이려는 것이 아니다. 죽이려고 하면 살아 있는 감정이 신음하는 소리가, 밖에 외치려는 소리가 들린다.

하지만 아무것도 들리지 않는다. 죽이려는 것이 아니라 감정이 죽고 말았다.

감정이 죽은 음성으로 아벨이 스바루에게 무색의 말을 뱉었다.

"어리숙하고, 풋내 나고, 어리고, 괴로움을 많이 남긴 인간이다. 특필할 만큼 선량하지 않거니와 특필할 만큼 악랄해질 수도 없지. 아무 일도 없으면 아무것도 이루지 못하며 평범한 자로서 죽었겠지."

담담히 거론되는 스바루의 인물평에 반박할 여지를 찾을 수 없었다.

아벨이 관찰한 대로, 스바루는 특별한 인간이 될 수 없다. 몸과 마음이 어린 나이에 잠겨서 과거 자신을 신동이라 믿을 수 있던 시절로 정신이 되돌아갈 수 있었어도 언젠가 올 미래의 자기 모습도 알고 있다. 그런 어중간한 인간이 자신이다.

하지만――.

"범용한, 평범한 자에게는 과분한 기회가 주어졌다. 네놈은 그것을 충분히 살려서 오늘 이 순간까지 살아왔지. 범용한 점도, 평범한 자라는 점도 그대로 남긴 채 선량과 악랄 어느 한쪽으로 강하게 기울지도 않고서."

"아벨……."

"네놈은, 범용한 인간이다. ……그렇다면, 어째서냐."

아벨이 질끈 세게, 세게 이를 악물며 스바루를 보고 있었다.

그 표정을, 고상함도 떳떳함도, 여유도 자신도 전부 내던지고 황제의 가면을 벗고 안에 있는 민낯을 보이며 목소리를 떨고 있었다.

떨리는 목소리 그대로, 떠는 목소리 그대로 외쳤다.

"어째서 나를 남겼나, 나츠키 스바루!"

"_____."

"네놈은 이 제국에 아무 연고도, 의리도 없다. 오늘까지 지기가 된 많지 않은 자들을 지킬 뿐, 그것만으로 만족할 수 있을 테지. 무엇 때문에 나를 구했나! 무엇 때문에, 네놈과 상극인 나를 구하겠다는 생각을 했지……!"

"_____."

"어째서냐……."

격정을 일으킨 나머지 갈라진 아벨의 목소리가 어째서냐고 묻는 마음이 얼마나 큰지 웅변했다.

더없이 세게 움켜쥔 과도의 날은 더 깊게 그의 손에 파고들었다. 더더욱 많이 나는 피를 보다 못한 스바루가 반사적으로 과도를 놓게 하고 피를 막으려 했다.

그러나──.

"만지지 마!"

"아윽."

내민 손을 거칠게 쳐내어 스바루는 아픔에 얼굴을 찡그렸다.

쳐다보니 휘두른 아벨의 손에 잡힌 과도가 스바루의 손을 베어 이쪽도 핏방울이 뚝뚝 흐르고 있었다.

마주 보는 두 사람 사이에서 방울지게 내버려 둔 피로 시트가 더더욱 더럽혀진다.

그렇게 흐르는 피도, 더러워지는 시트나 바닥도 무시하고 입을 연다.

"지금의 그것도 그렇다. 그것이 네놈에게서 가장 이해할 수 없고, 나하고 가장 맞물리지 않는 태도다."

"――――."

"그때그때의, 그 찰나의 감정에 맡겨 그때까지 품던 자신의 신의나 생각조차도 걷어차 버리지. 규정한 것을 지키지 않고 이래야 한다고 결심한 것조차 쉽게 번복하여, 구할 대상과 구하지 않을 대상을 분간하지도 못한 채 무턱대고 손만 뻗고 있어."

"――아."

흐르는 피를 개의치 않으며 어두운 눈빛을 보내는 아벨의 말에 스바루는 숨을 집어삼켰다.

상처의 아픔을 잊게 하며 스바루의 사고를 얼린 아벨의 말. 그것은 바로 얼마 전에 스바루를 괴롭힌 남자의 비난과 똑같이 날카롭게 마음을 후벼 파고 있었다.

「――하지만, 당신은 카츄아를 구할까 말까, 선택하려는 심보였지?」

그것은 의식을 되찾기 전의, 의식을 놓기보다 전에 던져진 말이다.

나츠키 스바루와 결코 공존할 수 없다고, 나츠키 스바루를 이해할 수 없는 괴물이라고 단정하며 부득이하게 결별한 토드 팽이 겨눈 말의 칼날.

『사망귀환』이라고도 『별점쟁이』라고도 스바루를 단정하지 않았지만, 늑대인간으로서 살아가며 갈고닦은 안목인지 그 또한 스바루의 특이성을 꿰뚫어 보고 그렇게 정의했다.

「뒤죽박죽이라고! 자기는 언제 죽어도 상관없다는 눈빛으로,

남의 목숨도 자기 기준의 저울에 올려놓고서 여차하면 필사적으로 저항하지. 소름이 끼쳐!」

토드의 차가운 눈빛이, 열기 없는 목소리가 눈앞의 아벨과 겹친다.

아벨의 눈빛에는, 목소리에는 분노의 열기가 있지만 그래도 두 사람의 인상은 겹쳤다. 아마 그 이유는 양쪽 다 스바루와의 결별을 결심했기 때문이다.

본질면에서 공존할 수 없는 나츠키 스바루를, 자신의 세계에서 제거하겠다며.

「자각이 없는 게 질이 안 좋아. 당신은 생명을 취사선택하고 있어. 누구를 구하고, 누구를 죽게 할지, 자유롭게 결정하고 있는 거지. 아양 떨며 속내를 보여 주는 상대는 귀여워하지만, 그렇지 않은 상대는 마음에도 두지 않아. 나는 누구에게 아양을 떠는 것도 속내를 보여 주는 것도 주저하지 않지만…….」

「취향대로 휙휙 남의 생사를 결정하는 놈하고 어울릴 수가 있겠냐.」

토드는 자신을 흉행으로 내몬 것은 스바루의 사고방식과 태도라고 말했다.

물론 스바루도 그 말을 곧이곧대로 받아들여 자기가 잘못했다고 생각하지 않는다. 스바루 딴에 옳다고 생각해서 해 온 일이다. 그런데 호락호락 태도를 뒤집으면 오늘까지 스바루를 믿고 따라와 준 동료들에게 들 낯이 없다.

단지 동시에, 아예 부정할 수 없는 진실은 분명히 존재했다.

──스바루가 누구를 살리고, 누구를 죽게 할지 선택하고 있다는 말이다.

　"＿＿＿＿＿＿＿."

　『사망귀환』의 권능으로 스바루는 소중한 사람들의 운명을 바꿔 왔다.

　목숨을 잃을 수밖에, 서로 상처를 줄 수밖에, 소중한 것을 서로 빼앗을 수밖에, 서로 이해할 기회를 멀리할 수밖에 없던 사람들의, 그렇게 될 운명을 뒤틀어서 살아왔다.

　스바루의 결단과 행동으로써, 스바루의 주위에서 목숨을 잃고 불행해지는 사람의 수는 확실하게 줄었을 터다.

　그러나 나츠키 스바루도 모든 사람을 구해 온 것은 아니다.

　구하지 않겠다는, 구할 수 없다는, 긍정인가 부정인가의 차이는 있어도 그러겠다고 결심해서 시간을 역행하지 않고 진행해 온 사실은 움직이기 어렵게 가로놓여 있다.

　'적' 전부를 없애 온 것이 아니다.

　하지만 '적' 전부를 구한 적도 없다. 스바루는 구할 자와 구하지 않을 자를, 대체 어떻게 선별해 왔는가.

　그것이, 스바루의 개인적인 호오인 게 아니냐고 토드는 두려워 했던 것이다.

　"아니지, 그게 아니다, 나츠키 스바루. 네놈이 하는 짓은 타인에 게 품은 호오조차 아니다."

　"……어."

　메워지지 않던 토드와의 도랑을 새삼 의식하는 스바루를, 고개를 가로저은 아벨의 말이 잡아 세웠다.

　스바루가 숨을 죽이고 고개를 들자 아벨은 말했다.

　"네놈이 주관적인 인간성의 호오로 구할 자와 구하지 않을 자를 정했으면 그나마 이해가 되었다. 하지만 네놈은 기피하는 인간조차 구하지. 나에게 그랬듯이."

　"그렇지는……."

　않다고 단언하려던 스바루의 말은 이어지지 않았다.

　싫어하는 상대를 구하지 않는다고 주장할 수는 없었다. 실제로 스바루는 기피하는 상대에게도 손을 뻗었다. 뻗었는데 닿지 않았을 뿐이다.

　닿지 않았다. 그런데도 스바루는, 토드에게도 손을 뻗으려 했다.

　버리지 않고 끝났다. 갈등하면서도 스바루는 오늘까지 루이와 함께 있었다.

　기피하는 상대에게도 손을 뻗었다는 말이 틀리지 않은 행동을 했었다.

　"——왕국에서 온 무리를 데리고 볼라키아를 떠나라."

　아연히 자신의 행실을 돌아보던 스바루를 갑작스러운 말이 때렸다.

　느릿느릿 시선을 올리니 들고 있던 과도를 과일바구니에 도로 넣은 아벨이 표정에서 분노의 빛깔을 지우고 이전과 같은 표정으로 말하고 있었다.

　그는 태도의 변화와 건넨 말의 내용에 놀라는 스바루에게 마저 말했다.

"지금부터 제국은 『대재앙』과의 싸움에 돌입한다. 내가 만들려던 중요한 부분이 달라졌지만 방법은 있지. 거기에 네놈은 필요 없다."

"뭣……."

"시시한 것을 물었군. 네놈의 의도가 어쨌든 이미 생긴 일은 생긴 일이라 간주해야 하는 법이지. 이유의 옳고 그름을 묻다니 더 없는 낭비야."

그것은 스바루를 향한 말이라기보다 자신을 향한 말이었다.

여기에서 나눈 스바루와의 감정적인 대화, 감정을 배제한 대화, 그것들 전부를 뭉뚱그린 대화를, 아벨은 일방적으로 끝내려 들었다.

아벨답지 않은 태도 수준이 아니었다.

감정적이 되었을 때에도 감정이 죽었을 때에도 화제에 오른 '치샤'라는 이름은 스바루도 짚이는 바가 있다.

아벨의 말로 미루어 보건대 제도에서 벌어진 싸움 도중에 목숨을 잃었을 치샤──그를 어째서 구하지 않았느냐고 말할 수밖에 없던 것이 아벨의 본심이리라.

아벨은 그 본심을 덮어 두고 없던 일로 치고서 나아가려고 한다.

"귀국 준비를 해 두어라. 국경을 넘는 데 필요한 수배는 전부 마치겠다. 뒷일은 모두 제국의── 짐의 문제다."

그렇게 자신의 호칭을 고친 것은 아벨로서 하는 언행을 봉인하고 황제 빈센트 볼라키아로서 나아갈 것을 결심한 각오의 표명.

그리고 그것이 그에게 어느 정도의 의미를 가진 것인지, 얼마나 무거운 것을 맡았기에 나온 결단인지 스바루로서는 이해할 수 없다.

나츠키 스바루가 빈센트 볼라키아를 이해할 수 없다.

빈센트 볼라키아도 나츠키 스바루를 이해할 수 없다.

그렇기에 이 무익한 한때는 서로 피만 흘리며 끝나고——.

'당신은 괴물이야. 그 좀비보다 훨씬 더.'

"————."

이해할 수 없다고, 메울 수 없다고, 결별은 피할 수 없다고, 멋대로 단정 지으며 멋대로 끝내고서.

그런 식으로 끝낸 것이 분하지 않았었냐, 이 멍청한 자식아.

"이봐, 아벨."

등을 돌려 대화는 끝이라고 태도로 표시한 황제가 문 쪽으로 나아간다. 떠나가는 그 호리호리한 등에 말을 건네자 황제는 조용히 숨을 내쉬고 발길을 멈추었다.

그대로 황제는 열기 없는 눈과 표정으로 돌아보고 통고했다.

"깨닫도록 해라. 짐은 빈센트 볼라키아이며 아벨이라는 남자가 ————."

"——시끄러, 이나 꽉 물어."

탄력 있는 침대의 스프링을 이용해서 튕긴 스바루가 새치름한 낯짝에 돌격했다.

그 뺨에, 멋대로 모든 걸 다 끝내고 얼른 나가라고 편한 소리만 나불대는 건방진 뺨에, 그 본심이고 뭐고 다 떠안아 감춘 얄미운 뺨에, 아무튼 간에 진짜 부아 치밀고 화딱지 나서 못 견디는, 여태까지 내내 그러고 싶었던 뺨에, 스바루의 작고 피로 범벅된 주먹이 꽂혔다.

7

그 주먹을 지른 순간이, 작아졌다는 사실이 제일 후회되던 순간이었다.

전원이서 하나로 뭉쳐 극복한 검노고도의 참극보다도, 구스타프를 한 편으로 끌어들이기 위해 벌인 『스파르카』보다도, 세실스와 나눈 달 아래의 문답 때보다도, 이 순간, 작은 몸보다 큰 몸 쪽이 조금이라도 더 세게 때릴 수 있었을 텐데 하고 후회되었다.

"너……."

어린 스바루의 주먹을 왼쪽 뺨에 맞아 피로 얼굴을 더럽힌 황제가 눈을 부릅떴다.

시선은 발 아래, 착지에 실패해서 바닥에 구르는 스바루를 보고 있었다. 그러나 그 표정에는 놀람은 있어도 분노는 없다. 굴욕보다 경악이 강했다.

황제는 아픔보다 놀람을 준 스바루의 주먹에 맞은 뺨을 손으로 누르고 물었다.

"목숨이 아깝지 않나?! 짐에게 손을 대면 『양검』의 화염이 자신을 불태울 것을……."

"그래, 아깝지 않다! 지금 여기서, 너를 쥐 패지 않고 두고만 보는 것과 비교하면 타 죽는 것쯤 하나도 안 무서워!"

"뭣……."

노려보는 황제의 눈앞에서 몸을 벌떡 일으키고 큰소리를 친다.

그러자마자 피로가 남은 몸이 휘청거려서 문짝에 등을 부딪혔지만, 마침 잘된 일이다. 스바루는 그대로 문짝에 등을 기대고서 두 팔을 벌려 황제를 막아섰다.

목숨이 아깝지 않다는 말은 순 거짓부렁이다.

하지만 가는 말이 고와야 오는 말이 곱다고, 여기서 약한 구석은 하나도 보여 주기 싫다.

자기 하고 싶은 말만 떠들던 황제에게, 말이든 주먹이든 한 방 갚아 주지 않으면 성이 차지 않았다.

"너희 말이 맞아. 나는 뭐가 뭔지 모를 놈일 거야. 나 자신도 자기가 어떤 기준으로 움직이는지 잘 모르고 있어."

"너희, 라고……?"

입술을 깨물고 노려보는 스바루의 말에 황제가 눈썹을 찌푸렸다.

스바루의 손에 흐르던 피로 얼굴을 더럽힌 황제는 뺨에 짚은 손을 내리고, 복수를 지칭하는 발언의 방향이 자신 말고 다른 이에게 향한 것인지 생각에 잠겼다.

하지만 아무리 생각해도 알 턱이 없다. 눈앞의 남자는 황제이고, 다른 한 남자는 직책이 없는 일개 병졸에 불과했다.

하지만 그 두 사람이 스바루에게 입힌 상처, 지적한 상흔은 동일한 것이었다.

"좋아하는 사람을, 소중한 사람을 우선해서 지키고 싶어. 내 솔직한 기분이야. 하지만 싫어하는 사람이나 모르는 사람이라도 눈앞에서 위험하다면, 나는……."

토드는 스바루가 주관적인 호오로 구할 상대를 선택하고 있다고 말했다.

아벨은 스바루가 호오조차 아니라 아무렇게나 구할 상대를 선택하고 있다고 말했다.

그것은 양쪽 다 옳으며, 양쪽 다 옳기에 틀렸다.

왜냐면——.

"그런데, 그거, 그렇게 잘못된 일이냐……?"

"뭐?"

"안 되는 거냐고. 일생을 짊어질 각오도 없이, 거창한 의의도 없이, 눈앞의 인간을 충동적으로 구하면 안 되냐?!"

언성을 높이고 발을 구르는 스바루의 항변에 황제가 검은 눈을 부릅떴다.

그답지 않은 태도와 표정이 연발되고 있지만 스바루는 더욱 밀어붙였다.

"네 말이 맞아! 나는, 나한테 보이는 걸로 사물을 따지고 내가 닿는 범위에서 손을 뻗으며 오늘까지 해 왔어. 그게 뭐가 나쁜데!"

"네 이놈, 적반하장이냐?! 뭐가 나쁘냐고? 명료하지 않나! 어째서 네놈은 대국을 바라보지 않고 자의적인 감정대로 움직이지?

주어진 권능을, 무엇 때문에 활용하지 않나!"

"나는 전부 다 썼었어! 활용해서 여기에 서 있다고! 감정적이 되지 마라?! 말 같은 소리를 해! 내 감정을 내가 어떻게 쓰든 내 마음이지!"

"그렇다면 적어도 그 감정에 따라라! 호오로 사람의 생사를 결정할 거라면 그 방식을 굽히려 들지 마라. 네놈의 처신은, 온통 일그러졌다."

"바르게 살아서 나온 게 네 결론이라면, 내 근성이 삐뚤어진 게 참 다행이다!"

황제가 여전히 태도를 힐난하자 스바루는 반박과 함께 발을 찼다. 황제의 정강이를 몇 번이고 몇 번이고 차며 참지 못할 분노를 전력으로 폭발시켰다.

그런 스바루의 발작이 담긴 발차기에 황제는 뺨을 일그러뜨렸다.

"대화할 가치도 없군."

그리고 일방적으로 대화를 중단하려 들었다. 또 일방적으로.

황제는 그렇게 가치관의 단절을 팽개치고 가고자 스바루의 어깨를 잡았다. 그대로 비켜 세우려는 황제, 어른과 아이의 완력으로는 거스를 수 없다.

그러니까 스바루는 그 손을 힘껏 깨물었다.

"──큭, 네놈!"

"엇애로 떠드지 마!"

있는 힘껏 깨물어서 황제의 오른손에 잇자국과 상처를 새겨 주었다. 억지로 흔들어 떨친 오른손에서도 출혈, 이로써 과도에 벤 상처까지 합쳐 황제는 양손에서 피를 흘리고 있다.

지엄한 제국의 정점으로부터 피를 보았으니 스바루의 처형은 면할 길 없다.

"그것도 나라가 남아 있을 때의 얘기지, 멍청아!"

"무슨 말을…… 크억!"

떨쳐낸 순간, 스바루는 작은 몸을 가지고 정면으로 황제에게 덤벼들어 그 배에 머리를 밀어붙이고 다리를 낚아챘다. 바이츠에게 배운 싸움 기술이다.

더해서 바이츠의 가르침을 응용한 기술로 넘어가 길거리 규칙상 최강인 마운트 포지션을 잡았다.

위를 보고 쓰러진 황제의 가슴에 올라타서 멱살을 두 손으로 잡고 바닥에 내려친다. 뒤통수를 몇 번이고 찧으면 어떤 상대라도 금세 넉아웃당한다.

그러나——.

"건방, 떨지 마라!"

첫 번째는 놀라서, 두 번째는 혼란 때문에 뒤통수 찧기에 성공했지만 세 번째는 순수한 완력 차이로 막힌다. 그리고 머리채를 잡혀 억지로 몸 위에서 끌려 내려왔다.

"끄앙." 하는 비명과 함께 바닥에 나동그라진 스바루를 흘겨보며 황제가 일어서고, 재차 문 쪽으로 가려 했다.

"어딜 가!"

그런 황제의 무릎에 뒤에서 달려들어 문으로 가던 몸을 억지로 잡아 세우려 들었다. 하지만 기세가 너무 붙는 바람에 상대를 그 대로 앞으로 밀어 넘어뜨리는 꼴이 되었다.

결과적으로——.

"푸."

둔탁한 소리와 함께 황제가 안면부터 방문에 처박혔다.

"_____."

거세게 얼굴이 부딪힌 문에 손을 짚는 소리가 나고, 앞으로 고꾸라져 문에 부딪힌 황제가 몸을 일으켰다. 그리고 뒤돌아선 황제는 두 손으로 스바루의 멱살을 잡고 들어 올렸다.

"우앗." 하고 신음을 흘린 스바루의 몸이 반전, 등짝이 문에 부딪히며 짓눌렸다.

눈앞에서 코와 이마가 벌게진 황제가 발이 공중에 뜬 스바루를 코앞에서 노려보았다.

"네놈은 뭘 하고 싶은 거냐. 뭐가 목적이지. 뭘 바라고 있어!"

"널 때리고 싶다! 널 때리는 게 목적이다! 널 때리는 게 바람이다!"

"네 이놈……."

"네 쪽이야말로 뭘 하고 싶은데. 뭐가 목적이야. 바라는 건 대체 뭔데!"

"_____."

스바루도 멱살을 잡은 황제의 두 손에 손톱을 박고 침을 튀기며 맞고함을 질렀다.

그대로 목을 틀어 황제의 손을 다시 한번 물어뜯으려 입을 벌리지만, 아무리 애써도 닿지 않는다. 하다못해 이거나 하자고 황제의 손에다 침을 모아다가 뱉었다.

그렇게 스바루의 침에 손이 더러워지는 와중에도 황제는 그 굴욕과는 다른 이유로 얼굴을 굳히고, 중얼거렸다.

"짐의, 바람……?"

"그래. 거창한 명목 따위 다 빼고, 뭔가 하고 싶은 일이 있는 거잖아. 안 그러면 이렇게 바쁠 때에 굳이 나한테 찾아올 일 없지."

"_____."

"네가 제일 자기 자신을 모르고 있는 거 아니냐. 아까 네가 한 얘기 중에, 네가 제일 힘을 준 부분이, 제일 마음이 담긴 부분이 제일 중요한 거라고."

제도의 피난 상황 이야기나 스바루가 『별점쟁이』라고 의심하던 이야기. 왕국에서 온 에밀리아 일행의 처우 이야기하고 스바루의 처신을 이해할 수 없다는 단절의 이야기.

그러고 보니 의식 불명에서 부활한 스바루에게 위문 인사도 없었고, 애초에 마도 이후로 재회했는데 한마디도 없었네, 이 자식.

하지만 그런 여러 사정을 빼면, 제일 열기를 띠던 이야기는 명백하다.

"——치샤."

"……어째서냐, 나츠키 스바루."

직전의, 엎치락뒤치락 오락가락 드잡이하며 고조되던 열기를 잃고서 대신에 차가운 열기를 드리운 질문이 다시 튀어나왔다.

폭력을 수반한 그 열기들이 붉은 화염이라면, 그 질문은 푸른 화염이었다.

황제가 푸른 화염을 드리운 눈빛으로 바로 눈앞에 있는 스바루를 태우며 물었다.

"그자를 마련해 둔 것은 짐이다. 그자가 있으면 한 치의 어긋남 없이 짐과 같은 행동을 할 수 있을 테지. 상황에 따라서는 그자 쪽이 무위 면에서 뛰어났다고도 할 수 있다."

"_____."

"짐과 치샤 놈에게 능력 면에서 차이는 없었다. 어느 쪽이 남는다 해도『대재앙』에 저항하기 위한 싸움을 인계하여 최선을 다할 수 있었어. ──어째서냐."

그, 스바루의 검은 눈을 응시하는 황제의── 아니, 아벨의 검은 눈이 흔들렸다.

필시 두 번 다시 벗지 않겠다는 각오와 함께 썼을 황제의 가면이 결의하자마자 벗겨져서 아벨의 민낯이 보인다.

그리고 이 나라의 황제로서가 아니라, 소중한 누군가를 잃은 한 인간으로서 아벨은 스바루에게 묻지 않을 수 없었다.

"어째서 기피하던 나를 살리고 치샤를 죽게 했어, 나츠키 스바루."

자기 자신부터 스바루에게 무엇을 묻고 싶었는지를 자각하고서, 아벨은 드잡이질을 시작하기 전과 같은 질문을 스바루에게 던졌다.

그 목소리에 담긴 비통함과 섬세함은 직전까지 보이던 언행과 비교가 되지 않는다.

빈센트 볼라키아라는 황제는, 자신이 가진 모든 것을 제국을 위해서 쓰고 있었다.

 세계의 4대국으로 꼽히며 그 중에서도 가장 넓은 국토를 가진 대국을 통치하는 황제. 빈센트 볼라키아는 모든 곳을 두루 살피는 존재로서 군림해 왔다.

 그런 빈센트 볼라키아라는 황제가 제국을 위해서가 아니라 단한 사람으로서 질문을 꺼내는 것은, 그 질문 하나에 제국과 필적하는 무게가 있다는 증거다.

 "————."

 어째서 치샤라는 인물은 죽어야만 했는가.

 스바루가 알지 못하는 곳에서 아벨과 치샤는 저울 양쪽 접시에 올라간 채 어느 한쪽밖에 구원받을 수 없는 상황에 빠져 있었다.

 그리고 아벨은 자기 쪽이야말로 무너지는 저울과 운명을 함께할 속셈이었다.

 그 의도가 바꿔치기 당한 것이다. ——아마도 죽은 치샤 본인에 의해.

 "————."

 ——아벨은 자신의 죽음을 언제부터 각오하고 있었을까.

 태어난 이상, 생명은 언젠가 반드시 끝난다. 그런 누구나 알고 있으며 누구나 무의식중에 무시하는 사실과는 전혀 사정이 다르다.

 예언된 죽음에 대한 각오는, 스바루가 『사망귀환』한 원인과 마주 보는 일과 다를 게 없다.

아벨은 언젠가 올 자신의 죽음과 늘 대치하고 있었다.

스바루가 찾아오는 그 '죽음'을 바꿀 수 있다고, 바꿔야만 하는 대상이라고 믿으며 싸우던 것과 같은 각오로 아벨은 늘 싸워 왔다.

스바루가 죽지 않으면 에밀리아나 렘이, 베아트리스가 죽고 만다.

오토가, 탄자가, 슈드라크 사람들이, 플롭이, 많은 사람들이 죽고 만다. 자신의 생명과 맞바꾸어 모두를 살릴 수 있다면.

그러기 위해서 자신의 각오 전부를 써 왔다고 하면, 아벨은.

"나는, 끝내기 위한 준비를 전부 마쳤다. 그렇건만——."

에밀리아가, 렘이, 베아트리스가, 스바루를 대신하고 살려 주었다.

오토가, 탄자가, 슈드라크 사람들이, 플롭이, 많은 사람들 중 누군가가 스바루를 살리기 위해 희생되어 살아남고 말았다.

그 절망을, 다른 누가 알지 못하더라도 나츠키 스바루만큼은 염두에 두어야 한다.

그리 될 가능성을 뒤집고 권능으로써 현실을 갈아 치워 온 스바루만큼은, 아벨이 맛보는 절망을 무턱대고 부정해서는 안 된다.

이해해서 받아들이고, 그다음에 말을 해야 한다.

"——나는, 『별점쟁이』가 아니야, 아벨."

전한 말은, 아벨에게는 이 마당에 이르러 무슨 소리냐는 배신으로 느껴졌으리라.

이 마당에 이르러서 스바루는 그가 원하는 답을 돌려주지 않고 숨긴 것이라고. 하지만 아벨이 스바루를 어떻게 의심하든 사실은 변하지 않는다.

어쩌면 스바루는 『별점쟁이』와 같은 행위를 할 수 있을지도 모른다.

어쩌면 스바루는 『별점쟁이』보다 더욱 운명에 개입할 방도를 가졌을지도 모른다.

그럼에도 만능은 아니다. 만능일 수가 없다.

만능이라면 좋겠지만 만능이 되지 못한다.

"그러니까 네가 말하는 치샤라는 사람을 구할 수 없어. 구할 방법도 모르겠어. 하지만 딱 하나, 할 수 있는 말이 있어."

"……뭐냐."

"……만약, 나한테 정말로 네가 말하는 것과 같은 힘이 있었다치면, 그래도 나는 모르는 사람을 구하기보다 싫어하는 너를 구하는 쪽을 택할 거야. 앞날을 염두에 두었다는 식의 그런 이유 없이 그렇게 할 거야. 그냥, 그럴 테지."

정말로 구제 불능인 성격이라고는 스스로도 생각한다.

하지만 그것이 나츠키 스바루 본인이 이해하는 그릇 속에서, 자신이 가진 능력과 상당한 거짓 없는 결과, 그 결과다.

"＿＿＿＿."

멱살을 잡은 아벨의 손에서 천천히 힘이 빠지고 스바루의 몸이 풀려나왔다.

등이 문에 미끄러지며 스바루의 몸이 추락했다. 아벨의 양손은 여전히 스바루의 멱살을 잡고 있지만 손가락이 하얘지도록 움켜

쥐던 힘은 빠졌다.

　풀려고 마음먹으면 쉽게 풀 수 있는 손이지만 스바루는 풀지 않았다.

　풀지 않은 채로 그저 "아벨." 하고 그의 이름을 부르고――.

　"네놈이 『별점쟁이』가 아니라 한다면……."

　힘없이, 아벨의 입술이 그런 소리를 뱉어냈다.

　하지만 아벨 본인도 뱉어낸 소리에 납득이 가지 않는지, 뒷말이 이어지지 않았다. 아벨의 검은 눈이 정말로 원하는 말을 찾아서 헤매기 시작했다.

　자기 심정을 말로 표현한다.

　어쩌면 나이 어린 아이라도 할 수 있는 일을, 지금까지 한 적 없었을 제국의 황제가.

　"네놈이, 나를 기어이 구하겠다고……."

　"＿＿＿＿."

　"제국의 존망을 다투는 사태 중에, 하찮고 사소한 일에 매달려서……."

　"＿＿＿＿."

　"짐은…… 나는! 네놈의 모습을, 처음 보았을 때부터……."

　"＿＿＿＿."

　어느 것이나 도중에 말이 막히고 만다.

　어느 말도, 감정도, 아벨의 본심을 표현하기에는 부족했다. 몇 번이고 턱 걸려서 본인이 수정하며 고쳐 말하려는 아벨을 스바루는 재촉하지 않았다.

"네놈은, 나를 싫어하고, 적대시해서……."

더듬거리는, 꺼낸 말 뒤에 바라는 답이 없음을 총명한 지혜로 깨달은 아벨은 몇 번이고 몇 번이고 할 말을 고쳤다.

볼라키아 제국이 시작된 이후 처음 등극한 현제라 불리며, 그 예지를 누구나 존경하던 남자가.

그리고 거듭거듭 반복하다가, 드디어 당도한다.

"나는……."

"_____."

"나는, 자기가 죽을 각오를 해 왔다. ……잃을 각오는, 하지 않았어."

남기는 쪽으로서만 마음가짐을 단련하고, 남겨지는 쪽의 마음가짐을 연마하지 않았다.

어쩌면 최후에 남길 말까지 고려했을지도 모른다. 뒤져 보면 그의 유서가 여기저기에서 발견될 가능성조차 있었다.

그것은 전부 훗날에 이어질 자들에게 의탁하기 위한 것이며, 본인이 의탁받는 입장이 될 줄은 전혀 상상하지 못했던 각오였다.

"어째서냐."

떨리는 목소리가, 그렇게 말했다.

떨리는 목소리로 말하면서 아벨이 그 손을, 스바루의 멱살에서 놓았다. 그 손을, 피로 더러워진 자기 손을, 자기 얼굴로 가져가 얼굴을 가렸다.

결코 남 앞에서 두 눈을 감지 않았던 황제가, 두 손으로 얼굴을 가렸다.

"어째서, 나를 남기고 죽었어, 치샤⋯⋯."

두 손으로 얼굴을 가린 채 목소리를 떨며, 그 검은 눈에 어쩌면 눈물마저 띄우고서 빈센트 볼라키아가 무릎을 꿇었다.

소중한, 몹시 소중한 사람을 잃고 서글퍼할 시간조차 없었을 남자가, 황제의 가면을 쓰지 않아도 되는 무례하고 불경한, 싫어하는 상대 앞에서 무릎을 꿇었다.

그 모습을 보면서 스바루도 길고, 길게, 깊고 깊게 숨을 내뱉은 뒤――.

"――미안."

그렇게 부조리한 운명과 계속 싸우던 동지로서, 열심히 싸워 오다 상처 받은 동지에게 결코 위로가 되지 않는 말을 전했다.

8

떠나려던 아벨에게 덤볐을 때, 스바루의 머릿속에 떠오르던 것은 과거 비슷하게 자신을 때려눕혀 준 오토의 기억이었다.

"넌 대단해. 난 너만큼 스마트하게 못 하겠어. ⋯⋯본인에겐 절대 말 못하지만."

못마땅하고 부끄럽다 보니 본인에게 직접 말하는 것은 절대로 싫다.

언젠가 오토가 수명으로 죽을 때에, 베갯머리에서 '실은 대단하다고 생각했었어' 하고 전하는 방향을 검토할 정도다. 정말로 실행하면 설령 숨을 거두기 직전이라도 '왜 여태까지 입 다물고 있

었대요!' 하고 딴죽을 걸리라는 신뢰가 있다.

어쨌든——.

"———."

바닥에 털썩 주저앉은 아벨은 방의 벽에 등을 기대고, 한쪽 무릎을 안은 채 컴컴한 실내에 시선을 보내고 있었다.

스바루도 그 옆에 책상다리로 앉아서 멍하니 고요를 곱씹고 있었다.

아까 떠올린 오토에 대한 감사와 장난은 틀림없이 스바루의 본심이다.

언제였을까, 스바루가 몽땅 혼자서 떠안다가 찌부러지려던 때, 오토는 스바루의 따귀를 후려갈기고 필요한 말을 던져 주었다.

친구 상대로 재미도 없는 폼을 잡는 게 아니라는 말을. ——그 경험이, 스바루에게 침대의 스프링을 튕길 용기를 선사했다.

물론——.

"나랑 너는 친구 같은 게 아니지만."

"——당연하다. 소름 끼치는 말을 하지 마라. 네놈과 벗이라니…… 아니지, 나에게 벗이란 필요 없다. 바랄 것이 아니다."

"친구를 못 만드는 게 아니라, 안 만들 뿐이라는 논법이냐? 그거, 나도 고고한 척하던 시절에 했었는데, 주위는 뻔히 다 알더라."

"네놈의 불경은 적당한 지경을 모르는군."

옆에 주저앉은 채 서로 상대를 보지 않고서 스바루와 아벨이 말을 주고받았다.

옥신각신하고 치고받을 만한 열량은 이미 없지만, 그렇다고 해서 대화를 도중에 끊고 떠날 만큼 행실 바른 처신도 할 수 없다.

스바루의 얼굴에다 옷, 손까지 여기저기 피투성이다.

물론 아벨도 얼굴과 머리카락, 옷 이곳저곳이 피투성이였다.

방 안은 시트가 피로 물들었으며 과도가 바닥에 구르고 있다. 사방에 튄 피가 곳곳에 점점이 얼룩을 만들어서 난장판의 흔적과 혈흔이 도처에 있었다.

실해 현장이라기에는 피의 양이 적지만 범죄 현장이라기에는 충분한 작태다.

"하지만 날뛰어도 방 하나도 못 부수지. 그것이, 나와 너라는 개인의 한계야."

스바루와 아벨이 가감 없이 날뛰어 봤자 끽해야 비품이나 부수는 게 고작.

이 세계의 정말로 위험한 녀석들이 날뛰면 이 방쯤이야 순식간에 흔적도 없이 부서질 것이다. 에밀리아가 귀여운 얼굴과 귀여운 손으로 이 방을 귀엽게 때려 부수는 데에 어느 정도의 시간이 걸릴까.

"나랑 네가 붙어 봤자 귀엽고 자시고 없지."

"……네놈은 대체, 뭘 문제시하고 있나."

"네 쪽이야말로 뭘 문제시하고 있는 건데. 말해 두겠지만 네 얘기가 워낙 두서가 없는 탓에 무슨 얘기를 하고 싶은지 감각적으로 모르겠다고."

"_____."

아벨이 침묵하고 생각에 잠겼다.

그가 그렇게 입을 다문 이유는, 두서없이 말을 했다는 자각이 있기 때문이리라. 본심의 호소에 귀를 막고 듣기 편한, 듣기 좋은 화제만을 고른 결과, 마음이 떠나서 하나도 실속 있는 대화가 되지 못했다.

그것이 방금까지 아벨이 하던 말의 본질이며, 그도 자각한 본인의 잘못이다.

거기서 그가 어떻게 만회할지를 스바루가 기다리고 있으려니──.

"나츠키 스바루, 네놈이 『별점쟁이』가 아니라는 말은 사실인가?"

"……사실이야. 나는 『별점쟁이』가 아니야. 미래의 예지가 어떻다느니, 그건 나보다 마녀교스럽잖아. 그 녀석들하고 난 불편한 사이라고."

"루그니카에서 대죄주교가 두 명 함락당했다는 이야기는 들었다."

"비공개지만 세 명이야. 『폭식』도…… 아니, 『폭식』을 쓰러뜨렸느냐 여부는 어려운 문제니까 잊어 줘. 루이 문제도…… 아!"

"뭐냐."

"너, 루이한테 아무 짓도 하지 않았겠지? 네가 루이를 죽인다고 말했을 때의 일, 나는 용서하지 않을 거거든."

마도 카오스프레임에서, 스바루가 아벨 일행과 따로 행동하는 계기가 된 것이 아벨의 루이를 대하는 단호한 태도였다.

대죄주교라는 사실을 밝혔을 때, 아벨은 그녀를 두고 넘기지 않겠다고 말했다.

　그것이 이유로 스바루는 아벨 일행과 따로 행동하게 되어서 루이와 둘이 고립무원 상태로 요르나의 성에 갔고──.

　"어찌어찌 흘러서 지금에 이르렀지만, 용서는 안 했다고."

　"멍청한 소리를. 네놈 쪽이야말로 그 계집애를 실컷 미워하지 않았나."

　"전은 전, 지금은 지금이야. 그런 식으로 초면 인상을 질질 끌면 내가 지금 친하게 지내는 멤버를 알고 제정신인지 의심할걸, 너."

　"네놈의 정신 상태는 슈드라크의 촌락 시점에서 의심하고 있었다. ──우려할 필요는 없다."

　"어엉?"

　"그 계집애에게 위해는 가하지 않았다. 애초에 그 자리에서도 내가 하려던 말은 대죄주교라고 짐작되는 상대를 즉시 처형하라는 이야기가 아니었어."

　"뭣……."

　"네놈의 지레짐작이다. 깊이 반성하라."

　불필요한 경계였다는 말에 스바루는 말을 잃었다. 하지만 만약 그게 사실이라도 스바루가 그렇게 지레짐작한 이유는 아벨의 담백하고 냉혹한 태도에 있다.

　그때까지 아벨이 태도로 쌓아 온 결과가 그 자리의 불신감으로 이어진 것이다.

　"그건, 네 태도에 문제가……."

"필요했다. 만에 하나라도 네가 나를 살리고 싶다는 마음을 먹지 않도록."

"_____."

"그것도 모든 것은 네가 『별점쟁이』라는 추측에 근거한 것이지. 왕국에서 전례가 없는 성과를 거듭 올리던 네가 평범한 인물로는 이룰 수 없는 일을 이루었다는."

"그건……."

"하긴 굳이 나쁜 인상을 주려고 노력할 필요는 없었지. 연기하지 않아도 너는 내가 가장 싫어하는 부류의 인종이다. 혐오도 모멸도 본심에서 흘러나왔지."

"이 · 자 · 식 · 이……!"

거짓인지 참인지, 선인지 악인지, 아벨의 말에 스바루는 이마에 핏대를 세웠다.

하지만 스바루가 살얼음 위를 걸으며 아벨과의 관계를 더듬었듯이, 아벨도 아벨대로 외줄 타기 같은 심경으로 스바루와 접하고 있었다는 뜻이다.

스바루가 얼음 위를, 아벨이 외줄을 걸으며. 그런 관계는 잘 풀리지 않는다.

서로 자기 발밑밖에 보지 않으며 상대의 얼굴을 쳐다보지도 않으니까.

"……나는, 치샤라는 사람에 대해 몰라. 너를 옥좌에서 쫓아내고 너로 변신해서 황제 행세를 했었지. 카오스프레임에서 황제로서 마주쳤을 뿐이야."

"———————."

"그 사람이 무슨 생각을 하고서, 무슨 계획으로 너를 성에서 쫓아냈는지 알지 못해. 하지만 네가 그 사람이 죽은 것을 그렇게 후회하고 있고, 그 사람이 원래라면 죽어야 했을 너 대신에 죽었다, 그 점은 알겠어. 그러니까……."

더듬더듬 머릿속 생각을 생각나는 대로 말하는 스바루.

서로 얼굴을 마주 보지 않는 게 암묵적인 양해가 되었으므로 그 이야기를 하면서도 아벨의 표정이 스바루에게는 보이지 않는다. 그 점이 무섭기도 했다.

이 아벨이 마음의 평정을 유지하지 못할 만큼 잃은 것을 후회하는 상대다.

그런 사람에 대해 아무것도 모르는 스바루가 거론하기에는, 너무나도 마음에 깊이 파고드는 발언일지도 모른다는 생각도 든다.

그래도 생각을 안 할 수 없다.

그다지 긴 시간이 아닐지 몰라도 이 아벨이라 이름을 댄 남자에게 실컷 휘둘리다 일국의 존망이 어쩌니 하는 사태까지 말려든 스바루는, 생각을 안 할 수 없다.

"그 치샤란 사람, 굉장하네."

어쩌면 생뚱맞을지도 모르지만 밝은 목소리로 그렇게 말했다.

억지로 분위기를 밝히려던 게 아니라 진심에서 나온 칭찬이었다.

실제로 얼마나 존재하겠는가. 볼라키아 제국이 시작된 이후 처음 등극한 현제라고 불리며, 세상만사를 자기 머릿속에서 구축하

고 그 생각대로 일을 진행하는 것을 옳다 여기게 만드는 남자의
의도를 배신하며 자기 목적을 멋지게 성공시킬 수 있는 사람이.

단지 그것만으로도 충분하고도 남도록 칭찬할 만하다고 생각이
든다.

그러고서 남겨진 아벨이 우물쭈물 풀이 죽는 것까지 의도대로
인지 모르겠지만.

"너는, 자신과 그 사람, 어느 쪽이 남았어도 큰 차이 없었다고 말
했어. 그게 사실이라면, 그 사람이 이 상황을 만든 이유는 하나뿐
이야."

"……네놈."

떠오르는 대로 떠드는 스바루의 말에, 고개를 돌리지 않는 채 아
벨이 낮은 목소리를 꺼냈다.

분노로도, 분노가 아니라고도 단언할 수 없는 그 음성은, 아는
척 떠드는 스바루를 규탄하는 것이 아니었다.

"네놈은, 알 수 있겠다는 말이냐? 치샤가, 무엇 때문에 나를 속
였는지를."

스바루가 떠올린 결론을 말하라고 재촉하는 것이었다.

"_____."

아벨은 답을 원하고 있다.

자신의, 아벨의 영리한 머리로도 끄집어낼 수 없는 답을. 그것
이 치샤라는 인물을 모르는 스바루의 입에서 나오리라고, 기대하
기 싫어도 기대하고 만다.

그 기대를 부담감으로 느끼지 않는 것도 아니지만.

"네가 어떻게 여기든 이미 새삼스럽지."

그렇게 뻔뻔해지면 여기서 생각나는 대로 떠들기를 주저할 이유는 없었다.

스바루가 생각하는, 치샤가 자신이 아니라 아벨을 남긴 이유.

그것은——.

"너를 죽이려고 하는 운명과, 운명 상대로 포기한 네가 열 받아서 그런 거야."

"——하."

"자신이 죽어도 네가 살아 주기를 바랐다는 패턴도 있지. 하지만 나는 그게 아니라고 생각했어. 왜냐면 너, 그렇게까지 남에게 사랑받게 살아오지 않았잖아."

설령 자신이 죽어도 그 사람이 살아 주기를 바라는 마음은 이해할 수 있다.

하지만 그런 마음을 품으려면 그 상대를 심히 소중히 사랑하며 그렇게 사랑받을 만한 이유가 필요하다고 생각한다.

언젠가 찾아올 자신의 죽음을 각오하고 훗날에 이어질 이들을 위해서 지면을 다지느라 필사적이던 아벨이 그렇게 사랑받을 짓을 한다고는 믿기 어렵다.

그러니까, 스바루의 답은 이렇다.

"치샤는, 너한테 열 받았던 거야. 그러니까 증명한 거지."

"증명, 이라고? 무엇을…… 나를 속였다고, 내가 어리석다고?"

"네가 머리 좋은 바보인 건 아마 플롭 씨나 미젤다 씨도 눈치챘을걸. 그게 아니고…… 운명이란 것의, 팔길이 말이야."

"운명……."

처음으로 그 단어를 입에 담기라도 하듯이 아벨이 익숙지 않은 것을 혀로 굴리며 중얼거렸다.

실제로 세상만사와 정면으로 대치하고 자기 뜻대로 저항해 오던 아벨이 보자면 모든 장애물이 언어화할 수 있는 대상이며, '운명'처럼 형상 없고 터무니없는 것을 상대한다는 자각은 없었을지도 모른다.

하지만 아벨이 자각 없이 패배를 인정한 적은 틀림없이 운명이다.

그와 동시에, 치샤는 자신의 생명을 이용해 아벨을 살림으로써 증명했다.

"운명과는 싸울 수 있다. ——포기할 이유 따윈 하나도 없다고 말이지."

"————."

희미하게 숨을 집어삼킨 아벨은 선고된 말에 심장을 얻어맞는 것처럼 침묵했다.

자신의 적이 '운명'이라고 여기지 않았으면, 그것과 싸울 수 있다고도, 저항할 수 있다고도 생각한 적이 없으리라. 고려한 적도 없을 것이다.

그러나 만약, 그 '적'이 누구인지 뚜렷하게 알았으면, 어떨까.

볼라키아 제국이 시작된 이후 처음 등극한 현제는, '적'의 정체를 알면 어떻게 하는가.

"——아벨, 나는 『별점쟁이』가 아니야."

"———."

"하지만——."

침묵한 아벨 옆에서 스바루는 책상다리로 앉은 무릎에 손을 짚으며 고했다.

질문받고 부정하고, 또 질문받고. 부정하고 질문받고, 또 부정하고.

자신의 권능에 대해, 『사망귀환』에 대해 설명도 증명도 할 수 없지만 스바루에겐 이 문답 중에 결심한 것이 있었다.

그것은 어쩌면 당하기만 했지 확실한 반격을 먹일 수 없었던 결별 상대. 토드 팽에게 던지는 답이기도 했다.

"내 손이 닿는 범위라면, 최대한 많은 것을 구해 내겠어. 그래도 정말로, 그래도 건질 수 없는 생명이 있으면, 그건……."

"……그건, 운명에게 패배한 것이 아닌가?"

"——전부 이길 수는 없어. 운명과 싸우고 있는 것은 나 혼자만이 아니니까."

모든 것을 구해 내며 올 수는 없었다.

그리고 앞으로도 모든 것을 구하겠다고 스바루가 단언하기란 불가능하다.

운명 님 어디 덤비라고 큰소리치면서도, 운명과 끝까지 싸울 것을 맹세하면서도, 그럼에도 잃어버리는 생명에게 나츠키 스바루는 분해하고 슬퍼하며, 눈물을 삼키고서 계속 말한다.

그리해서 분한 기회도, 눈물 흘릴 기회도 줄이기 위해서——.

"네 힘을 빌려줘, 아벨. 그러면 내 힘도 빌려주마."

"―――――."

"앞으로 전면적으로 내가 협력한다! ……고는 에밀리아 쪽과 상담 없이 맘대로 말못 하지만, 각오는 그래. 그러니까."

말과 함께 스바루는 무릎을 세게 치더니 그 자리에서 일어섰다.

그리고 아벨의 얼굴을 쳐다보지 않은 채 천천히 방 안을 나아가 침대 옆으로. 피에 젖어 흐트러진 시트를 흘깃 본 스바루는 과일 바구니에 손을 뻗었다.

그곳에 아벨이 둘로 쪼개고 방치한 삼과가 있다. 하얀 단면은 공기에 닿아 갈색으로 변색되어 가고 있었지만, 개의치 않고 집었다.

그리고―――.

"네가 둘로 쪼갠 삼과, 다 먹는 걸 도와주겠어."

쪼갠 삼과 중 한쪽을 아벨에게 던지고 남은 쪽 삼과를 깨물었다.

상쾌한 소리와 뭉근하니 달콤한 과즙이 입 안에 퍼진다. 스바루는 바닥에 주저앉아 있는 아벨의 얼굴을 보았다.

던진 삼과를 받은 아벨은 그 삼과를 내려다보다가 자그마한 망설임 후에 그것을 깨물었다.

똑같이 상쾌한 소리가 난다. 그의 입에도 새콤달콤한 맛이 퍼졌으리라.

"―――――."

좋은 것도 싫은 것도, 미운 것도 사랑스러운 것도, 그 맛에는 관계없다.

살아 있는 자들끼리, 서로 나누는 삼과의 맛에 차이는 없었다.

"나츠키 스바루."

"뭐야."

"나는, 너를 좋아하지 않는다."

"크악."

"──하지만 네 힘이 필요하다."

그렇게 고한 아벨이 천천히 일어선다. 깨물고 남은 삼과를 든 채로 아벨은 스바루를 검은 눈으로 응시했다.

이 방 안에서 보여 준, 그답지 않은 감정적인 기색 전부를 다시 황제로서 지닌 자의식 뒷면에 숨기고. 하지만 아주 살짝 눈동자와 음성에 그 기색이 머무른 채로.

"수많은 무례를 사과하지. 왕국의 기사여."

그렇게, 신성 볼라키아 제국의 황제가 머리를 숙이는 모습을 본 스바루는 웃었다.

웃은 뒤에 남은 삼과를 깨물고서.

"수많은 불경은 사과하지 않겠다구, 제국의 황제."

첫 단추부터 잘못 끼웠던 관계를 고치는 첫 걸음을 뗀 것이었다.

제5장 『왕국과 제국』

1

"——렘도 와 있었구나."

옆에서 들린 목소리에 렘은 조용히 고개를 들었다.

연환용차의 연결부, 그곳에서 차량 벽에 등을 기댄 렘에게 옆 용차의 문을 연 은발 소녀——에밀리아가 말을 걸었다.

아름다운 생김새 속에 부드럽게 눈꼬리를 내린 그녀는 옆에 손을 잡은 소녀를 데리고 있다. 제도의 혼란 도중 스바루와 함께 달려온 베아트리스였다.

흐뭇한 광경이기도 하지만, 그녀들을 보는 렘의 속내는 복잡하기 그지없었다.

그것은 물론 그녀들이 렘 자신이 모르는, 잃어버린 '기억'과 관계가 있는 상대라는 점도 있지만 그게 다는 아니었다.

자신의 언니라고 감각적으로 확신이 되던 람이나 그 이외의 동료라고 소개한 이들과도 다르게, 이 두 사람은 특별하다. ——스바루와 깊이 관계된 사이로서.

제도를 둘러싼 사태, 거기서 퇴각하는 중에도, 그 후의 의식이 없는 스바루를 간병할 때에도 유독 그와의 연결이 강하게 느껴진 것이 이 두 명이었다.

어째서 그 점이 이렇게나 신경 쓰이는지 렘도 알 수 없었지만——
——.

"에밀리아 씨와, 베아트리스……."

"렘도 대화의 향방이 걱정되는 것이야?"

"걱정…… 그러, 네요. 걱정은, 걱정일지도 모르겠어요."

이름을 부른 베아트리스의 질문에 렘은 살짝 고개 숙였다.

렘이 이렇게 통로에 서 있는 것은 거기서 조금 떨어진 곳에 있는 방——나츠키 스바루의 침소로 배정된 방을 지켜보기 위함이다.

많은 문안객이 물러나고 조용해진 방에, 지금 스바루와 아벨이 대치하고 있다.

표정이 험악하던 아벨, 그를 볼 때는 귀면을 쓰고 있을 때가 많았기에 렘으로서도 민낯에는 신선한 느낌이 있었다.

그렇긴 해도 렘이 알기로 가면을 벗었을 때의 아벨은 언제나 찌푸린 낯이었다. 다만 오늘은 가뜩이나 험악한 얼굴이 지금까지 이상으로 굳은 듯 보여서.

"렘은, 스바루와 아벨…… 으음, 빈센트 황제가 같이 있는 모습을 계속 봐 왔지? 어땠어? 친하게 지냈어?"

"빈센트 황제, 라는 호칭은 익숙하지 않네요. 그리고 두 사람이 친하게 지내던 인상은 없어요. 생각은 맞아도 마음이 맞지 않는다고 할까요……."

"으, 역시 그렇구나……."

"뭐, 예상이 되던 얘기야. 아벨의 사고방식은 스바루하곤 물과 기름인 것이야. 베티는 어리숙한 스바루의 사고방식 쪽을 좋아해."

"참 내, 베아트리스는 금세 스바루의 어리광을 받아준다니까. 아벨의 주장도 잘 들어주어야지…… 아, 빈센트 황제의 주장도!"

렘의 대답에 어깨를 축 늘어뜨린 에밀리아가, 뒤에 이어진 베아트리스의 주장에 입술을 삐죽였다.

표정이 획획 바뀌는 사람이라고 생각하는 렘 앞에서 에밀리아는 "아." 하고 놀람을 더 추가하며 렘을 보았다.

"그리고 있지, 렘. 나, 볼라키아에선 에밀리니까……."

"저기, 거기에는 의미가 있는 걸까요……?"

"물론이야. 아무도 나를 에밀리아라고 여기지 않으니까. 그치, 베아트리스?"

"베티는 에밀리아에게도 무르니, 아무 대답도 하지 않는 것이 인정이지."

"어?! 무슨 뜻이야?!"

손을 잡은 베아트리스가 인정머리 있게 둘러대자 에밀리아는 눈을 동그랗게 떴다.

믿지 않은 두 명의 대화에 렘은 마음이 쥐락펴락 휘둘리는 기분을 맛보면서도 금세 둘에게 호감이 갔다.

애초에 들은 이야기가 사실이라면 그녀들은 큰 모험을 무릅써서까지, 렘과 스바루를 찾으러 이 나라까지 와 준 것이다. 싫어질 까닭이 없다.

"그 사람과 다르게, 의심할 요소도 없으니까요."

맹렬한, 본능적인 경계를 촉발하는 악취를 두르고 있던 스바루. 렘이 스바루를 적대시한 건 대부분 그것 때문이었지만, 에밀리아 일행에게 그런 쪽 기척은 전혀 없었다.

그렇기에 루이나 『슈드라크의 민족』, 플롭과 마찬가지로 시비를 걸 이유가 없다.

그렇긴 하지만——.

"——갑자기 그 사람의 냄새가 흐릿해진 것도 무섭지만요."

멀리 떨어져 있던 동안에, 그 강렬한 악취가 사라진 스바루도 염려되기는 했다.

그것이 구체적으로 무엇인지 모르는 데다가, 있고 없고를 따지면 없는 편이 반드시 더 낫기에 사태는 호전했다고 말하고 싶기는 하다.

그렇게 생각하고 있을 때였다.

"어라~? 렘하고 에밀리하고 베아트리스다!"

세 명이 서 있는 곳과 반대쪽 차량, 그쪽 문이 열리고 모습을 보인 상대가 커다란 목소리로 셋의 이름을 불렀다.

기운차게 손을 휙휙 흔들며 성큼성큼 다가오는 것은 키가 큰 여성——. 그 긴 금빛 머리카락을 자유롭게 꾸미고 무용수처럼 살결을 드러냈으며, 무엇보다 나이에 맞게 팔다리가 다 자란 인물이었다.

"——미디엄 씨."

"야호! 혹시 셋 다 아벨찡과 스바루찡이 걱정이라서?"

"응, 그래. 미디엄도?"

"응, 맞아! 그 왜, 나도 겨우 큰 몸으로 돌아왔잖아? 지금이라면 조그말 때하고 다르게 어른 싸움도 말릴 수 있으니까 도움이 될까 싶어서."

에헴 하고 가슴을 펴고 대답하는 미디엄――. 그다지 오랜 시간 본 것은 아니지만, 스바루와 똑같이 그녀도 어른에서 어린이로 형상이 바뀌었던 인물이었다.

어린 미디엄도 그녀답게 발랄한 면이 남아 있어서 무척 귀여웠 지만, 그녀의 매력은 팔다리 길이로 바뀌지 않기에 렘은 낯익은 모습 쪽이 안심되었다.

미디엄도 작은 몸으로는 퍽 답답하다 여겼던지 큰 몸으로 돌아 온 기쁨을 전력으로 즐기는 눈치다.

어쨌든――.

"싸움을 말리러……. 그건, 그 사람하고 아벨 씨의?"

"그런데~? 둘이 제대로 대화하는 것도 간만이고, 난동 부릴 것 같지 않아?"

"어떨까요……. 그 사람은 몰라도 날뛰는 아벨 씨는 상상이 가 지 않아요."

험악한 얼굴과 엄한 목소리로 가시 돋친 말을 하는 게 아벨이라 는 인상이다.

그러나 미디엄의 걱정에 눈썹을 찌푸린 렘과 달리, 에밀리아와 베아트리스는 굳이 따지면 미디엄에 가까운 의견인 모양이었다.

"베티는 미디엄의 의견에 찬성해. 적어도 스바루는 그 황제에게 하고 싶은 말이 산더미처럼 있으니까 분명히 덤빌 것이야."

"그러네. 에밀리인 나도 살짝 걱정돼. 싸움이란 서로 때리는 게 다가 아니라 말로 상처를 주는 것도 싸움이니까."

"⋯⋯그런 법인가요."

확실히 아벨이 손찌검하는 인상이 없기에 드잡이질은 되지 않 겠지만, 스바루가 감정적이 되어 말다툼이 격화될 가능성은 충분 히 있을 만했다.

렘은 아벨이 이성적이기에 스바루가 설복당할 때가 비교적 많 은 것처럼 느꼈지만, 지금은 아벨도 여유가 없을지 모른다. 황제 의 입장을 되찾은 아벨과 말은 많이 나누지 못했지만 다른 사람들 의 염려도 수긍이 간다.

그리고 그 추측은 즉시, 정확하게 뒷받침되었다.

"──알겠냐? 아무튼 몰래 가필에게로 갈 거다. 그 녀석이라면 우리의 어쩔 수 없는 사정을 이해해 줄걸."

"왕국의 기사가 제국의 황제에게 손찌검한 추문을 말이냐."

"말해 두지만 재판이 되면 네가 어땠는지 몽땅 실토한다는 최종 수단이 있는 걸 잊지 마라⋯⋯."

등등, 문이 열린 방 안에서 수군대는 말소리가 들린 것이다.

방에서 통로를 엿보고 아무도 없는지 확인하려던 두 사람, 같은 색을 띤 두 쌍의 검은 눈과 대화가 끝나기를 기다리던 일행의 눈 이 마주쳤다.

스바루가 "아." 하고 입을 벌리고, 아벨이 "음." 하고 눈썹을 찌 푸렸다.

그러나 그런 두 사람의 모습을 본 일행의 반응은 그럴 경황이 아니었다. 여하튼 얼굴을 내민 스바루와 아벨은 둘 다 피투성이였기 때문이다.

"설마……."

"둘 다 생각했던 것보다 훨씬 더 크게 싸웠어?!"

"크, 큰일이야! 베아트리스! 어서 치유 마법을……!"

"거봐, 뭐랬어! 역시 베티가 있어야 했던 것이야!"

우당탕탕, 황급해지는 여성진의 환영에 스바루와 아벨이 시선을 마주했다. 그리고 아벨은 한숨짓고, 스바루는 단념한 듯이 두 손을 들었다.

그리고——.

"저기, 분명히 혼날 테니까 그 전에 말하겠는데…… 화해는 했어."

처량한 표정으로 쓴웃음과 함께 조금이나마 좋은 소식을 전하려는 듯이 그리 말했다.

2

——소동은 컸지만, 둘의 상처는 살짝 손을 벤 정도의 귀여운 수준이었다.

"그렇지만 방 안은 죄 뒤집어놨고…… 다른 방을 준비할 여유는 없다고요."

"아니, 다른 방을 준비하라는 시건방진 소리는 안 해, 안 해. 착실히 반성하고 있다니깐⋯⋯. 아! 미디엄 씨! 어른으로 돌아왔잖아!"

"헷헤~ 그렇단 말이지, 스바루찡! 어, 안 돼, 안 돼! 그렇게 기쁜 소리 해 봤자 나도 화났거든. 둘 다 못 말린다니까~."

그렇게 말하고 허리에 손을 짚은 미디엄이 서투른 화제 전환을 시도한 스바루를 혼냈다.

어깨를 축 늘어뜨리고 반성하는 스바루지만, 미디엄에게 더 강한 꾸지람을 받은 것은 그렇게 풀 죽어 있는 스바루보다는 그와 다툰 아벨 쪽이었다.

"아벨찡도, 스바루찡 조그만데 어른스럽지 못한 짓하면 안 되지?"

"⋯⋯네놈, 자신이 무슨 짓을 했는지 알고 있느냐? 황제에게 손을 댔단 말이다."

"그런 식으로 높은 분인 탓에 아무도 혼내지 않아서 아벨찡, 이렇게 자란 것 아니야?"

"――――."

떨떠름한 표정으로 팔짱을 낀 아벨. 그런 그를 게슴츠레한 눈으로 노려보는 미디엄. 방금 나눈 대화로도 알 수 있다시피 놀랍게도 미디엄이 아벨의 머리를 때린 것이다.

방의 참상을 보면 겉모습이 어린 스바루와 드잡이질을 벌였을 아벨을 혼내고 싶어지는 것은 당연하지만, 터무니없는 짓을 다 한다고 렘은 감탄했다.

"미디엄 씨가 괜찮으면, 저도 때려도 될까요?"

"편승하지 마라. 지금은 불경 하나하나를 처벌할 여유가 없다. 전후에 공적과 비교해서 벌할지 말지 결정할 수고를 늘리지 마라."

"유감이에요."

물론 허가를 받을 수 있을 것 같지 않았지만 렘으로서는 아벨의 입에서 '전후'라는 단어를 들을 수 있던 게 수확으로 느껴졌다.

적어도 아벨은 앞을 바라보고 있다. 안에서 어떤 대화가 이루어졌는지 알 수 없지만, 방을 찾기 전보다 눈빛도 안색도 나아진 것처럼 느껴졌다.

"──응, 이걸로 괜찮아. 하지만 옷은 갈아입지 않으면 다들 걱정할 테니까, 꼭 갈아입고 나서 모두가 있는 곳에 가자."

"참으로 손이 많이 가. 베티를 하나도 안심시켜 주지 않는 것이야."

"미안, 미안. 그래도 오랜만이라서 신선한걸. 한동안 나를 걱정해 주던 건 탄자 말고는 남자뿐이었으니까."

에밀리아가 가지고 있던 손수건으로 스바루의 얼굴과 손의 피를 닦고 그의 머리를 쓰다듬었다.

아무래도 손을 대어 스바루의 상처 치료를 했던 듯한 베아트리스도 못 말리겠다며 어깨를 으쓱이고 있지만, 기분 탓인지 안도만이 아니라 기쁨도 섞인 듯 보였다.

둘이서 스바루의 뒷바라지를 하거나 보살필 수 있어서 기쁘다는 인상이었다.

그 모습을 보고 있자니, 왠지 모르게 렘도 좀이 쑤신다.

"저기저기, 아벨찡, 힘낼 수 있을 것 같아?"

그런 렘의 마음속을 아랑곳하지 않고, 갸우뚱한 미디엄이 아벨에게 물었다.

그 물음에 아벨은 검은 눈을 가늘게 뜨고는, 한 박자 뒤에 끄덕였다.

"지장은 없다. 애초에 나를 가리켜 분투의 여부를 묻다니 어리석은 짓이군. 황제 자리에 앉겠다고 스스로 결심했을 때부터 나에게 매사를 만연히 보낼 자격은 없다."

"──? 그거, 황제로서 왕창 힘낸다~는 얘기야?"

"──긴장감 없는 해석이지만, 대략적으로는 그렇다."

"그렇구나! 그럼 나도 대찬성! 같이 힘내자~!"

얼굴이 활짝 밝아진 미디엄이 든 손을 아벨에게 내밀었다. 아벨은 미디엄의 손을 번뜩 노려보다가 고개를 돌렸다.

매정한 아벨의 태도에 미디엄은 올렸던 자기 손에 반대쪽 손을 합쳐서 짝 소리를 내고 말했다.

"그러면 다들 있는 데로 갈 거야? 오빠도 아벨찡하고 대화하고 싶어 하더라."

"그자와 이야기할 시간을 낼 유예는 없지만 세리나 드라쿨로이의 비룡선도 슬슬 돌아올 때지. 어차피 주요 구성원하고 대화는 해 두고 싶군."

"──아, 잠깐만요."

미디엄이 촉구하자 아벨이 끄덕였다.

척척 일을 진행하려는 아벨에게 걸리면 앞으로 제도에서 일어난 문제의 대처를 위한 중요한 대화가 기다림은 알 수 있다.

당연히 그 자리에는 중요 인물로서 스바루와 에밀리아가 입회하게 되겠지만, 렘은 그 전에 해야만 하는 말이 있었다.

렘이 여기에 서 있던 이유 중 절반은 스바루와 아벨의 관계가 꼬이게 될까 봐 걱정되어서고, 다른 절반이 그 말 때문이니까.

"아벨, 나도 다들 있는 데로 가기 전에 하고 싶은 일이…… 해야만 하는 일이 있어. 그러니까 먼저 그쪽에 가 보게 해 줘."

"아…….."

대화를 만류하고 자신의 목적을 고하려던 렘. 그런 렘을 가로막듯이 스바루가 말을 꺼내고 그의 시선이 렘을 바라보았다.

그 시선이, 그가 해야만 한다는 일이라는 것이 렘이 하려던 말과 똑같다고 이해된다. 그렇기에 렘은 입을 다물고 끄덕였다.

그리고——.

"——렘, 카츄아 씨가 있는 곳으로 안내해 줄 수 있을까?"

3

"뭐냐, 꼬마. 여기는 네가 올 만한 곳이 아니다."

목적한 방을 찾아갔을 때, 거친 목소리가 마중해서 스바루는 눈을 동그랗게 떴다.

열린 문 너머에 서 있던 것은, 거친 음색과 어울리는 생김새의 안대를 찬 남자——. 순간적으로 기억의 서랍을 여느라 고생했지만 기억이 났다.

"아마, 자말……?"

"아앙? 어떻게 내 이름을 알고 있냐. 이쪽은 너 따위 모른다만."

"너, 살아 있었냐……?"

"이 꼬맹이가, 뭐 이리 버르장머리가 없어?!"

뜻밖에 치열이 고른 입을 열고 으르렁대듯 고함치는 남자의 이름은 자말.

스바루가 볼라키아 제국에 날아와서 처음 마주친 제국인 중 한 명——그리고, 그 토드 팽의 짝이었던 남자다.

스바루가 아는 범위로는, 분명히 성곽도시 과랄에서 한 번은 잡혔던 일장을 토드가 빼냈을 때, 후미에 남았다가 포로로 잡혔을 터였다.

그 후, 스바루 쪽도 이런저런 일이 있던 관계상, 그의 안부에 대해서는 솔직히 머리에서 완전히 사라진 감이 있었지만.

"어째서, 그런 네가 이 방에?"

"내가, 자기 여동생 방에 있으면 어디 덧나냐."

"여동생…… 아."

그 대답에 스바루는 의문이 해소되는 소리를 듣고 기억을 떠올렸다.

그러고 보니 토드는 자신의 약혼자가 자말의 여동생이라고 말했었다. 즉, 눈앞의 자말과 그 카츄아는 친남매라는 소리다.

그 박복한 인상의 카츄아와, 난폭하고 거친 자말이 남매.

"머리색과, 삐친 머리는 닮았……나?"

"잘은 모르겠지만 열 받는 소리 하는 건 알겠다, 꼬마. 따끔한 맛보고 싶지 않으면 후딱……."

"──오빠! 하지 마!"

스바루의 태도에 성이 나서 소매를 걷은 자말이 힘으로 쫓아내려 들었다. 하지만 그것이 실행되기보다 먼저 자말의 뒤에서 목소리가 터져 나왔다.

자말의 옆구리 뒤로 방 안을 보니 스바루가 누워 있던 곳과 비슷한 객실 배치로, 안쪽의 침대에 한 여성이 누워 있었다.

"카츄아 씨."

"너, 이제야 일어났구나……. 너, 너무 오래 자잖아. 진짜로, 진짜로……."

방해되는 오빠의 몸 너머로 스바루를 보던 카츄아가 침대에서 몸을 일으켰다. 그녀의 행동에 자말이 "야야." 하고 잰걸음으로 방에 돌아갔다.

"무리하지 마! 언제 죽을지 모를 신세니까 얌전히 움직여."

"그렇게까지 약해빠지지 않거든! 죽었어도 죽지 않은 오빠와 비교하지 마……."

"애초에 죽지도 않았는데 너희가 멋대로 죽였던 거지……!"

걱정을 홀대받은 끝에 죽은 사람이라는 오명까지 쓴 자말의 얼굴이 벌게졌다.

이 남매의 재회에도 이런저런 사정이 있었나 싶지만, 그 부분을 파고드는 건 스바루의 본론이 아니다. 여기에 발길을 옮긴 이유는, 따로 존재한다.

"──괜찮으세요?"

살며시 시선을 내린 스바루, 그 발이 입구에서 방 안으로 좀처럼 나아가지 못하는 것을 보고서 같이 있던 렘이 그렇게 물었다.

스바루는 에밀리아 일행과 아벨에게 사과하고 이 방을 찾았다.

카츄아의 친구인 렘에게는 이 자리에 입회할 자격이 있다. ── 여기서부터, 스바루가 하려는 이야기를 그녀도 들어 주었으면 하니까.

"그래, 괜찮아."

끄덕인 스바루가 방 안에 발을 디뎠다.

침대에는 카츄아와 자말 두 사람이 아직도 뭔가 말다툼을 벌이고 있었지만 렘을 대동한 스바루가 들어오자 카츄아 쪽이 입을 다물었다.

그대로 그녀는 긴 속눈썹이 둘러쳐진 파란 눈을 내리깔고 말했다.

"……너, 이제 몸은 괜찮고?"

그 말이, 본론에 들어가기 전의 환기용 대사라 해도 스바루의 몸을 염려하는 그녀는 다정하다.

어조는 무뚝뚝하고 퉁명스럽지만 심성이 고운 여성임은 의심할 여지가 없고, 그렇기 때문에 기댈 곳 없는 렘과도 친해진 것이다.

스바루는 그런 그녀에게 전해야만 한다.

"응, 문제없어. 걱정해 줘서 고마워."

"……딱히, 나는 걱정 같은 건. 그냥 그 아이가 불안해 보여서 그랬어."

"_____."

스바루가 힐끔 렘 쪽을 보자, 옆에 서 있는 그녀의 표정은 딱딱했다.

지금부터 대강 어떤 대화가 나올지 알고 있기에 카츄아의 말에 대해서도 평소 같은 과잉 반응을 하지 않았다.

그것을 기대하는 것도 본론을 미루고 싶은 자신의 약한 마음이라고 훈계한 스바루는 숨을 크게 들이마시고, 뱉었다.

그리고──.

"미안. 토드를…… 데리고 돌아오지 못했어."

그렇게, 제도에서 결정적인 결별을 겪은 토드에 대해 보고했다.

"_____."

스바루는 조그만 주먹을 세게 꾸욱 쥐고서 아픔과 함께 잔혹한 사실을 알린다.

제도에서 벌인 싸움 마지막에, 그 좀비들의 포위망을 돌파하느라 협력하던 토드. 그럼에도 부딪칠 수밖에 없었다.

스바루의 본질을 혐오하고 기피하며 처리하겠다고 공격한 토드를, 스바루는 죽이지 않겠다는 결심과 함께 맞서서 다투었다.

하지만 마지막에는──.

"그, 도시에 흘러든 홍수에 휩쓸려서, 그 이상은."

"──아."

"다만 좀비와 싸울 때 미끼가 되어서 여기저기 다친 데도 있었어. 그러니까……."

스바루의 보고에 카츄아의 갈라진 숨결이 흘러나왔다. 그 숨결에 겹치듯 스바루는 자신이 본 것을, 자신이 본 대로가 아닌 형태로 카츄아에게 전했다.

마음만 먹으면 스바루는 카츄아가 희망을 품게 할 수도 있었다.

실제로 스바루가 마지막으로 목격한 토드는 그 탁류에 삼켜져서 모습을 감추었다. 시체가 발견되지 않았으면 살아남아 있을 거라는 희망도 제시할 수 있을 터다.

하지만 스바루는 그러지 않았다.

"――――."

스바루가 마지막으로 목격한 토드는, 그 탁류에 삼켜진 모습이다.

그러나 그것은 정확한 표현이 누락되었다. 정확히는 스바루가 마지막으로 목격한 토드는, 늑대인간 모습으로 흉부에 깊숙이 도끼의 일격을 맞고 탁류에 삼켜진 것이다.

――중상을 입어 의식이 없는 상태로 탁류에 삼켜지고도 살 수 있다고는.

"――익."

스바루의 이야기를 들은 자말이 이를 세게 깨무는 소리가 방에 울렸다.

자말에게도 토드는 단짝이며 그 이상으로 동생 카츄아를 맡기겠다고 결심한 장래의 매제였다. 스바루의 보고에 상처 받은 것은 그도 마찬가지다.

몹시 이상한 감각이지만 스바루도 가능하면 토드의 생존을 빌고 싶었다.

호되게 기대를 배신당하고 생명까지 노림받던 관계이며, 실제로 『사망귀환』한 세계에서는 몇 번이고 목숨을 빼앗긴 상대지만, 그렇더라도.

다만 몇 번이고 토드와 붙은 경험이 있는 스바루는 알 수 있다.

토드는 딱히 특별한 힘이 없는 범용한 존재다. 늑대인간이라는 사실도, 치명적인 생명의 위기라는 사태를 뒤집을 정도의 어드밴티지가 아니다.

스바루가 죽을 만한, 살아나지 못할 만한 상황에서는 토드 또한 목숨을 잃는다.

토드 팽은 그 홍수에 삼켜져서 죽었다.

그것이 그와 가장 가까운 곳에서, 그의 생명이 작렬하는 걸 최후로 지켜보던 스바루의 답이었다.

"_____."

방 안에 침묵이 내려앉았다.

이마나 뒷목이 지근지근 타는 것처럼 느껴지는 침묵. 그것은 스바루가 스스로 떠안고 가겠다고 결심한 것으로, 달게 받아들여야 할 마음의 아픔이었다.

그렇게 살갗이 익는 감각을 맛보다가, 얼마 뒤.

"……주, 중요한 순간은 보지 못한 거잖아? 그렇다면, 안, 죽었을지도."

금이 간 목소리가 더듬더듬 흘러나오자 스바루는 고개를 들었다.

스바루만이 아니라, 렘도, 자말도 침대의 카츄아를 바라보았다. 카츄아는 자신의 묶은 머리채를 손가락으로 만지작거리며 파란 눈이 좌우로 흔들리는 상태로 말을 이었다.

"만약, 만약 말이야? 만약에, 네가 토드의 머리가 찌부러지는 상황이라거나, 몸이 반만 남았다거나, 거멓게 불탔다거나, 그런 걸 봤더라면, 말이야? 봤었으면, 그렇다고, 생각할지도, 모르지만……."

"카츄아 씨……."

"하지만 봐봐, 그 녀석, 굉장히, 굉장히 악착같거든. 그리고 헤어질 때도 말했었어. 금방, 따라잡겠다고…… 반드시, 나한테로…… 그 녀석, 거짓말, 안 하니까. 오빠가 죽었단 말은! 그냥, 잘못 말했을 뿐이니까!"

"카츄아 씨!"

언성을 높이며 머리카락을 잡아당기기 시작한 카츄아. 자해하는 모습에 렘이 그녀의 이름을 세게 부르고, 바로 옆에 다가붙어 카츄아의 머리를 안았다.

품속에 카츄아의 머리를 안은 렘이 그녀의 등을 어루만졌다.

"천천히, 천천히 숨을 쉬세요. 제가 곁에 같이 있으니까……."

"아니야, 그게 아니야……. 그 녀석은, 그렇게 쉽게…… 그렇지? 그렇잖아, 렘……."

"카츄아 씨……."

카츄아의 눈에서 굵은 눈물이 뚝뚝 흘러 그녀를 안은 렘의 옷을 적시기 시작한다. 렘은 그에 개의치 않고 흐느끼는 친구의 등을 계속 어루만졌다.

그런 카츄아의 정직한 반응에 스바루는 가슴이 거세게 쥐어뜯겼다.

"──으."

알고 있던 일이다. 토드에 대해 전하면 카츄아가 울 것은.

정말로, 정말로 복잡한 관계지만 토드가 카츄아를 생각하는 마음은 진실이었으리라. 카츄아도 토드에게 정말로 소중하게 여겨지고 있었다. 그렇기에 나오는 눈물이다.

그렇기에 스바루는 더 잔혹한 사실은 말하지 않았다.

렘도 자각하지 못하는 사실이다. ──늑대인간으로 변한 토드를, 도끼로 해치운 것은 렘이다.

스바루를 지키기 위해 렘은 토드의 숨통을 끊었다.

그때, 토드는 늑대인간의 모습을 하고 있었고 수몰하기 마지막 순간까지 수화는 풀지 않았기에 렘은 그 사실을 모른다. 스바루도 알려 줄 생각은 없었다.

스바루는 진실에 가치가 있다고 생각하지 않는다.

토드는 카츄아를 사랑했었고, 카츄아도 그랬었다.

카츄아와 렘은 친구 사이이고, 렘도 카츄아를 소중히 여기고 있다.

가치가 있는 것은 그런 것이며 그것을 망가뜨려서까지 진실에 구애될 필요란 없다.

"토드는 카츄아 씨를 정말로 소중히 생각하고 있었어. 마지막 그 순간까지 줄곧."

그 말만은 할 수 있다.

그 말만은, 토드 팽에게 노골적인 살의를 받던 나츠키 스바루가 카츄아 오렐리에게 전할 수 있는, 거짓 없는 그의 흉행의 동기였다.

"――으."

흐느끼는 카츄아가 자신을 껴안은 렘의 등에 팔을 두르고 손톱을 세게 박는 모습이 보인다. 애처로운 그 행동을 렘은 말없이 받아들였다.

오열이 퍼지는 방 안에서 렘은 스바루 쪽을 힐끔 쳐다보고 고개를 가로저었다.

거기에는 카츄아를 자신에게 맡겨 달라는 의도와, 이렇게 될 것을 각오하고 발길을 옮긴 스바루에 대한 감사가 포함되어 있었다.

"――싫은 역할 맡게 만들어서 미안하게 됐다, 꼬마."

렘과 카츄아를 남기고 방에서 나왔을 때 자말이 스바루에게 말했다.

심히 의외일 만큼 멀쩡한 자말의 말에 스바루가 눈썹을 세우자 그는 "왜." 하고 언짢게 콧잔등에 주름을 잡았다.

"죽은 녀석의 가족에게 소식 전하는 건 힘든 역할이지. 그 녀석이 아무리 용맹하고 용감하게 죽었다고 얘기해도 울고 싶어지는 녀석은 있어."

"……당신은, 어떤데?"

"아앙?"

"토드는 당신의 동료이고, 동생의 약혼자니 특별하잖아?"

자말이 뺨을 일그러뜨리며 스바루의 질문에 골똘히 생각했다.

잠시 침묵한 뒤에 그는 오른쪽 눈을 가리고 있는 안대를 손가락으로 만지며 대답했다.

"글쎄다. 그놈 자식이 살아남았더라면 둘 다 죽을 기회 놓쳤다며 웃어넘겼을지도 모르지만, 그 단계를 훌쩍 넘어 버렸어. 뭐, 싸우다 죽은 거니까 제국병으로서 할 일은 다 했단 거겠지. 그걸 실컷 우습게 보던 녀석이."

말하던 자말이 끝부분에서 작게 콧방귀 뀌고 웃었다.

그것은 토드의 그답지 않은 최후를 생각하며 웃었는지, 아니면 스바루에게는 이해하기 어려운 제국의 방식이라는 데에 따른 웃음이었는지, 모르겠다.

어느 쪽이어도 스바루는 누군가의 죽음을 웃으며 맞이할 마음이 들지 않는다.

"단지 말이다."

그렇게 생각하는 스바루 앞에서 별안간 자말이 말을 이었다.

그 어조에 스바루는 눈을 크게 떴다. 이어진 자말의 목소리에 담긴 것은 분노나 쓸쓸함이 아니라 기대 같은 감정이었기 때문이다.

그리고 그 인상은 옳았다. 자말이 말했다.

"그 자식이 쉽게 죽을 종자란 생각은 안 해. 카츄아가 하는 말도 분명하지. ……실제로 죽는 모습을 보지 못한 거니까."

"그건…… 아얏."

"입 다물어라, 꼬마. 나는 몰라도 카츄아에게는 그게 희망이니까 말이다."

무심코 반론하려던 스바루의 이마를 자말의 손가락이 쳤다. 입이 막힌 스바루에게 자말은 등 뒤의 문을 턱짓하고 그리 말했다.

자말이 말한 그 희망이 밝은 것인지, 아니면 잔혹한 것인지 스바루는 구별이 가지 않는다. 다만 참견할 자격이 없음은 알 수 있었다.

그 마음에 참견할 권리가 있는 것은, 카츄아와 토드의 인생에 초대받아 참가를 허락받은 자뿐. ——스바루에게는 그 자격이 없었다.

"나 참, 싸우기 싫다 싫다 노래를 부르더니 혈기왕성한 자식이야. 그 바람에 나보다 훨씬 위험한 다리를 건넜어."

자말은 통로의 천장을 쳐다보며 토드를 그렇게 평했다.

자말이 얼굴을 보여 주지 않은 것도, 그 목소리가 떨리고 있던 것도, 이를 지적할 자격 또한 역시 스바루에게는 없었다.

4

"아, 스바루, 여기야, 여기. 내 옆에 와."

그 차량에 발을 들이자마자 스바루의 모습을 알아챈 에밀리아가 손을 흔들었다.

부르는 그녀의 손짓을 거부할 이유도 없어서 스바루는 그리로 갔다. 널찍한 공간에는 탁자가 여럿 비치되어 있으며, 에밀리아일행이 있는 곳은 그중 하나였다.

연환열차 안에서도 다른 차량보다 대형 차체가 사용된 이곳은, 라운지나 식당차 같은 인상을 주는 넓이였다. 단, 차량의 사용 목적은 식사나 단란 같은 훈훈한 게 아니라 총회의나 중요한 회담 등이 메인이리라.

차량 안은 장식이 없고 탁자에는 식탁보조차 깔려 있지 않았으므로.

그리고 탁자를 둘러싼 에밀리아 일행 중에——.

"여어— 안녕, 스바루. 꽤 건강해 보오—이잖아. 한동안 못 보던 사이에 많이 젊어졌는데, 제국의 식사 덕분인가아—?"

"굉장하네. 지금 내 모습 보고 그렇게 독한 농담 말한 사람, 로즈월뿐이야."

"이런, 다들 여유가 많이 없기이—도 하지. 그리고 일단 여기에서 나는 더들리로 소개하고 있어서 말이지. ——이후, 그쪽으로 잘 부탁한다?"

스바루와 오랜만에 재회한 로즈월이 파란 쪽 눈을 감아 노란 쪽 눈을 남기고서 윙크했다.

작아진 스바루를 보고도 동요하지 않는 것은 과연 로즈월답지만, 스바루 쪽도 평소의 광대 의상과 다른 그의 스타일은 굳이 언급하지 않았다. 잘 어울려서 분하단 생각도 들었고, 다짐을 받을 때의 어조 차이가 일부러 설명할 필요를 생략했기 때문이다.

이곳은 제국, 에밀리아와 마찬가지로 로즈월의 정체도 들통 나면 곤란할 것이다.

——카츄아에게 괴로운 보고를 끝마친 스바루는 대화를 위해

이곳으로 발길을 옮겼다.

대략 20명 정도는 들어올 만한 널찍한 차량. 아직 상대는 얼굴을 비치지 않았지만 여기서 아벨 일행과의 이후 방침 회의가 열릴 예정이다.

"이런 식으로 용차를 쓸 수 있으면 이동이 더 편리해질 것 같단 말이지."

"어이쿠, 섣부른 말은 하면 안 될걸? 유사시라서 넘어가고 있지만 이것들은 제국의 기밀에 해당하니까. 눈이 멀고 혀가 잘리고 싶진 않겠지?"

"농담으로 안 들려……."

"일단은 아직 농담의 범주에 속할까. 뭐, 제국의 암부를 지나치게 엿본 게 원인으로 돌아갈 수 없게 되지 않도록, 서로 충분히 조심하며 지내 보자고."

"그거, 진지하게 웃을 일이 아닌데 말이죠……."

로즈월이 로마에 가면 로마법에 따르라는, 제국식의 살벌한 농담을 날리자 학을 뗀 표정의 오토가 투덜거렸다.

오토의 투덜거림에 같은 탁자 앞에 있던 람이 "핫!" 하고 콧방귀를 뀌었다. 그 후, 그녀는 혼자서 온 스바루에게 수상쩍다는 눈초리를 보냈다.

"작은 바루스, 렘은 어쨌어? 같이 있었을 거잖아."

"그 수식어 굳이 필요한 거 맞냐……. 렘은 지금, 카츄아 씨랑 있어. 이 대화에는 끼지 않을 거야."

"──그래."

람은 숨을 내뱉고 스바루의 대답에 그 이상 따지고 들지 않았다.

마침내 동생인 렘과의 대면을 이룬 람이지만 아무래도 스바루가 생각한 만큼 찰싹 같이 다니지는 않는 모양이다. 원래 두 사람은 꽤 달라붙어 다니던 인상이 있기에, 스바루의 희망으로서는 자매끼리 내내 손이라도 잡고 있어 주었으면 하지만.

"람도 렘도 각자 독립된 인간이야. 유치한 바루스의 독선을 강요하지 마. 엉큼하긴."

"남의 마음을 읽지 마! 엉큼하지도 않아!"

"람이 곁에 있지 못하던 동안, 렘을 지탱해 주던 것은 주위 사람들이잖아. 그 인간관계를 소홀히 하란 생각은 하지 않아. 염치가 없어, 미발달 바루스."

"날 부르는 수식의 베리에이션이 언제 동날지 궁금하구만, 언니분……!"

스바루는 이랬다가 저랬다가 다양한 람의 말에 뺨을 실룩대며 크게 숨을 내뱉었다.

람의 주장은 지당하고, 너무 안달해도 좋지 않다. 우선 자매의 합류는 성사되었으니까 서두르지 말고 천천히 일을 진행하면 된다.

걱정하지 않아도 람과 렘 사이에는 다른 사람이 끼어들 수 없는 유대가 있다.

그 사실 자체는, 둘이 모여 스바루의 병문안으로 얼굴을 내밀었을 때의 그 분위기로 믿을 수 있었으니까.

"그나저나 있는 건 이 멤버뿐이야? 페트라와 프레데리카, 가필은?"

"페트라와 프레데리카는 싸우고 있는 병사 분들을 보살피고 있어. 가필도 다친 사람들을 치료하느라 바빠서……."

"싸우고 있다니, 현재진행형이네?"

"응, 맞아. 스바루도 제도에서 많이 봤겠지만……."

없는 멤버에 대해 대답한 에밀리아가 뒷말을 살짝 망설였다.

그녀가 하려던 말은 스바루도 상상이 갔다.

"좀비인가……."

"……뭐예요, 그 희한한 호칭은."

"움직이는 망자를 뜻하는 말. 내 고향에선 좀비라고 하거든. 뭔가 호칭이 있는 편이 좋겠다 싶어서 편의상 그렇게 부르고 있었어."

"나츠키 씨네 고향, 너무 별별 게 다 있지 않아요?"

오토가 게슴츠레한 눈빛을 보내자 스바루는 입을 뚱하니 시옷자로 굽혔다.

이 경우, 실제로 좀비가 출혈한 이 세계 쪽이 이상하다고 주장해야 할지, 실제로는 없는 좀비를 소재로 많은 픽션 작품을 만들어 내는 스바루의 세계 쪽이 이상하다고 생각해야 할지, 잘 모르겠는 차원의 문제다.

"과연, 괜찮지 않나, 좀비. 적어도 송장 병사라고 부르는 건 피하고 싶거든."

그런 스바루와 오토의 대화에 로즈월이 끼어들었다.

그가 말한 단어에 스바루는 "송장 병사……." 하고 되새겼다.

"어째, 싫은 추억하고 직결되었을 것 같은걸?"

"실제로 그렇지. 떠올리기도 싫은 추억 중 하나야."

"제도에서도 얘기했다시피 저건 『불사왕의 비적』의 성과라 여겨도 틀림없을 것이야. 기록상, 가장 최근에 쓰인 것은 왕국의 내전이지."

"그래서 싫은 추억인가."

스바루의 시선에 로즈월이 애매한 웃음으로 명언을 피했다.

과거의 역사에도 조예가 깊은 로즈월이다. 그 내란에 참가한 적 자체는 없어도 『불사왕의 비적』이라는 것 관련으로 싫은 경험을 한 적이 있을지도 모른다.

"다만 베티가 알기로, 그 비술은 더 불안정한 힘이었을 것이야. 저렇게 대량의 좀비를 만들어 내고 재현도도 높다니 불가능해."

"하지만 실제로 다들 움직이고 말을 하고 있었으니까 뭔가 이유가 있는 게 아니니?"

"······베티도 골머리를 썩이고 있어. 더들리, 너도 농땡이 피우지 마."

"어이쿠, 이런, 농땡이 피우고 있다고 여기면 섭섭하군. 나도 당사자니까 여기서 대충 할 이유는 없겠지. 너희의 생명도 달려 있는 문제고."

"어디까지 믿어도 되는 것일까······."

"알겠어. 네 생명도 달려 있으니까."

"뭘 알겠단 것이야! 고약한 장난만 늘었어!"

깍지 낀 두 손에 턱을 실은 로즈월의 대꾸에 베아트리스가 얼굴을 붉히며 고함쳤다.

　놀림받았다고 불만이 폭발한 베아트리스지만 스바루도 로즈월의 진의는 잘 모르겠다. 다만 베아트리스는 스바루의 파트너이므로 메롱만은 해 두었다.

　"으음, 별로 자세히는 알지 못하지만, 스바루가 말한 『좀비』라는 말로 부르면 되는 걸까?"

　"되지 않을까요? 송장 병사보다도 짧고요."

　"오토다운 시점의 찬성……."

　실익 있는 이야기라고 할 수 있을지 미묘한 부분이지만, 호칭이 확정된 것만으로도 성과다. 이후 구체적으로 대책을 짤 때에 적이 『좀비』라는 공통 인식은 중요하기에.

　그렇게 스바루 일행 쪽의 이야기가 일단락 지어졌을 즈음──.

　"──각하, 카프마 이장의 보고로, 일시적으로 가이라할 온대에 남아 최대한 후속진을 견제하겠다고 합니다."

　"오르바르트 일장에게서도, 휘하 시노비와 지연 전술을 하겠다는 보고가! 단, 상대가 물이나 식사의 보급을 필요로 하지 않는 만큼 쓸 수 있는 수단이 절반가량 준다고 합니다!"

　"카프마 일루쿠스와 오르바르트 덩클켄, 양쪽 다 작전을 속행하라고 전해라. 세리나 드라큘로이, 비룡선은?"

　"아직 돌아오지 않았다. 예정보다 다소 시간이 걸리고 있지만 성새도시의 함락을 의미하지 않기를 바랄 뿐이지."

　"그자가 자기 할 일을 다했다면…… 성새도시에 대비가 없을 리가 없다."

그렇게 우르르 중요해 보이는 대화를 나누며 객차에 들어온 것은 아벨과 그를 따르는 제국 사람들── 노인과 거한과 미녀라는 삼인조였다.

　전원 중요한 직함을 가진 인물이라고 짐작되지만 모두 스바루가 모르는 얼굴이다.

　"노인장이 벨스테츠 폰달폰 재상, 키가 큰 쪽이 고즈 랄폰 일장이고, 저 여성이 세리나 드라쿨로이 상급백이에요."

　"고마워. ……고즈라면, 분명히 아벨을 피신시키고 잡혔다고 들은 사람이었지."

　눈썹을 모은 스바루의 옆얼굴에 오토가 이유를 알아채고 주석을 달아 주었다. 그에게서 들은 이름은 생존이 우려되던 『구신장』 중 한 명이다.

　살아 있으면 아벨 편이라고 판단할 수 있는 상대였을 터이기에, 실제로 이렇게 아벨 옆에 있는 것은 순순히 기쁘다.

　"너희도 모여 있나. 마침 잘됐군. 총회의를 시작하겠다."

　"어라, 플롭 씨 쪽은 괜찮은 거야?"

　"성곽도시 시점이라면 또 몰라도 현시점에서 행상인이 총회의에 참가해서 무슨 도움이 되나."

　"그렇단 말이죠. 저는 왜 여기에 있는 거려나요……."

　갸웃한 스바루 옆에서 오토가 아벨의 말에 갸우뚱하고 있다.

　그러나 오토가 갸우뚱한 이유를, 스바루도 포함해서 에밀리아 진영의 모두가 알 수 없었다. 오토가 여기 있는 것은 당연하지 않은가.

람 같은 경우에는 "핫." 하고 코웃음 칠 지경이다.

"타리타 씨와 미젤다 씨도, 객차 뒤쪽에서 대기해 주고 있으니까 이쪽의 대화에는 참가하지 않는다 쳐도 되겠지?"

"네. 슈드라크 분들로부터는 그렇게 말씀을 들었습니다. 막상 힘을 휘두를 기회가 오면 최대한 날뛰겠다고 든든하게 대답해 주시더군요."

"설마 그 용맹과감하기로 유명한 『슈드라크의 민족』과 어깨를 나란히 할 기회가 올 줄이야! 제국의 존망을 다투는 기회가 아니었으면 더욱 가슴이 뛰었을 것을! 분하구나!"

"소란스럽다. 입을 다물고 있어라."

어린아이 머리통만 한 주먹을 움켜쥐고 역설한 고즈의 입을 아벨이 막았다. 매몰찬 말투지만 다른 누구도 주의를 주지 않으니 아마 늘 있는 대화일 것이다.

어쨌든 플롭이나 『슈드라크의 민족』이 동석하지 않는 이유는 알겠다.

"스바루, 제국의 친구들은……."

"전단 사람들은 일단 내가 대표로 얘기를 하겠다고 말해 놨어. 마침 모두와 상담해 두고 싶은 점도 있어서. 특히 베아코에겐."

"베티에게? ……별로, 좋은 예감이 들지 않아."

"자자, 그러지 말고."

플레아데스 전단의 동료들에게도 일단 이 자리에 동석을 삼가 주길 부탁했다.

여하튼 스바루와 아벨이 동석하는 장면이다. 한 발짝 삐끗하면 바이츠가 아벨을 습격하고 스바루에게 옥좌를 넘기려 할 우려가 있었다.

스바루가 아벨── 빈센트 볼라키아의 사생아이며, 『흑발의 황태자』라는 거짓말은 지속 중이다. 그 부분의 해결책도 강구해야 한다.

"탄자라면 그나마 있어도 될 것 같았는데……."

안색이 좋지 못한 그녀를 데리고 나오기도 마음에 걸려서 일단 전단 관계자로서는 스바루만이 출석하게 되었다.

이 대화가 끝나는 대로 탄자의 얼굴에 수심이 어린 이유에 대해 대화를 나누어야겠다는 생각이다.

"그리고 루이를 못 봤는데……."

"그 아이라면 미디엄과 플롭 쪽에 있어. 꽤 따르던 모양이던데 발상만이 아니라 겉보기도 유치한 바루스는 어쩔 생각이야?"

"──그것도, 나중에 다 같이 얘기해 보자."

람의 연홍빛 눈이 가늘어지자 스바루는 그리 대답할 도리밖에 없었다.

플레아데스 감시탑에서 스바루와 렘이 제국에 날아오기 직전, 그 자리에 루이가 있던 것을 람은 알고 있다. 당연히 람의 입을 통해서든 아벨의 입을 통해서든 모두에게 루이의 정체는 공유되었으리라.

그런데도 그녀가 이 연환용차에 동승하게 둔 것은, 대체 누구의 어떤 활약과 노력이 있던 덕분인지 그 점도 알고 싶다.

그러고서 루이의 입장의 타협점으로서 가장 좋은 부분을 찾아야 한다.

"겨우 뒤처진 상황을 만회했으면 다시 회의를 시작하겠다, 나츠키 스바루."

"너, 내가 어이없이 큰 스캔들을 쥐고 있는 걸 잊지 마라? 아니, 그것도 그런데, 그게 아니고."

얌전히 고개를 숙인 기억도 선명한데, 표면상의 태도에 변화를 찾아볼 수 없는 아벨. 그의 태도에 독설로 받은 뒤에 스바루는 제동을 걸었다.

아직 그 동향을 확인하지 못한 상대가 있다.

그것은——.

"——프리실라는? 과랄에 있었을 테고, 제도에도 왔던 거 아니야? 그리고 탄자의 얘기로는 요르나 씨도."

있었을 것이라고 스바루가 아벨의 얼굴을 보면서 물었다.

어떤 경위에선지, 볼라키아 제국에 등장한 프리실라와 유쾌한 동료들. 알에 이르러서는 카오스프레임까지 동행해 주었으니, 제도를 둘러싼 전투에도 참가했으리라. 미디엄이 원래 몸으로 돌아왔으니까 그도 돌아왔으면 좋겠지만.

그리고 요르나도, 그녀가 반란군에게 협력했던 정보는 스바루 쪽도 캐치했었다. 그녀와 연결된 탄자가 제도에서 그 존재를 감지했었다는 점도 있다.

당연히 그런 면면도 이 연환용차에 동승하고 있을 터라고——.

"——이봐?"

그런데 스바루의 그 물음에 아벨이 침묵하고 한쪽 눈을 감았다.

그 반응에 의아해진 스바루는 아벨만 그런 반응인 게 아니라는 사실에 주위를 둘러보며 눈썹을 찌푸렸다.

어째선지 프리실라 측의 동향에 대해 누구도 아무 말이 없었다.

만약 제도 공방전 전에 프리실라 측이 매정하게도 왕국으로 돌아갔으면, 그건 그거대로 에밀리아 일행에게서 프리실라의 이름을 듣고 놀랐을 것이다.

그런 모습이 없다. 그리고 이 꺼림칙한 침묵의 답은——.

"——스바루, 혼란을 주지 않으려고 덮어 두던 일인 것이야."

"베아코?"

무심결에 일어선 스바루 옆에 다가든 베아트리스가 손을 잡았다. 그녀가 운을 뗀 말에 스바루는 얼굴이 굳었다.

"침착하게 들어줘, 스바루. 프리실라와 요르나 씨 말인데……."

에밀리아가 베아트리스에게 손을 잡힌 스바루 쪽을 보며 말하기 시작했다. 도중에 말꼬리를 흐리자 조바심이 난 스바루는 "에밀리아?" 하고 뒷말을 재촉했다.

그런 스바루의 요구에 따라 에밀리아는 작은 한숨을 섞고 말을 이었다.

그것은——.

"제도에서 다 같이 도망칠 때, 그 두 사람이 발견되지 않았어. ——무사하다고 믿고 싶지만."

——제도 공방전에서, 아군이 입은 확고한 상처의 증명이었다.

5

——프리실라와 요르나의 미귀환.

에밀리아의 입에서 야기된 경악스러운 정보가 잘못 말한 게 아님은 실내의 다른 이들로부터 이의가 나오지 않은 것을 보아도 명확했다.

제도 루프가나를 둘러싼 공방전, 제국의 정규병과 반란을 일으킨 반란군의 전투 도중 프리실라와 요르나가 완수한 역할의 크기는 상상이 간다.

그와 동시에, 스바루는 한 가지 깨달음에 주먹을 세게 쥐었다.

"탄자의 얼굴이 어두운 것은, 그게 이유인가……."

연환용차의 침대에서 스바루가 깨자 위문하러 발길을 옮겨 준 전단의 멤버. 그 중에서 탄자가 내내 낯빛이 좋지 못하던 이유가 궁금했다.

나중에 이야기를 들어볼 생각이었지만, 그 전에 이유를 알고 말았다.

"그럼 두 사람이 돌아오지 않았는데 제도에서 떠난 거야?!"

"——그 전투에 참전하고 미귀환한 자를 거론하면 한이 없다. 물론 그자와 요르나 미시구레의 존재는 응당 영향이 크겠지만 특별대우는 할 수 없지."

"하지만 요르나 씨는…… 그리고! 너도 프리실라와는 뭔가 인연이 있을 텐데."

창밖의 경치를 손가락으로 가리킨 스바루는 멀어지는 제도를 생각하며 아벨에게 호소했다.

자세한 사정은 듣지 못했다. 다만 성곽도시의 궁지에 달려와 준 프리실라는 아마도 아벨을 지키기 위해서 말 그대로 날아왔을 터다.

그 후의 대화도 서로 칼을 들이대듯 날카롭기는 했지만, 속내를 훤히 아는 사이처럼 스스럼이 없는 면은 있던 것 같았다.

그런 프리실라를 두고 오다니, 아벨도 마음속이 편하지 않을 것이다.

어쩌면 아까 스바루의 방에서 그가 평정을 잃은 것도, 죽은 치샤라는 인물만이 이유가 아니었을지도 몰랐다.

"귀공, 각하께 어찌 그렇게 무례하게 입을 놀리는가!"

그러나 그런 스바루의 태도에 아벨 본인이 아니라 옆에 있던 거한이 이의를 제기했다.

황금 갑옷을 두르고 얼굴에 흉터가 난 남자, 고즈 랄폰은 화산 폭발 같은 음량으로 외치고 충성을 맹세한 황제를 다그치는 소년을 내려다보았다.

"제도의 자세한 상황을 보면 각하께서 도읍을 방기하시는 것은 당연한 일! 남은 장병이나 민초도 각하의 판단이 옳음은 알 것이다!"

"옳다 그르다 얘기는 안 했어. 내가 하고 싶은 말은……."

"귀공——!"

"그만, 고즈 랄폰. 그자는 잠자코 있지 못하는 습성을 가진 자다."

여전히 스바루가 물고 늘어지자 고즈가 얼굴을 붉히지만, 아벨이 손으로 제지했다.

그런 아벨의 침착한 음성에 고즈는 벌리던 입을 다물고 공손히 머리를 조아렸다. 한편으로 스바루는, 겸연쩍은 표정으로 아벨을 쳐다보았다.

"소란 피워서 미안해. 그래도 같은 말을 또 해야겠어."

"고즈 놈의 말이 맞다. 현재 제도에 남는다 함은 목숨을 버리는 짓이나 다름없다. 그런 판단은 못한다. 물론 프리실라와 요르나 미시구레의 안부는 우려되나……."

"저기 있지, 스바루, 나쁜 소식만 있는 게 아니야. ……아니, 나쁜 소식 중에도 제대로 희망이 있다는 얘기지만."

눈썹이 처진 에밀리아가 앞으로 나서려던 스바루의 어깨에 손을 짚었다.

그녀도 스바루와 똑같이 프리실라와 요르나의 안부를 강하게 염려하는 입장이다. 그런 그녀가 희망이 있다면, 그것은 스바루가 원하는 희망일 터였다.

"하지만 무슨 희망이 있는데?"

"프리실라와 요르나 씨는, 둘 다 엄─청 강하긴 한데 그게 전부가 아니라 주위 아이에게도 영향을 주는 힘이 있어."

"주위에…… 그건, 응. 프리실라 쪽은 모르지만."

마도 카오스프레임을 지배하는 요르나는 도시의 주민 전원과 자기 영혼의 패스를 연결하는 『혼혼술』이라는 능력으로 도시 전체의 힘을 끌어올렸었다.

그 원리는 탄자에게도 적용되어서, 겉모습은 그냥 귀여운 사슴 소녀에 불과한 그녀가 비길 데가 없는 힘을 발휘하는 것은 플레아 데스 전단의 전체 강화와는 또 별개의 힘이다.

그것은 꽤 강력한 지원 효과인지, 카오스프레임에서는 아득히 멀리 떨어진 검노고도에서도 효과가 지속되었고, 제도의 공방전에서도——.

"……혹시, 탄자의 강화가 아직 끊어지지 않았어?"

"그것만이 아니고, 마도에서 합류한 녀석들의 효과도 지속 중인 것이야."

"필연적으로 그 비술의 사용자인 요르나 일장의 생명은 무사하다는 뜻이야. 그것이, 걱정 많은 에밀리아가 발을 동동 구르지 않고 있을 수 있는 이유지."

"그래, 그래서 발을 동동 구르지 않고 있어. 그리고 프리실라도 마찬가지야."

"프리실라도, 마찬가지?"

스바루의 추측을 베아트리스와 람이 뒷받침해 주었다. 그에 이은 에밀리아의 한마디, 요르나와 프리실라가 마찬가지라는 발언에 스바루는 눈썹을 모았다.

그 말은 단순히 받아들이면 프리실라도 요르나와 같은 능력의 사용자라는 뜻이다.

"하지만 프리실라답다는 생각이 들지 않는 능력이고, 애초에 『혼혼술』을 쓰는 건 무지무지 어렵다고 아벨이 분명히 말했었어. 너, 속였던 거냐?"

"멍청한 것. 속인다고 나에게 무슨 이득이 있나. 이제 와서 네가 나를 어떻게 생각하는지 마음에도 두지 않지만, 여기서 함부로 반감을 살 이유가 있겠느냐. 머리를 써라."

"그러고서 내 반감을 사지 않는다 생각하는 거라면, 너, 황제에 적성이 없거든."

이번 일이 없어도 가까운 미래에 반드시 쿠데타가 일어날 언행.

스바루가 그 점을 지적하자 고즈가 또다시 성난 표정을 짓지만, 옆에 서 있는 벨스테츠가 수습해서 일이 커지지 않고 넘어갔다.

"어쨌든 나츠키 씨의 프리실라 님에 대한 인상도 이해 못 할 건 아닌데, 그분은 그 『혼혼술』이라는 능력의 사용자가 맞아요. 저도 이 눈으로 봤습니다."

"나도 오토랑 같이 확인했어. 물론 요르나 일장의 차원이 다른 사용법과 다르게 대상은 아끼는 시종 정도로 한정적인 힘이지만."

"아끼는, 슐트 말인가. ……그러고 보니, 알은?"

프리실라의 미귀환과 합쳐서 화제가 그녀 쪽 진영으로 돌아갔을 때, 스바루는 이 자리에도 연환열차 안에서도 보지 못한 쇠투구 남자에 대해 물었다.

주종 모두가 인정하지 않지만, 알은 프리실라의 기사 같은 포지션이다.

그도 표표하고 경박하지만, 프리실라에 대한 충성심은 분명히 존재했다. 당연히 프리실라의 미귀환에 알이 제일 책임을 느낄 터다.

"……그 남자라면, 용차에 타지 않고 제도에 남았어. 스바루의 생각대로 프리실라를 찾기 위해서 움직이고 있는 것이야."

"그 녀석……! 설마, 혼자서?"

"혼자인 편이 운신하기 쉽다는 의견이었지. 그 점은 람도 동감이야. 그 상태의 제도에 많이 남는다고 좋아질 문제도 아닌걸."

"젠장, 그렇다고 해서……."

부재중인 알에 관한 회답을 얻었지만 그것은 스바루의 미간에 주름을 새기는 사실이었다.

그래 봬도 알은 눈썰미가 상당히 좋고 실력 이상으로 살아남는 데에 특화한 인재다. 그럼에도 실력자와 비교해서 본 실력이 한 발 떨어지는 것은 확실하다.

그런 자각이 있는 주제에 알은 스바루에게 친절히 협력해 주었다. 입으로는 뭐라 말을 해도, 그가 없으면 위험했던 상황이 몇 번이나 있었던지.

"프리실라 님의 진영에 대해서는 수장인 프리실라 님, 그 시종인 알 님과 동행하던 하인켈 님이 행방불명. 슐트는 방에서 안정을 취하고 있어요."

"하인켈이라면…… 뭔가, 엄청 꺼림칙한 기억이 있는 이름인데……."

"주정뱅이야."

"그 설명으론 안 전해져. ……라인하르트의 부친인 것이야."

"──! 그 망할 아비! 왜 그런 녀석이 제국에?!"

눈을 부라린 스바루는 기억 밑바닥에서 찜찜한 기억을 길어 올렸다.

수문도시 프리스텔라에서 단란해지려던 분위기를 박살 낸 남자가 하인켈이다. 그러고 보니 그는 프리실라 일행과 함께 있었던 모양이지만, 제국에도 있었다니 놀라웠다.

자기중심적이고 이기적, 볼라키아 제국에는 절대 안 오려 할 줄 알았는데.

"하지만 그 하인켈도 행방불명이 되어서……."

"프리실라 측과 같은 미귀환자……. 젠장, 어떻게 생각하면 좋을지 모르겠네."

물론 죽기를 바라지는 않고 죽어서는 안 된다고도 생각한다.

한편으로, 호감이 가는 상대가 아니므로 라인하르트나 빌헬름이 슬퍼하지 않기를 바라는 마음 이상의, 살아 있어 달라고 빌 만한 이유가 없는 상대다.

다만 그 싸움에 참가한 결과라는 것은 복잡한 심경이었다.

"―――."

루그니카 왕국의 인간이며, 『검성』 라인하르트의 아버지인 하인켈.

그런 그가 볼라키아 제국의 싸움에 말려든 끝에 목숨을 잃었을지도 모르는 상황이란, 본인과 친하지 않은 스바루라도 씁쓸한 느낌이었다.

스바루는 기필코 소중한 동료들과 함께 전원이서 왕국으로 돌아가야 한다는 생각도 들었고.

그렇게 스바루가 결의를 굳게 다질 때였다.

"프리실라 님과 요르나 씨의 사정은 전해드린 대로입니다. 그런 다음에, 이후 방침 회의를 시작하기 전에 제가 분명히 명언해 두고 싶은데요."

무거운 침묵이 차지한 실내에서 오토가 그리 입을 떼었다.

그 자리에 일어서서 검지만을 하나 세운 그는 주위의 주목을 모으더니 말했다.

"아실 거라고 생각합니다만 저희는 왕국 사람입니다. 국경을 넘으면 안 되는 시기에 월경한 잘못은 인정하고서, 발언하겠습니다."

"──읊어 보아라."

"네. ──저희의 목적을 달성했습니다. 성새도시 가클라에 들어갈 거라면 저희는 거기서 북상해서 카라라기 도시국가를 경유, 루그니카 왕국으로 귀국하겠습니다."

전대미문의 위난에 습격받은 이 볼라키아 제국에서, 망국의 위기에 처한 볼라키아 황제를 앞두고 오토 스웬은 분명하게 그리 선언했다.

6

"──나츠키 씨와 에밀리는 입 다물고 계세요."

스바루와 에밀리아가 무슨 말을 하기 전에 기선을 제압당했다.

시선을 주지 않는 오토의 직전 발언에 맹렬히 항의하려던 스바루와 에밀리아는 그에게 고스란히 선수를 빼앗긴 형국이었다.

하지만 스바루와 에밀리아의 반응은 당연한 노릇이다.

제도가 그만한 참상에 처한 끝에 프리실라와 요르나의 안부도 알 수 없는 상황인데 귀국할 계획을 세우다니, 그런 건 너무나도.

"인정이 없다고 말하고 싶은 듯한데, 람도 오토의 방침에 찬성이야. 렘과, 덤으로 팔다리가 짧은 바루스도 회수했어. 성과는 충분해."

"람⋯⋯."

"그렇게 보채는 눈을 해도 안 돼, 에밀리. 당신도 알고 있잖아. 우리는 우연히 잃은 게 없이 끝났을 뿐. 더 이상은 너무 위험하다는 걸."

침묵을 지시받은 스바루와 에밀리아를 대신해 입을 연 람의 의견은 오토에게 찬성하는 뜻이었다.

매달리는 에밀리아의 눈빛에도 람의 대꾸는 냉담하다. 의자에 앉아 있는 그녀는 자신의 팔꿈치를 안는 평소의 포즈와 함께 눈을 가늘게 떴다.

우연히 잃은 게 없이 왔을 뿐. ──그렇게 표현하는 람의 견해는 옳다.

실제로 이 자리에 프리실라와 요르나를 데려오지 못했다. 그것이 진영 내의 누군가가 되지 않는다는 보증은 어디에도 없었다.

"더들리, 너도 부인과 같은 의견인가?"

"부인은 아니지만, 두 사람과 거의 같은 의견이긴 하지."

그 대화 옆에서 얼굴의 하얀 흉터가 눈에 띄는 미녀, 세리나라고 소개받은 여인이 로즈월에게 말을 돌렸다.

세리나가 부인이라고 부른 것은 람일까. 그 의혹에 관해서는 부정했지만 로즈월도 다른 두 사람과 같은 의견을 견지했다.

"실제로 우리의 목적만 보면 완벽한 달성이라 할 수 있지. 이 친구의 팔다리가 다소 짧아지거나 잠자던 아이가 말괄량이가 되었지만 최상의 결과야. 여기서 왕국으로 퇴각하는 게 우리에게 가장 손해 볼 우려가 없는 판단일 테지."

"이가 다 나지 않은 바루스라면 손실은 최저한이라 할 수 있겠어."

"이 정도는 다 났거든……!"

반론하지 않는 것을 기회 삼아 람이 스바루의 사이즈를 좋을 대로 꼬집어 대고 있었다. 하지만 스바루는 분위기가 불편하게 흘러간다고 시선이 우왕좌왕했다.

오토와 람, 그리고 로즈월 셋은 에밀리아 진영 내에서도 현실적인 머리가 돌아가기에 방침 결정 회의에서도 강한 발언력을 가진 멤버.

에밀리아 진영이라는 명칭에도 불구하고 에밀리아나 그 기사인 스바루의 의견이 통하지 않을 때도 곧잘 있다. 오히려 많은 축이다.

"우리 편은 베아코뿐인가……."

"……스바루에게는 미안하지만 베티도 굳이 따지자면 그쪽 의견에 가까워. 스바루가 작아진 것도 포함해서 제국과 더 이상 함께하는 것은 너무 위험한 것이야."

"거짓말이지, 너까지!"

생각지도 못한 파트너의 배신에 스바루는 눈이 휘둥그레지며 놀람을 드러냈다.

하지만 베아트리스는 미안한 눈치이면서도 '거짓말이야' 하고 말할 기색이 없다. 그녀는 진지하게 스바루를 염려하기 때문에 이런 말을 하고 있다.

즉——.

"스바루……."

"……나랑, 에밀리아땅뿐."

에밀리아가 자신의 하얀 손을 꼭 쥐고 남보랏빛 눈동자를 일렁거렸다. 그런 그녀의 부름에 침을 꿀꺽 삼킨 스바루는 워낙 전력이 부족해서 식은땀을 흘렸다.

최소한 이 자리에 없는 다른 멤버가 있으면 이야기도 달랐을 터——.

"말해 두겠는데요, 페트라도 저희와 같은 의견이에요. 프레데리카 씨도 소극적이지만 귀국 쪽……. 아군은 가필뿐이라고 생각하세요."

"에밀리아땅과 가필과 나라고?! 농담도 쉬엄쉬엄 해!"

"으으, 어쩐지 엄—청 미덥지 못해……."

희망적 관측이 현실적으로 박살 나서 스바루와 에밀리아의 의견이 더욱 미덥지 못하게 되었다.

이것이 주먹다짐으로 결정하는 회의라면 에밀리아와 가필의 존재로 압도적으로 유리하지만, 그 이외의 회의라면 도통 상성이 좋지 않다.

"에잇! 대체 웬 촌극이냐! 도저히 두고 보지 못하겠군!"

그런 스바루 측의 대화에 고즈가 거칠게 콧김을 뿜었다.

조금 전에도 아벨을 대하는 스바루의 태도에 항의하던 그가 보자면, 에밀리아 진영의 언동 전부가 황제에 대한 불경으로 느껴졌으리라.

성큼 앞으로 나선 고즈가 스바루의 뒷덜미를 집어다 들어올렸다. 정말로, 그의 굵은 손가락 두 개에 집힌 스바루가 "우와!" 하고 화들짝 놀랐다.

"이건 제국의 문제다! 귀공들이 제국민이 아닌 왕국민이라면, 그 방침대로 속히 국경을 넘어라! 귀공들의 힘 따위는 필요 없다!"

"기, 기다려 줘! 아직 이쪽 얘기가 정리되지 않았으니까……."

"잔말이 많다──!!"

발이 붕 뜬 상태에서 어마어마한 성량에 얻어맞은 스바루의 눈이 핑 돌아갔다.

두 손으로 귀를 막아도 그 방어를 관통하는 고즈의 목소리는 이미 병기였다. 다만 그의 주장은 제국의 군인으로서 지닌 긍지이며, 스바루가 따를 이유는 없다.

그리고 그것은 스바루 이외의 외부인도 마찬가지다.

"그만, 고즈 씨. 우선 스바루를 내려놓고, 잘 대화해 보자."

허리에 손을 짚은 에밀리아가 앞으로 훌쩍 나섰다.

그녀는 스바루를 집고 있는 고즈를 올려다보며 당찬 의지를 상대에게 전했다. 그 자세에 고즈는 굵은 눈썹을 찌푸리고 흉터로 가득한 얼굴로 에밀리아를 내려다보았다.

"귀공도 이 소년과 같은 의견이라 보았다! 하나! 제국의 검랑은 적선 따위 받지 않는다! 귀공들의 조력은 불필요하다! 동료와 함께 신속히……."

"그거! 나, 엄—청 이견이 있어!"

"뭣이?!"

"우리의 힘이 필요 없다는 거! 하지만! 나는 그렇게 생각하지 않아!"

"덩달아서 목소리가 커진 것이야."

고즈의 기세에 지지 않겠다고 에밀리아의 은방울 목소리가 점점 커진다.

아름다움은 유지한 채로 방울이라기보다 종소리처럼 커진 에밀리아의 목소리. 그것이 정면으로 자신에게 이의를 제기하자 고즈가 표정을 구겼다.

그 표정을 구긴 고즈에게 에밀리아가 손가락을 들이밀며 말을 이었다.

"왜냐면! 제도에 일어난 싸움에서도 나랑 프리실라 쪽이 없었으면 다들 더 엄—청 고전했을 테니까!"

"——웃!"

"우리! 만만치 않았었지, 벨스테츠 씨!"

목소리 크게 말하던 에밀리아가 화제의 방향을 벨스테츠에게 돌렸다.

실처럼 가는 눈을 가진 노인은 갑작스러운 지명에 동요 없이 "그렇군요." 하고 입가의 수염을 손가락으로 만지작거리며 대답했다.

"이 사람이 보아도 그토록 일장 분들이 공세를 유지하지 못하던 것은 예상 밖이었습니다. 거기에 저자들의 공헌이 있었다고 하면……."

"이쪽 입장에서 말을 하는 것도 묘한 기분이지만, 성에서 발사된 그 하얀 빛…… 없앤 것은 저기 있는 드레스를 입은 소녀다."

"──그건 또 참."

턱짓한 세리나가 베아트리스의 공적을 발설했다. 그 빛과 어떻게 관계가 있는지 그 말을 들은 벨스테츠의 표정이 살짝 긴장되었다.

스바루 일행이 전장에 도착하기 직전, 하마터면 싸움을 끝낼 수도 있던 한 방──. 그것을 없앤 베아트리스의 공적이 거론되니 파트너로서도 어깨가 으쓱하다.

"어때, 고즈 씨, 전제가 틀렸던 것 아닐까? 당신은 우리의 힘 따위 필요 없다고 하지만, 없었으면 상황은 더 나빴을걸."

"웅! 구체적으로는 모르겠지만 더 심해졌을 거야!"

"에밀리, 슬슬 볼륨을 낮출 수 있을까."

스바루와 에밀리아의 파상 공격. 거기에 세리나와, 결과적으로 벨스테츠도 지원 사격을 하는 모양새가 되자 고즈가 입술을 부들부들 떨었다.

스바루 측만 주장한다면 몰라도 이 상황에서 수뇌 회의에 참가한 세리나와 벨스테츠가 인정하는 것은 입지전적인 군인이란 인상이 강한 고즈에게는 효과가 높을 듯하다.

그러나——.

"……확실히 귀공들의 공헌은 인정하겠다. 하나! 애초에 귀공들 내에서도 중요한 이야기가 정리되지 못하고 있지 않나!"

"그건……!"

"그건 그래……."

지당한 반론에 스바루와 에밀리아가 의기소침했다.

여기서 고즈를 설복시켜도 그것은 쓰러뜨리기 쉬운 상대를 쓰러뜨렸을 뿐이지 스바루 측의 의견이 통과되는 것은 아니다.

오히려 고즈보다 훨씬 더 벅찬 멤버를 설득하는 게 필수다.

"박정한 줄 알고서 말을 하겠습니다만."

스바루가 적을 재확인한 순간, 그 적이 때를 지켜보던 것처럼 말을 꺼냈다.

불길한 예감밖에 들지 않는 투로 시작한 오토는 손가락에 잡힌 스바루와 잡고 있는 고즈를 번갈아 쳐다보고 말했다.

"고즈 일장의 말씀대로, 이것은 제국의 문제입니다. 필요에 쫓기는 상황과 달리 여기서부터 적극적으로 관여하면 타국의 내정 간섭…… 국제 문제로 비화할 수 있습니다."

"윽……."

"애초에 그렇게까지 해서 나츠키 씨가 개입하고 싶어 하는 이유는? 어차피 이 제국에서 오늘까지 알게 된 사람들에게 생긴 은혜나 의리나 정, 대충 그런 거죠?"

"압니다, 다 알아요 같은 투로 말하지 마! 그게 뭐 잘못이냐!"

"잘못은 아니지만 이런 식으로 설득도 할 수 있지요. ──그, 나츠키 씨가 저버릴 수 없는 분들을 전원 제국 밖으로 데려가겠다고."

이론적으로 문제의 해결을 꾀하는 오토. 그 신조의 가장 큰 위력이 발휘되자 스바루는 그가 꺼낸 터무니없는 제안에 눈이 휘둥그레졌다. 비슷하게 놀랐는지 고즈도 잡고 있던 손가락을 삐끗해 스바루를 바닥에 떨어뜨렸을 정도다.

당연히 그 말에는 에밀리아도 놀랐다. 그녀는 바닥에 엉덩방아를 찧은 스바루에게 손을 빌려주면서 "오토?" 하고 쳐다보았다.

"그거, 무슨 뜻이야? 설마, 정말로……."

"비꼬는 의미 없이 그냥 그런 제안이에요. 상황이 이렇고, 모인 희망자를 데리고 나가는 정도의 무리는 해 보죠. 다행히 결정권은 있습니다."

오토의 시선이 힐끗 로즈월 쪽을 보았다.

제국에서는 신분을 숨기고 있다는 로즈월이지만 그가 에밀리아 진영에서 제일 권력자라는 것은 사실. 만약 오토의 의견이 통과되면, 망명하게 되는 이들을 받아들이는 보증을 할 사람은 로즈월이라는 셈이다.

그리고 그런 오토의 도전적인 말씨에 로즈월은 악랄한 웃음과 함께 끄덕였다.

"적어도 내 고용주는 거부하지 않겠지. 그걸로 무릅쓸 필요 없는 위험을 피할 수 있다면 그 정도는 필요 경비라면서."

"생각이 어린 바루스니까, 마음에 걸리는 상대 태반은 싸울 힘이 없는 사람일 터. 제국에서도, 놔줘도 아쉽지 않은 상대겠지."

어마어마한 레벨의 교섭을 나누며 스바루 측을 빼놓고 멋대로 이야기가 정리된다.

로즈월의 지나치게 규모가 큰 보신도, 람의 스바루 성격을 간파한 추측도, 참견할 여지가 보이지 않아 갈팡질팡하는 사이에 이야기가 진행된다.

"어떨까요, 황제 각하. 자국의 희생자를 조금이라도 줄일 수 있다면, 저희 제안도 나쁜 것이 아니지 않을까요?"

"──많이 생각한 제안이군. 쉽게 기각하기 어려운 부류의."

"황공합니다."

아벨의 입에서도 빈틈없는 제안이라고 칭찬받은 오토가 인사치레로 묵례. 물론 오토 입장에서는 속으로 혀를 내밀고 있어도 이상하지 않다.

제국의 방식과 오토의 상성은 나쁘다. 능력이 아니라 성격적으로.

스바루도 그렇지만 오토도 제국을 싫어할 것이다.

그것은 같은 의견이다. 오토는 그 점을 감안하고 중요성을 확실히 분간했을 뿐.

"욱……."

마치 탈 배의 구멍을 멋대로 보수하고 다른 배로 고쳐 만든 기분이다.

그 배는 스바루의 바람과 다른 방향으로 돛을 펼쳤지만 그래도 스바루의 소중한 이들의 생명을 지키기 위해서 흘러 흘러 맞은편

기슭을 목표로 나아간다.

그것이, 스바루 측을 위해서 고심한 생각임을 알기는 한다.

알기는 하지만, 그렇다 해도.

"어때요, 나츠키 씨. 이것이 제가 할 수 있는 최대한의 양보와 배려입니다."

무턱대고 스바루의 의견을 부정하는 게 아니라 되도록 스바루의 의견을 참작한 후에 안전도 확보하려는 오토.

믿음직한 남자라 여기고는 있었지만, 진심으로 의견이 대립하면 까다롭기 그지없는 남자였다. 이 대화 전에 술을 먹여서 만취 상태로 해 두어야 했던 남자.

그런 오토의 너무나 강력한 이론 무장에, 상점에서 파는 초보자용 목검밖에 없는 스바루가 어떻게——.

"——저기, 아벨, 묻고 싶은 게 있어."

"에밀리아땅?"

갑자기, 스바루와 같은 의견이며 마찬가지로 말문이 막혀서 분할 마음일 에밀리아가 아벨에게 말을 건넸다.

에밀리아의 옆얼굴을 본 스바루는 눈을 크게 떴다.

말문이 막혀서 어떻게든 타개책을 찾으려고 분한 표정이던 스바루와 달리, 에밀리아의 눈도 얼굴도, 열세에 빠져 있지 않았다.

그 늠름하고 용감한 에밀리아의 부름에 아벨의 검은 눈이 그녀를 보았다.

말없이 재촉받은 에밀리아의 얇은 입술이 움직였다.

"볼라키아 제국은, 다해서 어느 정도의 사람이 있어?"

"——이 한 달의 내란으로 상당한 숫자가 줄었겠지만, 그 이전의 상태로 약 5000만 정도다."

"그래."

에밀리아의 질문에 아벨이 눈썹을 찌푸리며 답변했다. 그 답변을 들은 에밀리아는 짧게 숨을 내쉰 뒤에 자기 입술에 손가락을 세우고서 스바루를 쳐다보았다.

그리고——.

"그렇대, 스바루."

"————."

그렇게, 에밀리아가 스바루에게 말했다.

스바루는 순간적으로 그녀가 건넨 말의 의미를 미처 받아내지 못했지만, 곧 에밀리아의 뜻을 알아채고 바닥에 떨어지려던 기대를 캐치, 어금니를 악물었다.

딱 1초 동안 어금니를 악물게 만든 그것을 어떻게 해야 할지 망설이긴 했어도.

"스바루, 베티의 의견은 말했어. 하지만."

"베아트리스……."

"베티는, 언제나 스바루 편인 것이야."

망설이는 스바루의 손을 고쳐 잡은 베아트리스가 스바루의 마음에도 함께해 주었다.

스바루와 거의 신장이 다를 바 없는 베아트리스, 평소 이상으로 가까이 있는 그녀의 눈에 응시받은 스바루는 숨을 크게 들이마셨다가 뱉었다.

그대로 에밀리아의 기대 어린 눈초리를 받은 스바루는 오토를 바라보았다.

그를 올려다보며, 말했다.

"5000만이야."

"……뭐라고요?"

뱉은 발언에 오토가 고운 눈썹을 모으고 되물었다.

되물은 말에 스바루는 가슴을 펴고 뺨을 일그러뜨린 웃음과 함께 거듭 통고했다.

"너, 아까 말했잖아. 내가 저버리지 못하는 모두를, 왕국에 데려가겠다고. 그렇다면! 내가 저버릴 수 없는 건 5000만 명이야!"

"──윽, 나츠키 씨!"

"알아! 네 쪽이 옳아! 내 쪽이 되지도 않은 소릴 하고 있어! 모두가 나와 렘을 구하러 와 주었는데 뭔 소리를 하느냔 건 알아! 하지만!"

스바루는 눈썹을 세운 오토를 손으로 막고, 자조는 해도 자중하지 않았다.

이론적으로 내몰리는 판에서 오토와 람과 로즈월에게 이길 리가 없었다. 그렇다면 스바루는 에밀리아와 가필이 아군인 상태로 할 수 있는 일을 한다.

그것은 즉, 이론적으로 정면에서 떼를 쓰는 감정론이었다.

"터무니없이 위험한 상황이란 말이야! 우리가 빠지고 그 때문에 제국이 엉망진창이 되면 어쩌게. 생각만 해도 나는 밥이 목구멍에 넘어가지 않아!"

"저희가 질 위험은 어떻게 되는데요. 알지도 못하는 5000만을 구하고 대신에 저희 중 누가 죽거나 낫지 않는 상처를 입으면 더 괴로울걸요."

"우리 중의 누구도 죽게 두지 않고, 그런 부채도 지게 두지 않아. 절대로! 그건 절대라는 전제로, 그 다음에 하는 말이라고."

나지막이, 조용히 따지는 오토의 질문에 반박한 스바루는, 그다음으로 오토가 아니라 그 옆에서 한쪽 눈을 감고 있는 로즈월 쪽을 바라보았다.

"로즈월! 너는 알고 있을 테지. 내 절대는, 절대라는 걸."

"……나는 더들리야, 스바루. 그렇다곤 해도 너의 절대에 기대를 거는 내가 그 물음에 끄덕이지 않는 것은, 다소 불성실이 심하다 해야겠지."

에두른 말투지만 로즈월은 스바루의 의견에 두 손을 들었다.

『사망귀환』인 줄은 모르더라도 스바루의 권능을 알고 있는 로즈월은, 그 권능에 기대하는 만큼 스바루의 기분을 해칠 수 없다.

애초에 여기서 오토의 말주변에 넘어가면 『성역』의 맹세는 어떻게 되겠나.

"람, 부탁해……."

"……에밀리, 최소한 람을 설득할 재료라도 없어?"

"열심히 노력해서, 모두의 힘이 되고 싶다는 마음밖에 없어서…… 그러니까, 부탁해."

반대쪽에서는 에밀리아가 람을 상대로 터무니없이 우격다짐으로 부탁을 하고 있다.

스바루가 같은 짓을 하면 가차 없이 말로 따귀를 날렸을 람도 에밀리아의 수법에는 효과적인 대답을 못하고 있었다.

결국 람은 작게 한숨을 내쉬고 대답했다.

"람은 렘을 데리고 돌아갈 수 있으면 그걸로 족해. 다만 지금 렘의 모습을 보면 제국 사람들과 꽤 친해져서…… 그걸 버리고 가는 짓을 하면 간신히 실감한 직후인 언니의 위엄에 상처가 나겠지."

"람……!"

"하지 마, 거치적거려."

눈을 감은 람이 타협의 이유를 알아서 찾아 주자 에밀리아가 안겨들었다. 벅찬 마음에 나온 에밀리아의 포옹에 람이 씁쓸한 표정으로 응수했다.

그렇게 힘으로 밀어붙였다고밖에 못할 방법으로 로즈월과 람이 함락되었다.

그러나——.

"오토, 부탁해……!"

"에밀리처럼 눈물로 설득할 겁니까? 공교롭게도 저는 람 씨하고 달라서요. 지불할 대가를 알 수 없는 계약서에 사인하는 바보 같은 짓은 안 합니다."

"베아코도 부탁할 거니까……!"

"베, 베티도 부탁하는 것이야."

"둘이 덤비든 셋이 덤비든 안 됩니다."

스바루가 베아트리스를 채근하자 람을 껴안은 에밀리아까지 참가하려는 기색을 보였으나 오토가 또다시 미리 제지했다.

정으로는 움직이지 않겠다고 완전히 결심한 표정의 오토. 그 고집은 『성역』에서 대치한 로즈월이 떠올릴 만큼 만만치 않다. 심지어 지금의 오토에게는 로즈월이 떠오른다는 말로 마음을 꺾는다는 전법도 통하지 않을 것이다.

"나츠키 씨 측 생각은 위험을 무릅쓸 뿐이고 이익이 없습니다. 눈물로 설득하는 조건도 채우지 못했다고요. 람 씨도 더들리도 두 사람을 오냐오냐 하지 마세요."

"이런, 혼나 버렸군."

"오토 주제에 건방져."

오토의 엄한 질책에 로즈월이 어깨를 으쓱이고, 람이 눈썹을 찌푸렸다. 하지만 그의 의견 자체에 의견은 없는지 두 사람도 그 이상의 말대꾸는 하지 않았다.

실제로 오토라는 보루가 무너지지 않으면 상황을 밀어붙이기란 불가능하다.

전원이 납득하지 못한 상황인데 그저 지위로 위에서 강요하는 행위를 에밀리아는, 그리고 에밀리아 진영은 용인하지 않기 때문이다.

그때——.

"——이익이 없다고 말했으렷다. 그렇다면 이익이 있으면 이야기가 달라지지."

"————."

스바루도 에밀리아도 아니라, 아벨이 참견했다.

대화에 끼어드는 황제의 행동에 오토의 시선이 날카로워졌다.

스바루의 넉살과 다르게 오토는 본격적으로 불경한 시선을 황제에게 보내며 말했다.

"이익이 있으면 말입니다. 대체 어떻게 하실 생각이십니까? 말해 두겠습니다만 보상 같은 걸 받아도 수지가 맞는다고는 도저히……."

"──루그니카 왕국의 왕선 후보자에게 정식 협력을 요청하겠다."

"──웃."

아벨이 내놓은 제안에 오토가 표정을 굳히고 목을 꿀꺽 울렸다.

그와 동시에 표정에 격진이 퍼진 것은 스바루 일행보다 제국 사이드의 인물들이었다. 그 말에 세리나는 웃고, 벨스테츠가 실눈을 살짝 벌렸다.

그리고 경악을 안면에 바른 고즈는 이 세상의 종말인 양 두 팔을 벌리고 외쳤다.

"기다려 주십시오, 각하!! 왕국에 협력 요청이라니…… 그런 짓은! 이 신성 볼라키아 제국에 전례가 없는 일이온데!!"

"전례가 있고 없고가 어쨌다는 것이냐. 그 말을 꺼내면 제도를 무례한 도당에 빼앗기고 이렇게 낯 두껍게 퇴각하는 꼴사나운 황제의 전례가 있겠냐. 하찮은 집착이다."

"하오나! 타국에 의지하면 힘이 없다고, 검랑에 어울리지 않는 결단을 내렸다고 장병도 국민도 한탄할 것입니다! 황공하오나 황제 각하의 위광이 흐려집니다!!"

"위광이 흐려지나……. 하찮은 우려군."

언성이 높아진 고즈의 호소에 아벨은 고개를 가로젓고 그리 답했다.

그 단언에 고즈가 눈을 부릅떴다. 아벨은 고즈를 마주 보며 "고즈 랄폰." 하고 신하의 이름을 불렀다.

"지금 우리에게 필요한 것은 실속이 따르지 않는 공허한 위광인가?──그렇지 않다. 지금 이 제국이 원하는 것은 승리다. 적의 목덜미를 물어뜯고 피를 쓰고 생명을 들이킨 끝에 손에 넣는 승리야말로 제국의 내일을 만든다."

"가, 각하……."

"그 이빨을 박는 데에 장해물이 된다면, 그 모든 것이 이 빈센트 볼라키아가 제정한 철혈의 규정의 '적'이다. 각오하고 답하라, 고즈 랄폰."

"───────."

"──네놈은, 나의 '적'인가?"

고요한 물음에 고즈의 온몸이 떨렸다.

스바루와 방에서 옥신각신하던 흔적이란 어디에도 없이, 그렇게 꼿꼿이 서서 황제의 위엄을 드러낸 아벨에게는 힘이 있었다.

시선에도, 목소리에도, 존재 그 자체에도 다른 이를 위압하는 힘이 있으며, 고즈는 그것을 지척에서 정면으로, 홀로 받아내는 셈이 되었다.

그리고 고즈는 시간으로 따지면 5초도 되지 않을 사색의 시간을 거치고──.

"각하의 시간을 빼앗아 큰 실례를 저질렀습니다. ──이 고즈 랄폰! 각하의 앞을 막아서는 장해물들을 때려 부수는 전투망치! 결코! 각하의 '적'이 아니옵니다!!"

"그러하다면 좋다. 네 활약을 믿겠다. 더욱 힘을 쓰라."

"예!! ……예?!"

고즈의 대음량 답변에 끄덕인 아벨이 신하의 활약에 기대한다고 응수했다. 그 말을 힘차게 받아들인 뒤에, 고즈는 벼락에 맞은 듯한 소리를 냈다.

아마 그가 놀란 원인은 덧붙인 아벨의 한마디에 있었다.

"──크윽, 가진 바 최선을 다하겠습니다!!"

직후에 왈칵 치솟는 눈물을 철철 흘린 고즈가 굵은 팔로 자신의 얼굴을 닦고서, 아벨에게 떨리는 목소리로 새삼 맹세했다.

그 모습을 스쳐본 아벨은 세리나와 벨스테츠 두 사람에게 눈길을 주고 말했다.

"너희도 이견은 없겠지."

"없다. 내 취향의 표정이라 더욱더 각하에 대한 충의가 깊어진 기분이야."

"이 사람도 없습니다. 적잖게 놀랐다는 점 말고는."

"흥."

웃은 세리나와 다시 실눈이 된 벨스테츠, 둘의 태도에 콧방귀를 뀐 뒤에 아벨은 앞으로 걸어 에밀리아의 정면에 섰다.

그리고 눈을 끔뻑이는 에밀리아를 바라보며 말했다.

"들은 바와 같다, 왕선 후보자여. 볼라키아 제국은 정식으로, 사태를 수습하기 위해서 루그니카 왕국에 협력을 요청하겠다. ──

힘을 보태라."

"……저기 있지, 아벨. 나도 정말로 힘이 되어 주고 싶어. 하지만 나는 그 왕선 후보란 사람에 대해 엄—청 아는 게 없어서."

"에밀리아땅, 아니야! 지금은 드러내도 상관없는 상황이야!"

"어?! 그래?!"

아벨의 제의에, 정말로 마음 아픈 눈치이던 에밀리아가 눈을 동그랗게 떴다.

그런 그녀에게 스바루와 베아트리스가 연방 끄덕여 주자 에밀리아는 추가로 확인하기 위해 껴안고 있는 람을 보았다.

그러자 람은 그런 에밀리아의 팔을 풀어내고 도리어 그녀의 등을 밀었다.

"그래, 맞아. ——부디 뜻대로 하세요, 에밀리아 님."

"——아."

람의 입으로 '에밀리아' 라고 불린 에밀리아는 놀란 뒤에, 눈을 빛냈다. 그리고 눈을 깜빡여 기쁨을 눈꺼풀 뒤에 숨기고, 다시금 아벨 쪽으로 돌아섰다.

말없이 자리가 정리되기를 기다리던 아벨에게 에밀리아는 "어흠." 하고 헛기침한 뒤.

"나는 에밀리아, 그냥 에밀리아야. 루그니카 왕국의, 다음 왕을 결정하기 위한 왕선 후보자 중 한 명. 그리고 지금, 위험한 제국을 돕고 싶은 마음인 한 사람."

"——이것은 정식 요청이다. 볼라키아 제국이 타국 사람, 그것도 중책을 맡는 입장에 있는 자에게 협력을 바랄 일은 없다. 그 때문에 이 사실이 공표되면 왕국에서 옥좌를 두고 경쟁하는 너에게도 순풍이⋯⋯."

"아유! 그런 건 뒤로 미뤄도 돼! 지금 하고 싶은 건 이거!"

딱딱한 논리를 유창하게 늘어놓으려던 아벨에게 에밀리아가 볼을 부풀렸다. 그 귀엽게 심통 난 표정으로, 에밀리아는 아벨에게 자신의 손을 보였다.

에밀리아는 들어 올린 손을 천천히 내리고 아벨에게 내밀었다.

"우리가, 당신의 제국을 돕게 해 줘."

결국 말을 누가 먼저 꺼냈는지 뒤죽박죽으로 꼬는 것이 에밀리아답다. 그런 에밀리아가 내민 손을 내려다본 아벨이 한순간 스바루 쪽을 보았다.

검은 눈에 발생한 희미한 당혹에, 스바루는 사악한 얼굴로 웃고 끄덕였다.

"받으시지요, 황제 각하. 내 에밀리아땅의 손을 잡을 허락을 내주겠어."

"그러니까, 스바루가 내 거라고 했잖아."

스바루의 넉살에 에밀리아가 수줍은 웃음과 함께 대답하고, 둘의 대화에 아벨은 한쪽 눈을 감고서 한숨지었다.

그러던 그의 손이 천천히, 에밀리아가 내민 손을 잡았다.

"──좋다. 힘을 보태게 해 주마."

이쪽도 결국 아벨다운 말투가 된 것이, 양국 협력 체제의 확립이었다.

7

──그리하여 에밀리아와 아벨이 악수를 나누고 여기에 루그니카 왕국과 볼라키아 제국의 역사적 순간이 새겨진 노릇이지만.

"저, 오토 씨, 그런 느낌이면 어떨까요……?"

스바루와 에밀리아, 아벨과 제국 사이드끼리 분위기를 살리며 최종적으로는 악수까지 도달한 회담이지만, 애초에 말을 꺼낸 장본인인 오토가 방치 상태였다.

로즈월과 람은 타협점을 찾았지만, 그렇지 않았던 오토를 방치하고 이야기가 진행된 바람에 스바루는 전전긍긍했다.

너무나도 너무한 짓을 했다는 자각이 있기에 무심코 존댓말과 함께 손을 싹싹 빌며 눈치를 살피고 말았다.

"──────."

쭈뼛거리는 스바루의 물음에 오토의 대꾸는 없었다.

무서워서 상대 얼굴을 볼 수 없는 스바루는 침묵을 대답이라 간주하고 크게 난감해했다. 무심코 옆의 베아트리스를 끌어안아 뺨을 맞대며 물었다.

"어, 어쩌지, 베아코……. 오토가 말도 하지 않아……."

"기분은 이해하는 것이야. 오토가 보자면 무지막지하게 바보 취급당한 기분이지. 자기 생각이 박살 나서 광대가 따로 없는 것이야."

"광대라니, 그렇게까지 로즈월과 닮지 않아도……."

"그만! 그런 최대한의 모욕, 더더욱 화만 부를 뿐인 것이야!"

스바루는 허둥지둥하며 베아트리스와 함께 타개책을 찾았다.

어떻게든 오토의 체면을 뭉갠 짓을 만회하고 싶지만 어떻게 해야 되는지.

"어깨나 다리라도 안마해드릴까요……?"

"어째, 화난 부모님 상대로 반성하는 태도야……."

"하지만 달리 떠오르는 게 없단 말이야! 오토, 부탁이니까……
히익!"

멀쩡한 제안이 떠오르지 않는 스바루 앞에서 그때까지 말없이
서 있던 오토가 갑자기 의자를 빼고 털썩 앉았다.

느닷없는 그 행동에 놀라서 스바루가 베아트리스와 얼싸안으며
펄쩍 물러섰다. 설마 의자에 앉은 것이 스바루더러 어깨를 안마
하라는 뜻은 아니리라.

그렇게 쩔쩔매는 스바루와 베아트리스 앞에서 오토가 이마에
손을 짚고 말했다.

"……뭐, 원하던 타협점에는 제대로 안착했나요."

"헤……?"

장탄식을 흘리고 눈매를 주무르기 시작하는 오토. 그가 뱉은 말
에 스바루는 아연실색하다가 "설마." 하고 눈을 깜빡였다.

"설마, 설마, 너, 처음부터 이렇게 될 줄 알고……."

"이렇게 되는 게 아니라, 이 정도는 할 각오였어요. 빈센트 황제
가 어느 정도 양보할 자세를 보일지 알 수 없었으니까요. 다만 어
차피 나츠키 씨와 에밀리아 님은 의견을 굽히지 않을 테니 타협점
은 생각해 둬야죠."

"아, 오, 우, 에, 아, 오, 우……."

담담한 오토의 대답에 스바루는 입을 뻐끔거렸다. 믿을 수 없다는 기분으로 뒤돌아보니, 로즈월과 람이랑 눈이 마주쳤다.

그리고 그 두 사람도 대체로 거의 다 파악했던 표정이었다.

"너희는, 너희는, 무서워어——!!"

"섭섭하게 그러시네! 애당초 나츠키 씨 쪽이 고집불통이라서 그런 거 아녜요!"

"우와아, 난 이제 베아코랑 에밀리아땅밖에 못 믿겠어……! 그리고 렘! 루이! 탄자랑 전단 동료들과 플롭 씨 남매랑 미젤다 씨 민족뿐!"

"아직 많이도 있던 것이야!"

스바루는 베아트리스를 꼬옥 껴안으며 오토를 비롯한 두뇌반의 용의주도함에 두려움을 느낄 수밖에 없었다. 어쩌면 아벨의 말도 어느 정도는 에밀리아 진영의 생각을 염두에 둔 것이었을지도 모르지만, 그렇다 해도 말이다.

"아니 무섭네, 무서워. 진짜로 엄두가 안 나. 나, 앞으로도 감정노선으로 가련다."

"이해하지 못할 결론이지만, 베티도 스바루는 자기 마음에 솔직한 게 낫다고 봐. 그편이 정열적이라 베티는 좋아하는 것이야."

"응, 나도 사랑해. 나 참, 진짜로——."

간신히 방금 겪은 오토 쇼크의 충격이 누그러지기 시작해서 스바루도 한시름 돌렸다.

그렇게 마음을 안정시키고 있을 때였다.

──갑자기 실내에 박수가 울려 퍼졌다.

"──하이고, 마, 아주 유쾌한 구경을 했구마이. 대단하네, 대단해. 여간내기가 아이다."

큰 박수 소리에 무심코 누가 박수를 쳤는지 시선을 내돌리던 스바루는 거기에 모르는 인연을 발견하고 숨을 멈추었다.

아무도 없던 방구석, 그곳에 어느새 장신의 인영이 서 있었다. 박수 치는 그 인물은 아무래도 지금까지 오가던 대화를 그곳에서 전부 보고 있던 모양이다.

──이 자리의 누구에게도 자신의 존재를 들키지 않은 채로.

"웬 놈이냐?! 도대체 무슨 수로 여기에……!!"

"아차, 실수. 내를 부른 적이 없는데 박수를 쳐 부렀네. 안 되제, 안 돼. 칭찬하고픈 아를 보믄 그만 칭찬하는 기가 내 나쁜 버릇이다카이."

순간, 고즈가 에밀리아와 아벨을 등 뒤로 감싸고 임전태세로 들어갔다.

그렇게 귀기가 감도는 표정을 지은 고즈 앞에서 그 인물은 태연자약한 태도를 유지한 채 품속에서 꺼낸 금빛 곰방대를 입에 물고 재주도 좋게 웃었다.

장소와 몹시 어울리지 않는 그 인물은, 그 겉모습도 유달리 이채를 띠고 있었다.

2미터 가까운 장신에 검은 체모, 태연자약하게 웃는 표정은 애교가 있으며, 그 자라는 대로 놔둔 털과 합쳐 상대에게 부드러운 인상을 주는 검은 견인족이었다.

기모노를 입고 곰방대를 물었으며, 그리고 제국의 중요 인물이 한데 모인 연환용차에 어느 틈에 나타난 존재. 당연하게도 전원의 주목이 그에게 쏠렸다.

"얼라라, 다들 내한테 흥미진진한가 보구마."

"당신은 누구야? 여기에 뭐 하러 왔어?"

시선을 받으며 손가락으로 머리를 긁은 견인족. 그에게 고즈의 등에 감싸인 에밀리아가 물었다.

묻는 말에 견인족은 고개를 기울이며 가지런히 이가 난 입매를 웃음으로 일그러뜨리며, 말했다.

"내는 하리벨이라고 카는 작자인디, 쪼깨만 인사나 해도 되긋나?" 하고.

8

느긋한 어조로 머리를 긁고 금빛 곰방대를 문 수인이 웃었다.

검은 장모(長毛)와 붙임성 좋은 분위기의 생김새. 부드러운 어조에는 악의가 느껴지지 않고 낙낙한 자세에선 경계심을 품을 여지가 없다.

이것이 달리고 있는 연환용차 안, 왕국과 제국의 중요 인물이 회담하던 방이며, 실력자를 포함한 전원이 그 존재감을 깨닫지 못했다는 사실을 잊으면.

"하리벨이라고……?"

삼엄한 목소리로 전율과 함께 중얼거린 것은 그 존재에 가장 강한 경계심을 뿌리며 지켜야 할 주군과 그 동맹 상대를 등 뒤로 감싼 고즈였다.

본인도 『구신장』 중 한 명이며 전사로 즐비한 제국에서 최강격인 일장에 이름을 올린 무인. 그런 고즈가 눈앞의 수인이 선보인 은신술을 알아채지 못했다.

하지만 고즈의 딱딱한 목소리는 그 사실 때문만이 아니다.

"——『예찬자』인가. 도시국가의 중핵이 무슨 용무지?"

고즈가 등 뒤로 감싼 아벨이 그 거체 너머로 수인—— 하리벨을 응시하며 물었다.

물음 전에 덧붙인 것은 저 견인족의 이명일까. 왠지 모르게 들은 기억이 있는 느낌이 든다고, 놀라서 어지러워진 기억의 상자를 스바루가 뒤적거렸다.

그러자 눈썹을 찌푸린 스바루에게 하리벨이 웃음으로 보이는 가는 눈을 돌렸다.

"고로코롬 열심히 고민할 것도 없이 별 대단한 이름도 아이다. 나가 칭찬이 헤퍼서 고래 불릴 뿐이고, 애초에 중핵이라니 과대평가가 따로 없제."

"과대평가……."

"맞다. 그냥 카라라기에서 내보다 강한 사람이 없었을 뿐인 기라."

태연히, 그야말로 날씨 이야기를 하듯이 대답한 하리벨.

그의 말에 스바루는 눈을 동그랗게 뜨고, '카라라기'라는 단어와 뇌가 연결된 순간, 방금 걸리던 게 무엇이었는지 이해에 붙이

붙었다.

카라라기 도시국가의 『예찬자』, 그 이명이 의미하는 것은———.

"카라라기 도시국가 최강의 시노비! 귀공, 무엇 때문에 이 용차에 올라탔지!!"

다음 순간, 고즈가 용차 바닥을 폭발시킬 기세로 발을 굴러 서 있는 하리벨에게로 자신의 무기인 망치창을 들이댔다.

고즈의 무기는 독특한 형상의 망치창으로, 긴 자루의 끝부분에 타격하기 위한 가시 박힌 구체가 붙어 있는 물건이다. 렘이 애용하던 모닝스타와 가깝지만 그 크기와 무게는 압도적으로 고즈의 무기 쪽에 기운다.

그런 흉악한 무기를, 갑자기 나타난 도시국가 최강에게 제국의 무인이 들이민 형국이다.

어쩌면 그대로 일촉즉발로 일이 폭주할까 싶기까지 했다.

그러나———.

"놀래킨 나가 할 말이 아인데, 그리 열불 내지 말고 앉아서 말로 하소."

"으, 극……!"

들이민 망치창 너머로, 휙 고개를 기울인 하리벨이 말을 건넸다. 그런 하리벨의 말에 얼굴을 굳힌 고즈의 힘 준 팔이 떨렸다.

고즈가 든 황금의 망치창, 그 끝에 하리벨이 똑같이 금빛인 자신의 곰방대를 대고 있다. ———그것만으로, 고즈의 무기는 미동도 하지 못하고 있었다.

"————."

아마도 하리벨은 맞댄 곰방대로 절묘하게 힘의 균형을 컨트롤하여 고즈가 망치창을 상하좌우, 찌르지도 거두지도 못하는 상태로 몰아넣은 것이다.

고즈가 무기를 어떻게 움직이려 한다 해도, 반대쪽에서 곰방대에 눌려서 움직일 수 없어진다. 그것은 단순한 완력이 아니라 힘의 흐름을 완전히 제어하는 기술의 극치다.

"귀공……!"

얼굴이 벌게진 고즈가 이를 갈고 그 소리가 실내에 크게 울려 퍼졌다. 하지만 하리벨이 하고 있는 일련의 행위는 그런 고즈의 이가는 소리와 비교해도 조용하기 짝이 없는 것이었다.

그 시점에서 하리벨이라는 존재의 격은 평가가 끝나고 말았다.

"그만하라, 고즈. 그자에게 이쪽을 해칠 의도가 있으면 박수 따위를 쳐서 자신을 과시하기 전에 전원의 목이 떨어졌을 것이다."

"그러지 않았으니까, 당신은 우리의 적이 아닌…… 거지?"

그런 고즈와 하리벨의 조용한 공방에 아벨과 에밀리아 두 사람이 끼어들었다.

둘의 말처럼 실제로 하리벨이 마음만 먹으면 차내의 전원이 그의 존재를 알아차리기 전에 살해당했어도 이상하지 않았다.

그쪽 방향의 지적에 하리벨이 웃음의 형태로 커다란 입을 바꾸고 말했다.

"맞다, 이해해 주어서 기쁘구마잉. 황제 양반은 몰라도 반마(半魔) 아이는 솔직하고 착한 아이데이. 내캉 같이 미움받는 신세인데 바르게 컸데야……. 훌륭한 부모님이 계셨긋어."

"고마워. 나도 팩과 어머니가 키워 주셔서 복 받았다고 생각하고 있어."

가슴에 손을 짚은 에밀리아의 인사에, 끄덕인 하리벨이 곰방대를 거두었다. 그 즉시 고즈의 무기가 해방되었지만 그대로 덤비려는 무모한 짓에는 나서지 않았다.

분한 기색임에도 고즈는 하리벨을 가만히 경계하며 말했다.

"방금 말을 어기면, 내 목숨과 맞바꾸어서라도 귀공을 치겠다. 기억해 두어라."

"안 한다, 안 한다. 보소, 요로코롬 앉아서 버릇 있게 굴 테니께네."

두 손을 살랑살랑 흔든 하리벨은 꼬리로 옆의 의자를 빼더니 거기에 한쪽 무릎을 안 듯이 다소곳이 앉았다.

고즈와 비슷할 만큼 키가 큰 인물이지만 그렇게 마른 몸을 웅크리고 있으니 대형견 같은 인상이 강해진다. 버릇 있게 군다는 것도 비꼬는 소리가 아닌 것처럼 보이지만.

"그렇다곤 해도 여기서 카라라기가 개입할 줄이야―. 왕국과 제국만큼은 아니라 해도, 도시국가도 제국과 친한 사이란 말은 못 들었는데. 하물며 네가 공표한 입장을 감안하면 특히 더 말이지."

"오, 다들 나에 대해 아는 기가? 뭐꼬, 유명인 같아서 쑥쓰럽다이."

"로즈월, 저 사람이 공표한 입장이라면……."

"겉모습대로 무지한 바루스에게 가르쳐 주겠지만, 『예찬자』하리벨은 낭인족이야."

낭인족이라는 람의 설명에 스바루의 마음과 몸이 잠시 떨렸다.

단, 눈앞의 하리벨 때문이 아니라 다른 이유로 떨린 것이다. 람이 가르쳐 준 사실 자체에는 스바루에게 딱히 짚이는 구석이 없었다.

하지만 그런 스바루의 이해를 제쳐 두고 상식은 상식으로서 이야기가 진행된다.

"제국이 낭인족을 대하는 태도는 알 테지. 그런데도 국경을 넘어서 여기에 발을 들이다니, 네놈도 참 목숨이 아깝지 않은가 보군."

"그야 뭐, 내도 물론 알고 있고, 좋은 기분도 안 들지만도. 근데 내가 낭인족인 걸 숨기지 않는 이유는 그쪽도 알다시피 아무도 날 못 죽이기 때문인 기라. 보아하니 세실스도 없나 보고."

"──! 당신, 셋시를 알고 있어?"

"응? 오오, 알고 있는디? 전에 나를 죽이러 왔으끼네. 뭐라드라, 잠깐 붙었더니 '결판 낼 때는 지금이 아닌 듯합니다!' 하고서 돌아갔지만도."

낭인족을 둘러싼 화제에서 벗어난 의문이지만 하리벨은 기탄없이 대답해 주었다.

생각도 못한 회답, 생각도 못한 접점이다. 세실스와 하리벨은 생사를 다투던 사이이고, 방금 이야기를 들으면 싸움을 건 것은 세실스 쪽 같지만 그 점도 심히 납득이 간다.

거기에다──.

"낭인족에 대해 과단성 있는 자세를 견지하는 볼라키아 제국에, 카라라기 도시국가에서 가장 유명한 실력자가 나타났군요. 심지어 황공하게도 빈센트 각하가 계시는 객차에."

"덧붙이자면 우리 나라와 왕국의 중대한 회의 내용도 알려졌지. 이건 또 참, 『푸른 뇌광』을 부추겨서라도 목을 쳐야만 하는 사태이지 않나."

"……세리나, 네 악취미로 이 자리에 있는 전원의 신변을 위태롭게 하지 말아 주겠나."

상황을 정리한 벨스테츠에 편승해서 세리나가 신나게 뒤숭숭한 견해를 덧붙였다. 그 내용의 과격성은 로즈월이 무심코 평어로 주의를 줄 정도였다.

그렇게 하리벨이 나타난 사실에 대한 최초의 놀람과 열기가 다소나마 가시자, 결국 최초의 의문으로 되돌아가는 셈이 된다.

"세 번째는 없다. 무슨 용무로 나타났지? 『예찬자』."

설령 무력으로 상대가 압도하고 있을지언정 비위를 맞춘다는 말은 아벨의 사전에는 실려 있지 않았다. 의도적으로 겸양하는 계열의 단어를 지운 사전의 주인인 황제에게 하리벨이 어떻게 반응할지 스바루는 긴장했다.

하지만 높아지는 긴장과 정반대로 하리벨은 앉은 채로 탁자에 턱을 괴고서 말했다.

"고래 바짝 날 세우지 않아도 내 용무라면 처음에 말하지 않았드나? 잠깐 인사나 해도 되겄냐고."

"그 인사란 것은, 인사 대신에 우리의 심장을 뽑는다거나 그런 종류의……?"

"겁나부러! 무서운 생각을 다하는 아구마잉. 그런 짓 안 한다니께네."

"그렇다면 정말로 그냥 인사, 상견례가 목적이라고?"

"맞는디?"

쭈뼛거리며 시노비식의 인사를 해독하려던 스바루에게 항의한 하리벨은 이어진 베아트리스의 질문에도 태연자약하게 대답했다.

진심으로 섭섭하다는 반응을 비친 하리벨은 정말로 적의가 없는 듯하지만.

"애초에 복잡하게 굴지 않아도 저희를 죽일 수 있는 상대니까요. 이렇게까지 가지고 놀다가 목숨을 취하는 악취미한 짓은 안 하지 않을까요?"

"나도 반응이 그랬지만 남한테서 그런 의견이 나오니 확 깨는구만……. 하지만, 그렇다면."

"그렇다면? 뭐가 문제인데, 스바루."

하리벨의 태도에 스바루는 꿀꺽 침을 삼키며 무시무시한 상상을 했다.

에밀리아가 묻는 그것은, 하리벨이 대답한 그대로의 인물상이라 치면──.

"라인하르트와 이 사람이 정상이라면, 셋시의 그 꼬락서니는……."

"그만, 나츠키 스바루. 협력 요청이야 했지만, 우리 나라의 추문을 파고드는 짓을 허락한 기억은 없다."

"추문이라고는 할 수가……. 이 사람도 단언은 못 하겠군요, 세실스 일장의 경우는."

세실스의 인간성 문제를 거론하니 스바루와 아벨은커녕 벨스테츠까지 의견이 일치한다. 이 자리에 없다고는 해도 별별 소리를 다 듣는 세실스지만 아마도 그가 이 자리에 같이 있어도 같은 소리를 들을 거라는 확신이 있었다.

실제로 강자라면 그에 어울리는 행동거지를 보여 주길 바란다는 환상이 있는 스바루 입장에서는, 라인하르트나 하리벨의 행동거지 쪽이 이상적이기는 하다.

다른 면에서, 검노고도에 있던 것이 세실스가 아니라면 잘 풀리지 않았을 거라는 확신도 있기에 무슨 일이든 장단점이 있다는 이야기다.

"그래서? 결국 무엇이 목적인 인사야? 이 용차가 북상하고는 있지만 카라라기와의 국경은 더 먼 곳……. 당신의 경계를 부를 정도는 아니잖아?"

"음~ 그 주변의 사정은 나보다 고용주에게 묻는 편이 빠르지만도. 깜빡 박수 친 바람에 복잡해졌으니께네…… 아, 하지만 슬슬 됐나 보데이."

"슬슬……?"

살짝 곤란한 기색으로 눈썹이 처진 하리벨. 그러나 무언가를 알아채고 고개를 들자, 그에 따라 스바루도 하리벨의 시선을 좇았다.

그, 늑대 얼굴이 바라본 쪽은 이웃 차량과 연결된 문이었다. 그 문이 정확히 한 박자 후, 건너편에서 노크되었다.

"──회의 중에 실례합니다. 전해드릴 말씀이."

들은 적이 있는 목소리로 보고가 이루어져서 아벨이 "들어와라." 하고 조용히 명령하자, 열린 문에서 몽실몽실한 머리의 몸집 작은 남성이 모습을 보였다.

그 상대를 본 순간, 스바루는 눈을 동그랗게 떴다.

"지크르 씨! 다행이다, 무사했었구나!"

"네, 걱정하실 필요 없습니다. 당신 쪽이야말로 무사하셔서 다행입니다, 나츠미 양."

"이 모습인데도 나를 그렇게 불러 줄 줄이야……."

만났을 때도 헤어졌을 때도, 여장 상태였던 스바루에게 미소를 보내는 남자, 제국 이장 지크르 오스만의 건재한 모습에 스바루는 안도하며 가슴을 쓸어내렸다.

미소 짓던 지크르가 표정을 다잡고 다시 말했다.

"각하, 전해드릴 말씀이……. 다만 그쪽 분은."

"저자는 일단 제쳐 두도록. 아마도 네 보고와 무관하지 않을 것이다."

지크르는 방 한구석에 있는 하리벨의 존재를 신경 쓰지만 아벨은 불친절하게 대구했다. 하지만 지크르는 황제의 부족한 설명에 익숙한 기색으로 "예." 하고 끄덕였다.

"드라쿨로이 상급백의 비룡선이 돌아왔습니다. 성새도시 가클라의 요인과 도시국가에서 온 손님을 데리고."

"──도시국가의 손님."

아벨이 검은 눈을 힐끗 하리벨에게 돌리고 중얼거렸다.

이 연환용차의 목적지가 성새도시 가클라이기에, 그곳의 관계자가 비룡으로 찾아오는 것은 자연스러운 일이다. 이 타이밍에 카라라기 사람이 동행했다면 그것이 하리벨과 무관할 일은 없으리라.

즉──.

"하리벨 씨는, 그 사람들보다 먼저 온 거야?"

"내가 높은 곳이 거북한 기라."

답이 되는 듯 마는 듯 귀여운 소리로 지크르가 가져온 정보와 자신이 관계되었다는 취지를 긍정하는 하리벨.

높은 곳이 거북해서 비룡선에 타지 않았다는 말은 수긍이 가도, 그러니까 비룡선보다 빠르게 도착했다는 말은 수긍이 가지 않는 느낌이 든다. 하지만 이 세계의 초인에게 그런 소리 해 봤자 소용이 없다. 세실스도 하늘을 나는 것보다 빠르게 달리니까 그게 그거다.

어쨌든──.

"구태여 내 비룡선에 타서 올 정도지. 그렇다면 꽤 대단한 거물이 중요한 이야기를 들고 왔다고 기대해도 될까?"

"적어도 어여쁜 손님 본인께서는 그리 말씀하십니다."

"네 말투를 보아하니, 여자인가."

알기 쉬운 지크르의 보고, 카라라기 도시국가에서 온 여성.

그 내용에 스바루는 고개를 갸웃거릴 뿐이지만, 아무래도 다른 동료는 다른 듯했다. 잡고 있던 손에 힘을 준 베아트리스가 에밀리아 쪽을 쳐다보았다.

"에밀리아, 카라라기에서 온 손님이라고 해."

"응, 그러네. 그거 혹시——."

"어? 어? 왠지, 두 명은 짚이는 데가……."

있는 거냐고 스바루가 물으려던 순간이었다.

"——뭐꼬, 사람이 고생해서 제국 구석까지 날아왔는디, 참말로 박정한 소리 아이가, 나츠키."

"————."

갑자기 끼어든 음색, 해사한 그 소리가 지크르의 배후에서 나왔다.

아무래도 그 손님은 이웃 차량과의 연결부에서 기다리고 있었던 모양이지만, 이쪽 대화에 참가하다니 상당히 귀가 밝다. 하지만 귀가 밝은 것도 이해가 간다.

왜냐면 상인이란, 항상 장삿거리가 없는지 귀를 바짝 세우기 마련이니까.

"각하, 어찌 하시겠습니까?"

들린 목소리가 이곳 대화를 듣고 있다는 사실에 벨스테츠가 아벨의 의향을 물었다. 그 물음에 아벨이 스바루를 일별하고 그 표정을 확인했다.

그리고 아벨은, 목소리가 들린 문 쪽을 보고 말했다.

"아무래도 단순히 때를 못 읽는 뻔뻔한 작자는 아닌 모양이군. 얼굴을 보여라."

"그라믄 뻔뻔하게 나서 보굿데이."

황제의 허락을 얻어 그 목소리의 주인이 부드럽게 대답했다. 그리고 어느 틈에 문 옆에 우뚝 서 있던 하리벨이 그 손으로 차량 문을 열고 상대를 불러 들였다.

하리벨의 그 배려에 나타난 인물이 "고맙데이." 하고 미소 지은 뒤——.

"오랜만에 얼굴 보는디 건강해 보여서 다행이구마."

"오……."

"그건 그렇고 에밀리아 씨네는 말썽거리와 마주치는 데 아주 도가 텄데야. 또또 우리 힘이 필요한 것 같네?"

부드러운 어조와 미소를 머금고 야박한 평가를 입에 담은 것은, 색소 옅은 보라색 머리카락을 묶고 기모노와 여우 목도리를 걸친 여성—— 아나스타시아 호신.

그런 그녀 옆에는 시종으로서 카라라기식 복장을 입은 청년이 따르고 있다.

"아나스타시아 씨와, 율리우스?!"

여기서 만날 줄은 몰랐던 두 사람의 모습에 스바루는 깜짝 놀랐다.

그런 스바루의 뒤집어진 목소리에 아나스타시아는 입가에 손을 짚고서 웃고, 이름이 불린 청년—— 율리우스도 왼쪽 눈 아래의 다부진 흉터를 손으로 쓸고 스바루를 바라보았다.

그리고——.

"——무사해서 다행이라는 말을 하고 싶었는데, 왜 너는 늘 그 모양이지?"

"내가 늘 작아지는 수준의 트러블을 일으킨다는 식으로 말하지 마!!"

그런, 재회를 기뻐하는 대신에 터진 노성이 연환용차 안에 울려 퍼졌다.

──설마 설마 싶던 재회극. 여기에 왕국과 제국, 그리고 도시 국가의 중요 인물이 얼굴을 맞대며 『대재앙』 회의는 더욱 혼돈에 빠졌다.

9

무릎부터 힘이 빠지고 황폐해진 들판에 앞으로 고꾸라진다.

몸을 지탱할 기력조차 없었기에 안면이 무자비하게 대지에 찧었다. 코가 뭉개지는 듯한 아픔과 함께 찢어진 입술에서 피가 흐른다.

그 피를 혀로 핥아 바싹 마른 입 안을 조금이나마 축였다.

"──────."

온몸의 힘이, 하나도 남지 않았다.

기력이 먼저 동나더니 체력이 바닥을 치는 것도 또 빨랐다. 그리고 그 양쪽 모두 동났으니까 자신은 여기서 스러지리라.

모든 것이, 모든 것이 헛수고였다.

하려고 했던 일, 해야만 한다고 벼르던 일, 늘 하던 일이라며 타성적으로 계속 해 온 일, 그 전부가 헛수고였다.

어차피 자신은 자신에 불과했다. 지옥이란 자기 안에 있었다.

그렇다면 도망칠 수 있을 턱이 없다. 아무도 도망칠 수 없다. 자신이라는 지옥에서는.

"빌어, 먹을⋯⋯."

분한 마음이 입술에서 퍼석거리는 목소리로 새어나왔다.

이미 눈물조차 솟지 않았다. 그런 열량도, 자격도 자신에게는 없었다.

모든 것이 기이했다. 손이 닿지 않는 곳이었다. 손이 닿지 않는 곳에 손을 뻗지 않아서, 그 때문에 인생 최대의 실수를 저질렀는데 또다시 같은 짓을 했다.

반성이 없다. 그러니까 후회밖에 없다.

자신 따위 좋아하게 될 리 없고 싫어할 수밖에 없었지만, 끝내 미워진다.

사랑하는 것도 계속 사랑하지를 못한다. 자신 같은 불량품은 더 일찍──.

"──오오? 시체라면 싹 벗겨 가려고 했는데 아직 숨이 붙어 있었을 줄이야. 이거 요행일세, 요행."

갑자기 쓰러진 몸의 머리 위에서 누군가의 목소리가 들려왔다.

꿈틀댈 여력도 없는 몸이지만, 그 목소리 주인이 손을 뻗어서 뒤집었다. 그 즉시 시야에 푸른 하늘이 눈부시게 날아들어 "으." 하는 신음성이 흘렀다.

굴욕이나 회오로는 솟지 않던 눈물이 스르륵 번진다.

그것이 공연히 억울했다.

이 몸은 모든 게 다, 철두철미하게, 자신을 위해서만 움직이는 것이냐고.

"뭐 억울할 일이 있으신가, 길바닥에 쓰러진 양반. 형씨의 몸 전부가 다, 살아 있기에 깜빡깜빡거리는 것이라네."

"살아 있기, 때문이라니……."

"어이쿠, 사는 게 싫어진 부류인가. 그건 또 참…… 그 어두침침한 생각과 싸울 방도는, 이 사람이 알기로 하나밖에 없다오."

"_____."

목소리 주인이 웃는 기척이 나고, 푸른 하늘이 비치는 시야에 거꾸로 된 얼굴이 비집고 들어왔다. 역광 때문에 잘 보이지 않는 얼굴이지만, 상대가 히죽히죽 웃고 있는 것은 알 수 있었다.

단, 그것은 상대를 조롱하는 것이 아니었고, 그렇기 때문에 이유를 이해할 수 없는 웃음이었다.

그러나——.

"어떻게, 해야?"

자기 안에서 답을 찾을 수 없으면, 자기로서는 이해할 수 없는 상대의 생각을 듣는다.

적어도 자기보다 훨씬 멀쩡한 답이 들을 수 있는 게 아닌지, 아직도 구원받고 싶어 하는 자기 자신을 저주하며 물었다.

그 물음에 상대는 뜻대로 되었다는 듯이 짙게 웃고 말했다.

"당연한 것 아니오. ——술독에 빠지도록 마시는 게지."

대답 직후에 목덜미가 잡혀서 그대로 강제로 상대에게 질질 끌려간다. 두 다리를 팽개친 자세대로 황야를 죽죽 나아가는 남자.

남자는 이쪽이 저항할 수 없는 것을 틈타 질질 끌고 가며 콧노래까지 불렀다.

　"이 사람은 로우안이라는 짠돌이 낭인이라오. 형씨는?"

　"————."

　"형씨, 이름 정도는 있지 않소이까. 가르쳐 준다고 어디 닳을 것도 아닌데."

　스스럼없이 친한 척하는, 로우안이라 이름 밝힌 남자의 태도에 긴 한숨을 뱉었다.

　대답할 의리는 없었지만 대답을 거부할 이유도 특별히 없어서, 이젠 아무렇게나 되라며 남자는————.

　"……하인켈이다."

　그렇게, 서로의 입장을 깨닫지 못한 채로 하인켈 아스트레아는 이름을 밝혔다.

　그는 모른다. ——우연이나 숙명이란, 운명이 즐겨 쓰는 상투적인 수단임을.

《끝》

후기

──아저씨와 아저씨의 만남으로 매듭짓는 34권!

챌린지블한 인사로부터 스타트, 안녕하세요, 나가츠키 탓페이입니다. 네즈미이로네코이기도 합니다.

지난번, 7장이 터무니없는 곳에서 끝났다고 주장한 뒤로 한동안 여러분은 어떻게 지내셨는지요. 작가는 물론 새롭게 늘어난 8장을 재미있게 만들고자 열심히 숙고해서 34권 내용을 출판하고, 무사히 아저씨 meets 아저씨로 마무리 지었습니다!

제정신인지 의심받을 선택입니다만, 사실 이번 34권에는 작가가 하고 싶던 게 푸짐하게 담겨 있어서, 마무리 방식도 포함해서 만족감은 있지요! 만나게 하고 싶던 면면이 합류하고, 상견례 시키고 싶던 면면도 얼굴을 보고, 이야기는 제국편의 종국으로 향한다!

그렇다고는 해도 아군의 전력은 지나치게 충분할 정도라 낙승 분위기──는 되지 않는 게 리제로의 진수임을 다들 알고 계시는 바와 같습니다. 행방을 알 수 없는 캐릭터나 존재만 시사된 인물, 그 노림수가 전혀 보이지 않는 적 등 묘사하고 싶은 사항은 아직 수북이!

마침내 합류한 스바루와 에밀리아 일행, 제국과도 힘을 합쳐서 지금부터 어떻게 분위기를 띄워 나갈까, 부디 기대하며 기다려 주세요! 하리벨도 나왔고 말이죠!

자, 8장의 포부도 이야기한 참에, 늘 하는 감사의 말로 이행하겠습니다!

담당자 I님, 이번에도 이인삼각 감사합니다! 현실로는 호의 뒤에 이인삼각은커녕 역으로 가는 길에서 체력차로 뒤처졌습니다만, 작가와 편집자의 관계에는 항상 도움받고 있습니다! 좀비 팬데믹 때 버리지 말아 줘요!

일러스트의 오츠카 선생님, 이번에는 복장도 새것인 아나스타시아와 율리우스가 멋지네요! 줄곧 이야기해 두었던 그 캐릭터의 늑대인간 모드나, 하고 싶은 연출을 위한 삽화의 투정 등도 들어 주셔서 이번에도 크게 신세를 졌습니다! 축! 오토, 첫 스탠딩!

디자인의 쿠사노 선생님, 컬러로 처음 묘사된 카라라기의 배경, 그것을 화려하게 보여 주셔서 감사합니다! 이번에도 평소와 다른 리제로감이 훌륭합니다!

아토리 선생님&아이카와 선생님이 그리는 4장 만화판, 이쪽도 드디어 긴 4장의 반격 지점으로 돌입하는 게 보여서, 면밀한 구성과 화력의 폭력이 매번 기대됩니다! 감사합니다!

그리고 MF 문고 J 편집부 여러분, 교열 담당님과 각 서점 담당자님, 영업 담당님까지 이번에도 많은 분들의 협력으로 이 책이 나올 수 있었습니다! 감사합니다!

끝으로, 독자 여러분께 최대한의 감사를! 여러분의 응원 없이 이렇게 이야기를 계속 풀어 내기란 불가능합니다. 앞으로도 캐릭터들과 작가를 응원해 주시길 부탁드립니다!

길어지지는 않을 예정인 8장. 그렇다고는 해도 심심하다는 소리를 듣지 않게끔, 전편에 클라이맥스를 넣을 심산으로 쓰겠습니다! 또, 다음 권에서 만나 뵙지요!

2023년 5월
《애니메이션 3기의 회의도 있어서 더더욱 기력을 얻으면서》

Anastasia

아나스타시아

"그렇게 되어서 모처럼 표지까지 받은 노릇이니 이왕이믄 다음 회 예고도 우리끼리 해 보재이."

"아주 좋은 생각이라 봅니다. 이렇게 아나스타시아 님과 이 자리에 서는 것은 처음…… 실수 없이 역할을 마쳤으면 좋겠군요."

"오호, 그래? '이름' 먹히기 전에는 기회가 없었고?"

"네. 하지만 아나스타시아 님의 기사라는 자각은 이전보다 결코 덜하지 않습니다."

"시상에, 가슴이 콩닥거릴 말이구마이. 그렇다믄야 바로 시작하까. 우선 뭐부터였제?"

"처음에는, 본편의 다음 권에 해당하는 35권의 발매를 언급하는 게 좋은 것 같습니다."

"발매는 9월……. 참말로 부지런해서 고맙네. 안 그러믄 사방에 선전하며 나온 우리가 활약할 대목이 멀어진다 아이가?"

"카라라기 도시국가를 건너온 저희와 달리 에밀리아 님 일행이 어떻게 스바루 쪽과의 합류를 달성했을지. 기다림이 길어져서야 감질나게만 할 뿐이니까요."

"그래서, 그 본편과 합쳐서 발매하는 기가 단편집……. 와, 아홉 권째란다. 대단하데이."

"본편에서는 묘사되지 않았던 외전……. 그렇다고는 해도 등장인물들의 감정이나 변화를 충분히 알기 위해서는 이것들도 빠트릴 수 없는 내용 같군요."

"말은 그러는디 율리우스는 그냥 나츠키네 활약을 보고 싶은 기 아이가?"

"왕국으로 돌아가면 대립하는 진영……. 이것도 정찰의 일환 아니겠습니까?"

"좋구마. 그런 핑계, 싫어하지 않는데이. 자, 책 얘기는 끝난 모양이지만도……."

Re: Life in a different world from zero

율리우스

Julius

"서적 얘기 말고도 이벤트 정보가. ──우선 다가오는 9월에는 매년 하는 에밀리아 님의 생일을 축하하는 탄생제의 개최가 예정되어 있습니다."

"적에게 은혜를 입히는 기는 상투적 수단…… 같은 소릴 생일 때 하는 것도 실없는 짓이제. 에밀리아 씨하곤 왕선이 끝난 뒤의 약속도 있고……. 하아, 어떻게 대할지 종잡을 수 없는 아데이."

"그것도 에밀리아 님의 매력일 테지요. 아나스타시아 님도 그 부분을 높이 사시는 것 아닙니까?"

"그런디? 그러니까네, 성가시다고 칭찬하는 기 아이나."

"후, 실례했습니다. 그러면 이어서, 『MF 문고 J 여름의 학원제 2023』 쪽에서 리제로 스테이지가 열린다는 고지입니다."

"여름의 학원제……. 으응, 좋은 어감 아이가. 상인 정신이 자극받는데이."

"자세한 내용은 공식 홈페이지 등에서 확인하라고 합니다만, 분명히 성황이 되겠지요."

"어머나, 고로코롬 남의 일 같은 태도믄 안 되는 거 아이가? 율리우스."

"아나스타시아 님?"

"언제 우리에게 언질이 올지 모르니께네, 준비는 단디 해 놓아야제. 승기는 놓치지 말 것, 언제나 최고의 광고──. 내는 이런 것도 안 가르쳐 줬나?"

"──아뇨, 확실히 가르침받았습니다. 역시 제가 검을 바친 주군이십니다."

"글치?"

※일본어판 발매 당시 내용입니다.

Re:제로부터 시작하는 이세계 생활 34

2024년 02월 20일 제1판 인쇄
2024년 03월 05일 제1판 발행

지음 나가츠키 탓페이
일러스트 오츠카 신이치로

옮김 정홍식

발행 영상출판미디어(주)
등록번호 제 2002-000003호
주소 07551 서울특별시 강서구 양천로 570 NH서울타워 19층
대표전화 02-2013-5665

ISBN 979-11-380-4280-2
ISBN 979-11-319-0097-0 (세트)

Re : ZERO KARA HAJIMERU ISEKAI SEIKATSU volume 34
ⓒTappei Nagatsuki 2023
First published in Japan in 2023 by KADOKAWA CORPORATION, Tokyo.
Korean translation rights arranged with KADOKAWA CORPORATION, Tokyo.

구매 시 파손된 도서는 구매처에서 교환하실 수 있습니다.
기타 불편사항, 문의사항이 있으신 독자님께서는 노블엔진 홈페이지 [http://novelengine.com] 에서
Q&A 게시판을 이용해 주시기 바랍니다.

노블엔진(NOVEL ENGINE)은 영상출판미디어(주)의 라이트노벨 및 관련서적 브랜드입니다.